SAS

VISA POUR CUBA

DU MÊME AUTEUR
AUX PRESSES DE LA CITÉ

N° 1 S.A.S. À ISTANBUL
N° 2 S.A.S. CONTRE C.I.A.
N° 3 S.A.S. OPÉRATION APOCALYPSE
N° 4 SAMBA POUR S.A.S.
N° 5 S.A.S. RENDEZ-VOUS À SAN FRANCISCO
N° 6 S.A.S. DOSSIER KENNEDY
N° 7 S.A.S. BROIE DU NOIR
N° 8 S.A.S. AUX CARAÏBES
N° 9 S.A.S. À L'OUEST DE JÉRUSALEM
N° 10 S.A.S. L'OR DE LA RIVIÈRE KWAÏ
N° 11 S.A.S. MAGIE NOIRE À NEW YORK
N° 12 S.A.S. LES TROIS VEUVES DE HONG-KONG
N° 13 S.A.S. L'ABOMINABLE SIRÈNE
N° 14 S.A.S. LES PENDUS DE BAGDAD
N° 15 S.A.S. LA PANTHÈRE D'HOLLYWOOD
N° 16 S.A.S. ESCALE À PAGO-PAGO
N° 17 S.A.S. AMOK À BALI
N° 18 S.A.S. QUE VIVA GUEVARA
N° 19 S.A.S. CYCLONE À L'ONU
N° 20 S.A.S. MISSION À SAÏGON
N° 21 S.A.S. LE BAL DE LA COMTESSE ADLER
N° 22 S.A.S. LES PARIAS DE CEYLAN
N° 23 S.A.S. MASSACRE À AMMAN
N° 24 S.A.S. REQUIEM POUR TONTONS MACOUTES
N° 25 S.A.S. L'HOMME DE KABUL
N° 26 S.A.S. MORT À BEYROUTH
N° 27 S.A.S. SAFARI À LA PAZ
N° 28 S.A.S. L'HÉROÏNE DE VIENTIANE
N° 29 S.A.S. BERLIN CHECK POINT CHARLIE
N° 30 S.A.S. MOURIR POUR ZANZIBAR
N° 31 S.A.S. L'ANGE DE MONTEVIDEO
N° 32 S.A.S. MURDER INC. LAS VEGAS
N° 33 S.A.S. RENDEZ-VOUS À BORIS GLEB
N° 34 S.A.S. KILL HENRY KISSINGER!
N° 35 S.A.S. ROULETTE CAMBODGIENNE
N° 36 S.A.S. FURIE À BELFAST
N° 37 S.A.S. GUÊPIER EN ANGOLA
N° 38 S.A.S. LES OTAGES DE TOKYO
N° 39 S.A.S. L'ORDRE RÈGNE À SANTIAGO
N° 40 S.A.S. LES SORCIERS DU TAGE
N° 41 S.A.S. EMBARGO
N° 42 S.A.S. LE DISPARU DE SINGAPOUR
N° 43 S.A.S. COMPTE À REBOURS EN RHODÉSIE
N° 44 S.A.S. MEURTRE À ATHÈNES
N° 45 S.A.S. LE TRÉSOR DU NÉGUS
N° 46 S.A.S. PROTECTION POUR TEDDY BEAR
N° 47 S.A.S. MISSION IMPOSSIBLE EN SOMALIE
N° 48 S.A.S. MARATHON À SPANISH HARLEM
N° 49 S.A.S. NAUFRAGE AUX SEYCHELLES
N° 50 S.A.S. LE PRINTEMPS DE VARSOVIE
N° 51 S.A.S. LE GARDIEN D'ISRAËL
N° 52 S.A.S. PANIQUE AU ZAÏRE

N° 53 S.A.S. CROISADE À MANAGUA
N° 54 S.A.S. VOIR MALTE ET MOURIR
N° 55 S.A.S. SHANGHAÏ EXPRESS
N° 56 S.A.S. OPÉRATION MATADOR
N° 57 S.A.S. DUEL À BARRANQUILLA
N° 58 S.A.S. PIÈGE À BUDAPEST
N° 59 S.A.S. CARNAGE À ABU DHABI
N° 60 S.A.S. TERREUR À SAN SALVADOR
N° 61 S.A.S. LE COMPLOT DU CAIRE
N° 62 S.A.S. VENGEANCE ROMAINE
N° 63 S.A.S. DES ARMES POUR KHARTOUM
N° 64 S.A.S. TORNADE SUR MANILLE
N° 65 S.A.S. LE FUGITIF DE HAMBOURG
N° 66 S.A.S. OBJECTIF REAGAN
N° 67 S.A.S. ROUGE GRENADE
N° 68 S.A.S. COMMANDO SUR TUNIS
N° 69 S.A.S. LE TUEUR DE MIAMI
N° 70 S.A.S. LA FILIÈRE BULGARE
N° 71 S.A.S. AVENTURE AU SURINAM
N° 72 S.A.S. EMBUSCADE A LA KHYBER PASS
N° 73 S.A.S. LE VOL 007 NE RÉPOND PLUS
N° 74 S.A.S. LES FOUS DE BAALBEK
N° 75 S.A.S. LES ENRAGÉS D'AMSTERDAM
N° 76 S.A.S. PUTSCH A OUAGADOUGOU
N° 77 S.A.S. LA BLONDE DE PRÉTORIA
N° 78 S.A.S. LA VEUVE DE L'AYATOLLAH
N° 79 S.A.S. CHASSE A L'HOMME AU PÉROU
N° 80 S.A.S. L'AFFAIRE KIRSANOV
N° 81 S.A.S. MORT A GANDHI
N° 82 S.A.S. DANSE MACABRE A BELGRADE
N° 83 S.A.S. COUP D'ÉTAT AU YEMEN
N° 84 S.A.S. LE PLAN NASSER
N° 85 S.A.S. EMBROUILLES A PANAMA
N° 86 S.A.S. LA MADONE DE STOCKHOLM
N° 87 S.A.S. L'OTAGE D'OMAN
N° 88 S.A.S. ESCALE À GIBRALTAR

L'IRRÉSISTIBLE ASCENSION DE MOHAMMAD REZA, SHAH D'IRAN
LA CHINE S'ÉVEILLE
LA CUISINE APHRODISIAQUE DE S.A.S
PAPILLON ÉPINGLÉ
LES DOSSIERS SECRETS DE LA BRIGADE MONDAINE
LES DOSSIERS ROSES DE LA BRIGADE MONDAINE

AUX ÉDITIONS DU ROCHER

LA MORT AUX CHATS
LES SOUCIS DE SI-SIOU

AUX ÉDITIONS GÉRARD DE VILLIERS

N° 89 S.A.S. AVENTURE EN SIERRA LEONE
N° 90 S.A.S. LA TAUPE DE LANGLEY
N° 91 S.A.S. LES AMAZONES DE PYONGYANG
N° 92 S.A.S. LES TUEURS DE BRUXELLES

LE GUIDE S.A.S. 1989

GÉRARD DE VILLIERS

SAS

VISA POUR CUBA

DE VILLIERS

Photo de la couverture : Michel MOREAU
Arme prêtée par l'armurerie GERAND

ISBN : 2 - 7386 - 0004 - 2

ISSN : 0295 - 7604

CHAPITRE PREMIER

Luis Miguel Bayamo gara sa vieille BMW grise dans la calle L, à l'emplacement des *turistaxis* en face de l'hôtel *Habana Libre* et claqua la portière, sans même la fermer à clef. En dépit de sa plaque « particular » des simples citoyens, tout le monde savait que les deux antennes sur le toit indiquaient un membre du « G2 », le Service de Sécurité de l'Etat, branche intérieure du DGI. (1)

Les chauffeurs de taxi suivirent des yeux la silhouette athlétique du Cubain. Lui n'avait pas à se bourrer de *frejoles*, les haricots noirs du Cubain moyen, pour grossir. Sa *guayabera* (2) laissait deviner une musculature puissante et des épaules de docker. Avec sa grosse moustache noire retombant de chaque côté d'une bouche épaisse et son abondante tignasse sombre, il était le prototype même du *macho latino*. La femme policier de la *Policia Revolucionaria nacional* qui gardait la porte du *Habana Libre* lui barra le chemin.

– *Compañero? A donde vas?* (3)

L'accès des hôtels pour étrangers était interdit aux Cubains. Luis Miguel Bayamo sortit son

(1) Departamento General de Inteligencia.
(2) Chemise plissée à manches courtes portée sur le pantalon.
(3) Camarade? Où vas-tu?

porte-carte et lui mit sous le nez son coupe-file rouge du DGI.

– *Soy trabajando, compañera...* (1)

Son regard descendit sur la lourde poitrine moulée par l'uniforme gris. Une belle fille au visage allongé et fin, qui rougit.

– *Oh! Disculpame, compañero!* (2)

– *Esta bien, esta bien*, fit Luis Miguel, magnanime.

Comme pour l'écarter, il posa la main sur la hanche de la fille, pressant un peu la chair élastique. Leurs regards se croisèrent et il lut de l'admiration dans les yeux sombres de la Cubaine.

– Tu fais bien ton travail, dit-il. Donne-moi ton nom, je te ferai un bon rapport.

Sa main appuyait un peu plus sur la hanche. Celle-là, elle y passerait sur un coin de bureau. Avec l'uniforme, c'était encore plus excitant.

– Doris Velez, *compañero*.

– *Hasta luego*, Doris! fit Bayamo.

Il pénétra dans le grand hall toujours grouillant d'activité. La majorité des touristes et des délégations tenaient à descendre au *Habana Libre*. L'ex-Hilton pourrissait doucement depuis trente ans, mais avait encore fière allure. Ses *tiendas libres* pour touristes, ses cabarets et ses bars assuraient une animation permanente. Luis Miguel Bayamo s'approcha de la réception. Un groupe de touristes italiens écoutaient pieusement la harangue de leur guide, tandis que des Irakiens entouraient une employée de la Cubatur, la palpant comme un fruit mûr. A Cuba, on se touchait beaucoup, c'était dans les mœurs, plus que libres.

Même le socialisme scientifique n'était pas venu

(1) Je travaille, camarade.
(2) Oh, excuse-moi, camarade.

à bout des pulsions sexuelles des Cubains, renforcées par le rhum et le soleil.

Luis Miguel Bayamo réussit à attirer l'attention de l'employée du desk.

– Le 2210, *por favor*.

La fille prit la clef demandée et la lui tendit sans méfiance. L'hôtel abritait des délégations du Salvador, du Nicaragua et du Chili et aucun Cubain ordinaire n'aurait osé demander une clef. Luis Miguel Bayamo se dirigea vers les ascenseurs en sifflotant, d'une humeur de rêve. Après avoir indiqué l'étage à la matrone faisant fonctionner la cabine, il consulta sa montre : 4 heures. Il avait deux bonnes heures devant lui.

La grosse Cubaine lui adressa un gracieux sourire : elle avait repéré sous la *guayabera* la bosse de l'étui à pistolet accroché à la ceinture.

– *Veintidos, compañero*, annonça-t-elle.

Luis Miguel s'éloigna dans le couloir désert. Il frappa à la 2210. Presque aussitôt le battant s'ouvrit, et il se glissa à l'intérieur.

*
**

– *Que bola, Guapita?* (1)

Les énormes mains de Luis Miguel s'étaient refermées comme des serres autour de la taille minuscule de la fille blonde qui venait de lui ouvrir. Il en avait les paumes moites et des palpitations. Les cheveux authentiquement blonds tirés en queue de cheval lui faisaient paraître moins que ses seize ans, mais la grande bouche, les yeux en amande pleins de vice et les seins aigus respiraient la sexualité. Une Lolita tropicale qui rendait les hommes fous. Le Cubain laissa ses mains descendre, palpant la croupe nerveuse et cam-

(1) Comment ça va, ma belle?

brée, puis les cuisses, jusqu'à l'ourlet de la minirobe.

– *Que buena!* murmura-t-il. *Vamos a templar!* (1)

Déjà, il la poussait vers le lit. La première fois qu'il l'avait vue, un mois plus tôt, c'était au cabaret du *Capri*, se déchaînant dans un numéro afro-cubain, mimant l'amour, devant des touristes canadiens éberlués, avec son étrange regard d'adulte déjà pervertie, son ventre qui dansait une sarabande effrénée à quelques mètres de lui. Il s'était juré de l'avoir. Celui qu'il accompagnait, un de ses homologues tchèques, lui avait demandé :

– Qui est-ce? Tu la connais?

– Non, mais je vais réparer ça... Je n'ai jamais vu une *titi* (2) aussi bandante.

Ça n'avait pas été difficile de séduire Herminia Tamargo. Quand il l'avait convoquée à la *Dirección de la Seguridad*, au coin des calles San Miguel et Anita dans le quartier du Verdero (3), elle avait compris très vite le but de la conversation. Salariée de l'Etat comme tous les Cubains, elle gagnait cent cinquante pesos (4) par mois, qu'elle n'arrivait pas à dépenser, les boutiques de La Havane étant vides. Luis Miguel, en sa qualité de membre des Services secrets, avait accès aux *tiendas libres* où l'on payait en dollars et où on trouvait de tout... des parfums français au Cointreau, en passant par le Johnny Walker, les magnétoscopes Samsung ou les magnums de Moët. Trésors interdits aux Cubains de base.

Herminia n'avait pas jugé intelligent de résister quand Luis Miguel avait commencé à lui tripoter les seins.

(1) Ce que tu es bandante! Viens baiser.
(2) Fille très jeune, Lolita, dont raffolent les Cubains.
(3) De la vipère.
(4) Environ 150 dollars au cours officiel.

Soufflant comme un phoque, le Cubain l'avait renversée sur le bureau et Herminia l'avait discrètement aidé à défaire son pantalon. Il s'était rué sur elle comme un malade, se satisfaisant en un clin d'œil. Ensuite, rassasié et magnanime, Luis Miguel lui avait demandé :

– Qu'est-ce que tu aimerais faire en dehors de *jinetera* (1)?

– Danseuse au *Tropicana*...

Le plus beau cabaret de La Havane, une institution. Seules les filles recommandées par un membre du parti pouvaient y travailler. En plus d'un salaire élevé, elles grapillaient des dollars en se faisant un touriste de temps en temps... Luis Miguel avait arrangé le coup.

Depuis, ils se voyaient dans des *posadas* (2) ou au Parc Lénine, ou même au *Habana Libre*. Ce qui éblouissait Herminia. Après chaque étreinte, elle prenait un bain interminable. Le shampooing et le savon étaient des produits de luxe à Cuba...

Elle ne se montrait jamais aussi docile que dans une chambre du grand palace délabré... Pourtant, cette fois, juste avant d'atteindre le lit, Herminia tenta de repousser Luis Miguel Bayamo.

– *Espera! Espera!*

– Qu'est-ce qu'il y a! gronda Luis Miguel, déjà furieux.

Plusieurs fois, elle lui avait fait le coup du refus, pour lui extorquer un cadeau. Herminia Tamargo s'était révélée une horrible petite garce, doublée d'une salope. Hélas, Luis Miguel, atteint de « titimania », ne pouvait plus s'en passer.

Machinalement une de ses mains s'était refermée autour d'un sein aigu et ferme. Herminia leva un visage boudeur.

(1) Michetonneuse.
(2) Maison de rendez-vous.

– Il y a un *seguroso* (1) qui m'a arrêtée dans le hall.

– Tu lui as montré ta carte?

Il lui avait fait établir un faux *pase*, le document qui permettait aux Cubains travaillant dans les hôtels pour étrangers de ne pas être refoulés aux barrages.

– Oui, fit Herminia, mais il m'a posé des tas de questions. Je lui ai dit que j'étais femme de chambre. Il a pris mon nom.

Le Cubain haussa les épaules.

– Ça ne fait rien. Si tu as des problèmes, tu leur dis de venir me voir.

Tous les Cubains un peu importants avaient une *titi*. C'était admis et une grande indulgence régnait à ce sujet. Survivance du machisme qui avait résisté à la Révolution. Luis Miguel se dit au contraire que cet incident était bénéfique. Cela renforçait son alibi concernant sa présence au *Habana Libre*. Même le *seguroso* le plus obtus comprendrait qu'on fasse des folies pour une fille comme Herminia. Pour achever de la rassurer, il lui murmura à l'oreille :

– Tout à l'heure, on ira à la *tienda*. Ils ont reçu des maillots de bain du Brésil...

Lui se prendrait une bouteille de Johnny Walker, carte noire.

Herminia ronronna aussitôt, collant son ventre à la bosse déformant le pantalon de son amant. Redevenant la salope docile et pleine de vice qui le rendait fou.

– *Mi caballo!* murmura-t-elle, massant le membre tendu.

C'était en principe le surnom de Fidel Castro. Parce que les Cubains disaient qu'il avait des couilles énormes. Mais le membre imposant de Luis Miguel permettait de l'appeler ainsi. Celui-ci,

(1) Flic.

le souffle court, tordait les pointes des seins, d'une longueur inhabituelle. Le crissement du zip que des doigts habiles venaient de faire descendre se répercuta dans toutes ses terminaisons nerveuses. Puis ce fut le contact exquis d'une main sur son sexe brûlant. Il titubait au milieu de la chambre, pris d'un merveilleux vertige. Herminia était à son affaire, maintenant.

Elle leva un regard effronté vers Luis Miguel.

– Qu'est-ce que tu veux, *mi amor?*

– *Mamame la pinga!* (1)

La voix de Luis Miguel était rauque de désir anticipé. Docilement, Herminia s'agenouilla et sa bouche entoura le membre épais. Le Cubain émit un râle de bonheur, appuyant sur la tête blonde.

La langue d'Herminia dansait un ballet infernal le long du sexe cramoisi, montant et descendant rapidement. Elle avait toujours aimé exciter ainsi les hommes, les sentir à sa merci. Ses mains s'agitaient le long de la colonne de chair. Luis Miguel poussa un grognement d'agonie et lui tira la tête en arrière.

– Arrête, petite salope, *vamos a templar*. Comment fais-tu si bien?

Il haletait.

Modestement, Herminia baissa les yeux, tout en le masturbant lentement.

– C'est un *compañero* pionnier qui m'a appris, fit-elle d'une voix menue. A l'école de Cienfuegos. J'avais douze ans, il m'a suivie dans les toilettes. Il était très beau, il ressemblait au Che, alors je l'ai laissé me caresser. Puis il a sorti sa *pinga*, il m'a dit de me pencher. Je me suis accroupie et d'un seul coup, il l'a plantée dans ma bouche...

– Et après? souffla Luis Miguel, cramoisi. Il n'a pas essayé de te baiser?

(1) Suce-moi la queue!

Vicieusement, Herminia continuait son manège, les yeux baissés.

– Non, non, assura-t-elle. Il voulait juste se faire sucer. J'ai appris à le faire jouir dans ma bouche. Le stage a duré quinze jours, il me rejoignait tous les soirs.

– Et tu l'as revu?

– Non, il a fait son devoir internationaliste. Il est parti en Angola et a été tué.

Luis Miguel Bayamo agonisait de désir. Le sang battait dans son sexe et dans ses tempes. Grognant des obscénités, il bouscula Herminia jusqu'au lit bas, se laissa tomber sur elle, écartant la mini. Quand elle venait le retrouver, elle ne mettait jamais de *blumer* (1). D'un seul coup, il plaça son membre énorme, poussa et s'enfonça sans difficulté. Herminia lui griffa les flancs, les jambes repliées comme une grenouille. Luis Miguel était toujours étonné de voir ce corps menu avaler sans effort son sexe.

Herminia, les jambes nouées dans son dos, s'accrochait à son cou et le suppliait :

– Vas-y! Défonce-moi, *mi caballo!* Ouvre-moi en deux!

Toujours le lyrisme tropical.

Luis Miguel se mit à la pilonner furieusement. Sous ses coups de boutoir, Herminia commença d'abord à se tortiller, puis son corps se jeta à sa rencontre, comme lorsqu'elle dansait, avec des secousses sauvages de cavale. Malgré sa frêle ossature, elle parvenait à soulever Luis Miguel!

– Comme tu es gros! psalmodia l'adolescente. Plus vite! Plus vite!

Avec un rugissement, Luis Miguel se laissa tomber sur elle avec encore plus de vigueur. Ses mains enserraient ses fesses rondes, la maintenant en place.

(1) Culotte.

Des coups secs ébranlèrent soudain la porte. Les jambes d'Herminia retombèrent. Elle se figea.

– Tu as entendu?

– Je m'en fous!

Luis Miguel allait jouir, le *Habana Libre* pouvait s'écrouler. On continuait à frapper à la porte. Herminia n'avait plus le cœur à l'ouvrage, mais arrêter Luis Miguel, c'était comme stopper une locomotive lancée à pleine vitesse. Soufflant comme un taureau, il s'agita encore furieusement et lâcha sa semence avec un bramement.

Juste comme la porte s'ouvrait.

Herminia poussa un cri de terreur. Deux silhouettes s'encadraient sur le seuil : une femme de chambre, un passe à la main et le *seguroso* en chemise verte qui l'avait arrêtée dans le hall. Ce dernier repoussa la femme et entra seul dans la chambre. Luis Miguel s'arracha au lit et à Herminia, le sexe encore tendu, les yeux injectés de sang et marcha sur l'intrus.

– *Voy a reventarte la cabeza, maricon!* (1)

L'inconnu recula et sa main droite disparut sous sa *guayabera* pour saisir son arme, lorsqu'il aperçut celle de Luis Miguel Bayamo. Prudemment, il s'immobilisa, puis exhiba une carte, presque semblable à celle de Luis Miguel.

– Ne t'énerve pas, *compañero!* Je suis de la villa Marista (2).

Luis Miguel Bayamo le foudroya du regard.

– Qui t'a donné l'autorisation de pénétrer dans cette chambre? Je suis Luis Miguel Bayamo, directeur du secteur « Este » du DGI.

Il lui montra sa carte et l'autre inclina humblement la tête.

– Je ne voulais pas te déranger, *compañero*,

(1) Je vais te faire éclater la tête, pédé!
(2) Siège du G2.

mais cette... femme m'a raconté une histoire suspecte.

Herminia Tamargo, terrorisée, avait disparu dans la salle de bains. Luis Miguel, tout en se rajustant, réfléchissait rapidement. Il se méfiait comme de la peste du type en face de lui. Dans le système cubain, personne n'était à l'abri. Même pas lui, qui avait rang de directeur et venait d'exercer de hautes fonctions à l'étranger. Il fallait arranger le coup.

Et vite...

– Herminia! appela-t-il.

La tête blonde surgit aussitôt.

– Descends et attends-nous dans le hall, ordonna-t-il.

Le *seguroso* n'osa pas s'opposer au départ de la fille. Discrètement, Luis Miguel consulta sa montre, et son cœur cessa presque de battre. Il fallait que l'intrus soit parti dans dix minutes. Les pensées s'entrechoquaient sous son crâne. L'entraîner hors de la chambre? Mais ce serait difficile ensuite de remonter. Il fallait le calmer, désamorcer la bombe. Il prit son souffle et lui fit face. L'autre lui adressa un sourire doucereux.

– Je suis désolé, *compañero*. Mais cette fille m'a montré un faux *pase*. J'ai vérifié avec l'administration. Alors j'ai commencé mon enquête. Cette chambre est celle d'un de nos *compañeros* tchèques, en visite. Je pensais qu'elle...

– Herminia travaille pour moi, coupa brutalement Luis Miguel Bayamo. C'est moi qui lui ai donné ce *pase*. J'avais rendez-vous ici avec elle et... (Il se força à un sourire complice.) tu sais ce que c'est, *compañero*...

Le tutoiement espagnol facilitait les choses. Le *seguroso* eut un sourire bien vil.

– *Como no...* (1)

(1) Bien sûr.

Les Cubains avaient le sang chaud. Même Fidel ne dédaignait pas à l'occasion l'hommage d'une jeune pionnière. Pourtant, le *seguroso* reniflait un loup. Luis Miguel paraissait nerveux, son regard était fuyant, alors que l'histoire n'avait rien de grave. Il se dit qu'il y avait autre chose. Récemment, on avait coffré un ministre qui avait détourné des millions de pesos pour une *titi*. C'était amusant de faire transpirer un peu le puissant camarade en face de lui.

– Cette fille, commença-t-il, elle ne travaillait pas comme *puta militante* (1), chez nous...

– Non, non! C'est une recrue à moi.

Luis Miguel avait repris sa dignité en perdant son érection. Mais son cœur battait encore la chamade. Il donna une tape dans le dos de l'autre.

– *Vamos, compañero*. Je t'offre une *cerveza* (2) au *Patio*. Tu l'as bien méritée.

– *Con mucho gusto!* accepta le *seguroso*, mais je dois prévenir d'abord l'administration que tout est en ordre. Qu'il ne faut pas ennuyer cette Herminia. Elle danse au *Tropicana*, n'est-ce pas?

Le salaud avait déjà bien travaillé... Luis Miguel cacha sa haine sous un sourire égrillard.

– Oui. Tu viendras la voir...

L'autre avait décroché le téléphone. Il demanda quelqu'un et resta immobile, sautillant d'un pied sur l'autre. Luis Miguel rongeait son frein, comptant mentalement les secondes. Ce salaud faisait exprès...

*
**

Gerald Svat prit une boîte de Cohiba – la Rolls des cigares – et la tendit à la vendeuse de la *tienda*

(1) Les filles utilisées par le DGI.
(2) Bière.

avec un sourire. C'était le magasin le mieux approvisionné de La Havane, des dizaines de marques, à des prix défiant toute concurrence. Par la « valise », il ravitaillait ses copains de Washington, en toute illégalité, et la bonne femme le connaissait bien. Il tendit ses 75 dollars.

– *Muchissimas gracias, señor* Svat, fit-elle. *Hasta luego.*

– *Hasta luego, compañera*, dit-il poliment.

Elle le suivit des yeux, se disant que tous les impérialistes n'étaient pas mauvais. Comme toujours, il avait laissé sur le comptoir un sac avec du déodorant et du parfum, impossibles à trouver en ville.

L'Américain sortit de la *tienda*, située au fond d'un long couloir, et se dirigea vers le lobby sans se presser. Il avait été suivi depuis son départ de Miramar et un *seguroso* rôdait sûrement dans le hall sur ses traces. D'ailleurs, il ne passait pas inaperçu, s'obstinant à porter une veste à carreaux et une cravate en dépit de la chaleur.

Après Yale, il était entré directement à la CIA comme analyste, pour finir deputy-chief de la station de La Havane. Compte tenu des risques, il n'y avait que des volontaires. Les relations diplomatiques entre Cuba et les U.S.A. étaient rompues depuis vingt-cinq ans, mais l'ambassade s'était transformée en « Section des Intérêts américains » et Gerald Svat jouissait comme ses collègues des privilèges diplomatiques.

Il traîna un peu autour du *Patio*, le bar du rez-de-chaussée, puis fila vers les ascenseurs, sa boîte de cigares sous le bras. L'air parfaitement innocent.

– 25e, annonça-t-il.

La matrone appuya sur le bouton. Du bar du 25e on avait une vue splendide de toute La Havane et il y venait souvent. Arrivé en haut, il s'installa sur un tabouret et commanda.

– Un *mojito*.

La boisson préférée d'Hemingway. Rhum, limonade, citron, menthe et sucre. Quatre touristes admiraient le panorama. Gerald Svat sirota son *mojito* paisiblement. L'heure du rendez-vous approchait. Personne ne l'avait suivi au bar. Les *segurosos* affectés à sa surveillance connaissaient ses habitudes et ne voulaient pas se montrer trop ostensiblement. Ils devaient l'attendre dans le lobby, sachant par la femme de l'ascenseur à quel étage il se trouvait...

Il laissa deux dollars sur le comptoir et sortit. Mais au lieu de prendre l'ascenseur, il s'engouffra dans l'escalier de secours. C'était le moment dangereux, mais s'il rencontrait quelqu'un, il pouvait toujours prétendre que l'ascenseur ne venait pas. Comme ils étaient tout le temps en panne... Grâce à ses semelles de crêpe, il descendit rapidement trois étages, émergeant dans le couloir du 22e. Personne. Il courut jusqu'à la porte du 2210 et frappa.

*
**

Le coup frappé à la porte retentit dans la tête de Luis Miguel Bayamo comme une explosion. Le *seguroso*, qui venait de raccrocher le téléphone après avoir « blanchi » Herminia, l'interrogea du regard, soudain tendu. Luis Miguel haussa les épaules, de l'air de dire que c'était sûrement une erreur et ne bougea pas.

On frappa de nouveau. Soudé au sol, le pouls à 150, Luis Miguel Bayamo sentit ses jambes se dérober sous lui. Cette fois, le *seguroso* se décida à marcher vers la porte.

– *Hijo de puta*, murmura entre ses dents Luis Miguel.

D'un seul élan, il se jeta en avant, sortant en même temps son pistolet. Il le prit par le canon et abattit la crosse avec un « han » de bûcheron sur la nuque de son collègue, qui avait déjà la main sur la poignée de la porte.

Il y eut le bruit affreux de la boîte crânienne qui se brisait, l'autre poussa un gémissement sourd, tituba, déjà presque mort. Comme un fou, Luis Miguel continua à frapper, de toute la force de sa haine, défonçant les os dans un jaillissement de sang et de matière cervicale. S'acharnant sur le *seguroso* tombé à terre. Il cogna si fort que la crosse du Makorov disparut dans le crâne jusqu'au pontet... En sueur, il se releva, donna un coup de pied au cadavre et fonça ouvrir la porte.

Il n'y avait plus personne derrière.

Luis Miguel Bayamo, les mains tremblantes, essuya machinalement la crosse de son arme au couvre-lit, le cerveau brouillé.

Sa vie venait de basculer en quelques secondes et il avait peu de temps pour s'organiser.

*
**

Gerald Svat émergea en sueur sur le palier du 25e, risqua un œil et courut jusqu'à l'ascenseur. Personne. La chemise collée à son torse par la transpiration, il essaya de reprendre une respiration normale.

Que s'était-il passé? Après avoir frappé il avait vaguement entendu un bruit de lutte de l'autre côté de la porte, mais avait aussitôt décroché. Catastrophé. Ce rendez-vous avait une importance extrême. L'homme qu'il devait rencontrer représentait des mois d'efforts de la part de la Company. Un nouveau contact allait être difficile à établir.

L'ascenseur arriva et il monta dedans.

Au moins, il ne s'était pas fait surprendre...

– Lobby, indiqua-t-il à la préposée.

*
**

Luis Miguel Bayamo se sécha les mains, son calme retrouvé. Avec une serviette, il avait tamponné le sang du mort répandu sur la moquette marron et remis de l'ordre dans la pièce. Il restait le cadavre...

Que savait exactement le *seguroso?* Il n'avait sûrement pas communiqué à ses supérieurs le numéro de la chambre avant de s'y rendre. C'était le hasard qui l'avait fait harponner Herminia. Mais Luis Miguel Bayamo ne pouvait pas abandonner le cadavre sur place. Son homologue tchèque le dénoncerait. C'était trop grave. Le sang ne se voyait presque plus sur la moquette foncée usée jusqu'à la corde. Donc il fallait se débarrasser du corps. Comment?

Il ouvrit la fenêtre et se pencha. Au-dessous se trouvait le dôme en ciment troué de verrières rondes qui éclairaient le lobby. A cause de la climatisation personne n'ouvrait jamais les fenêtres. Le cadavre resterait sans doute là des jours entiers sans être découvert s'il parvenait à le jeter dehors.

Sans hésiter, Luis Miguel retourna vers le corps, le traîna par les pieds et le hissa contre la fenêtre. C'est fou ce que ce salaud était lourd... Les dents serrées, il parvint à le faire basculer à l'extérieur. Encore un dernier effort et il allait tomber le long du mur.

– *Adios, maricon!* grinça Luis Miguel.

Le corps du *seguroso* plongea dans le vide. Luis Miguel Bayamo suivit sa chute. Le cadavre tournoya, heurta le ciment du dôme, rebondit inopinément et disparut à travers une des ouvertures rondes qui éclairait le lobby.

***

– *Compañera!* Tu n'as pas envie d'une *cervecita?*

L'Irakien aux grosses moustaches tournoyait comme une mouche autour d'Herminia assise sur un des sièges au-dessous du dôme en ciment percé de quelques ouvertures rondes pour laisser passer la lumière. Mesmerisé par ses seins pointus et son air de salope. La jeune Cubaine lui glissa un regard ravi et pervers, mais s'imposa de ne pas lui répondre... Ses copines disaient pourtant que les Arabes avaient des queues énormes et beaucoup de *verdes* (1).

Ce serait pour une autre fois. L'incident de la chambre 2210 l'avait perturbée, et elle était obligée de serrer les cuisses pour que le sperme de Luis Miguel ne dégouline pas le long de ses jambes. Elle se souvint que la chronique astrologique de Radio-Marti (2) qu'elle écoutait tous les matins lui avait prédit un contretemps... Elle adressa quand même une œillade à l'Arabe, et décroisa les jambes afin qu'il découvre son absence de culotte. Il lui donnerait peut-être quelques dollars sans rien lui faire...

Effectivement, il se rapprocha, et effleura sa hanche.

– *Compañera*, je suis au 887, dit-il. Je...

Il fut interrompu par un fracas de verre brisé et une masse sombre atterrit à trois mètres d'eux, dans un déluge de morceaux de verre. Herminia se dressa avec un hurlement.

La tête du *seguroso* avait heurté le marbre du sol et explosé, projetant des débris peu ragoûtants partout. Tétanisé, l'Arabe resta muet. Les gens se

(1) Dollars.
(2) Radio anti-castriste émettant de Miami.

précipitaient, levant la tête vers le trou dans la verrière.

Un policier en uniforme accourut, écartant les badauds. Le hall bourdonnait de cris et d'appels.

– C'est un suicide! fit quelqu'un.

Les yeux écarquillés, Herminia dévisageait le mort. Il était défiguré par sa chute, mais elle le reconnaissait à sa chemise verte. Ce n'était pas un suicide. Elle recula, se mêlant à la foule. La tête vide. N'osant plus bouger. Elle sentit quelques minutes plus tard qu'on la tirait en arrière. Elle tourna la tête et croisa le regard de Luis Miguel. Doucement elle se laissa entraîner jusqu'à la BMW. Son amant démarra aussitôt en trombe, tournant dans la Rampa, descendant vers le Malecon (1). Il se gara en face de la colline rocheuse dominant le bord de mer, couronnée par le blockhaus près de l'*hôtel National*.

*
**

Luis Miguel Bayamo coupa son moteur puis essuya la sueur qui inondait sa nuque. Ses mains tremblaient encore légèrement et les battements précipités de son cœur secouaient sa cage thoracique.

– Qu'est-ce qui est arrivé? demanda timidement Herminia.

– Tais-toi! fit brutalement le Cubain avec un coup d'œil mauvais.

Son regard glissa jusqu'au cou allongé de la *titi*. Pris d'une fureur soudaine. C'était à cause de cette petite salope que tout était arrivé. D'une seule main, il pouvait lui broyer la gorge. Supprimant du même coup un témoin gênant.

Peut-être Herminia sentit-elle cette haine car

(1) Promenade du bord de mer.

elle posa la main sur la poignée de la portière et murmura :

– J'ai peur! Je rentre.

– Reste ici, gronda Luis Miguel, lui serrant le poignet à la faire crier.

Sans la lâcher, il se mit à réfléchir. La mort du *seguroso* allait déclencher une enquête approfondie. Qui mènerait droit à la chambre 2210. Ensuite... Bayamo savait comment travaillaient ses « amis ». Tout serait passé au crible. On s'apercevrait forcément de sa présence au *Habana Libre* et de toute façon, devant la gravité des faits, le locataire de la chambre 2210, son homologue tchèque, révélerait à qui il l'avait prêtée...

Il y avait pire. Gerald Svat, l'homme de la CIA avec qui il avait rendez-vous, était forcément suivi. Les enquêteurs risquaient de faire le rapprochement. Parce qu'un homme comme Bayamo ne tuait pas un collègue *simplement* parce qu'on le surprenait avec une fille.

Même s'il étranglait Herminia sur place, il restait trop de témoins. A ce stade, il n'avait plus que deux possibilités. Ou bien retourner tranquillement à son bureau et faire face. Mais l'enquête arriverait fatalement jusqu'à lui. Et une fois dans le piège, il n'en sortirait plus. Ou alors, prendre les devants et faire appel à ses nouveaux amis.

Il demeura de longues minutes silencieux et immobile, contemplant d'un air absent les véhicules défilant sur le Malecon. Puis, dès qu'un vieux side-car russe sur lequel étaient juchées six personnes les eut doublés dans une pétarade assourdissante, il se tourna vers Herminia avec un sourire câlin.

– *Guapita*, fit-il, tu vas rentrer chez toi. N'aie pas peur. Je vais t'expliquer ce que tu devras dire. Ensuite, il va falloir que tu m'aides...

*
**

Gerald Svat était en train de préparer un mémo quand sa secrétaire l'appela.

– Mister Svat, venez voir!

Il s'approcha de la baie vitrée qui dominait le Malecon. Une voiture était arrêtée juste en face de l'ex-ambassade US, le capot levé. Son conducteur semblait occupé à farfouiller dans le moteur.

Déjà un policier cubain accourait. Les abords de l'ex-ambassade étaient formellement interdits à tous les Cubains... L'homme de la CIA observait la scène, tendu. Le policier commença à parler avec le propriétaire de la voiture qui essaya de nouveau de la faire démarrer. Apparemment en vain.

Nouvelle discussion. Gerald Svat suivait avidement la scène. Finalement le conducteur s'éloigna avec le policier, après avoir accroché un chiffon rouge au capot levé.

Gerald Svat le fixa quelques secondes, le cœur serré, puis traversa le bureau pour entrer dans celui du chef de station, David Greig. Celui-ci leva le nez. Il était assis devant une table basse de Claude Dalle – deux énormes défenses d'éléphant supportant une dalle de verre, seul élément luxueux d'un bureau austère.

– David, annonça Gerald Svat, je crois que nous avons un sérieux problème sur les bras. Bayamo vient de nous envoyer le signal de détresse n° 1. Je me doutais que quelque chose ne collait pas après le rendez-vous raté, mais je ne pensais pas que ce soit si grave.

CHAPITRE II

– Voici votre visa pour Cuba. Le passeport est en béton, établi au nom d'un citoyen existant. Vous avez deux cartes de crédit, *Visa* et *Diner's*. Là-bas, cela suffit. Vous ne risquez absolument rien. Tout a été balisé par la station de La Havane. *That's only a nice little trip on the sun* (1).

Avec un sourire engageant, le chef de station de la CIA à Vienne tendit à Malko les différents documents. Ce dernier prit le passeport et l'ouvrit à la première page où il lut son nouveau nom : Mark Linz. Il n'aurait pas à changer les initiales de ses vêtements. Profession : agent commercial. Demeurant à Vienne, 45 Statelstrasse. En plus, il y avait un billet Vienne-Paris-La Havane, et retour, en classe Eco. Il leva les yeux.

– Air France a des 747 sur Porto Rico, via Pointe-à-Pitre, avec des Premières, remarqua-t-il. Ce serait plus agréable.

– Impossible d'aller de Porto-Rico à la Havane, objecta l'Américain. Vous volerez sur Air France une autre fois.

Il poussa vers Malko le reste de son viatique. Des dollars en billets et en travelers checks. Plus

(1) C'est seulement un beau petit voyage au soleil.

un Polaroïd avec deux films. La carte de touriste jaune reproduisait les indications du passeport.

– Vous croyez que les Cubains ne m'ont pas identifié par la photo? demanda-t-il.

Bill Mac Millan, le jeune chef de station, secoua la tête, sûr de lui.

– *No way!* Les cartes de tourisme sont délivrées par l'agence de voyage. Le volet pour les Cubains part *après* vous. Les Cubains ont tellement besoin de devises qu'ils ont considérablement assoupli les formalités d'entrée dans leur pays. Sinon, ce serait impossible de vous y envoyer. Vous serez revenu de Cuba avant qu'ils ne s'aperçoivent de votre passage. Et de toute façon, s'il y avait un problème, la station de La Havane vous exfiltrerait.

Un ange passa et s'enfuit à tire-d'aile.

Malko n'aimait pas vraiment cela. Il était très rare qu'on l'envoie en clandestin dans un pays communiste, donc ennemi. S'il se faisait prendre, cela signifiait des années de prison. Il pensa à la pulpeuse Alexandra en train de prendre son petit déjeuner au *Sacher*. Frustré : il ne pouvait même pas l'emmener.

Il rangea les documents dans son attaché-case. Mark Linz. Il fallait s'habituer à ce nouveau nom. Le chef de station lui lança chaleureusement :

– Vous êtes un de nos meilleurs chefs de mission. Je savais que vous accepteriez le job...

Malko aurait refusé si l'hiver n'avait pas approché. Comme toujours à cette époque, le château de Liezen donnait des signes de faiblesse : plomberie, toiture, chauffage central, sans compter la peinture de la salle à manger qui partait en plaques. Il n'avait pas envie de vivre dans un taudis de quarante pièces.

– Bien, dit-il. N'oubliez pas de m'enterrer à Arlington, avec une belle plaque. Et maintenant, faisons le point : si je ne me retrouve pas dans une geôle dix minutes après mon arrivée, en quoi consiste exactement ma mission?

– Je vous résume l'histoire, dit l'Américain. Depuis des mois, les Anglais ont « tamponné » en Tchécoslovaquie, pour notre compte, un membre important des Services cubains en poste à Prague : Luis Miguel Bayamo. Ce dernier est en possession d'informations vitales pour nous. Depuis des années nous avons recruté des Cubains à l'étranger, principalement, et créé un réseau au sein des Services de Renseignement cubains, qui travaille pour nous. Or, d'après Bayamo, la moitié environ de ces agents ont été « retournés » à nouveau par les Cubains et nous trahissent. C'est leur liste qu'il a l'intention de nous vendre. Chez nous la direction du contre-espionnage en a des sueurs froides. Or, Bayamo préparait sa défection quand il a été rappelé à Cuba il y a six semaines environ.

– Ses chefs se sont méfiés?

– Non, non. Au contraire. Il a été réquisitionné pour donner des cours d'espionnage aux diplomates au Bureau d'Assistance Diplomatique du DGI. Il devait rester quelques mois à La Havane puis prendre à l'étranger un poste encore plus important que Prague. Peut-être les Nations Unies, à New York! On en salivait. C'est comme si on nous le délivrait franco de port.

– Et alors?

– Alors, il est arrivé quelque chose d'imprévu. A La Havane, nous communiquions avec lui par l'intermédiaire d'une boîte aux lettres morte. Il avait réclamé un rendez-vous avec Gerald Svat, son officier traitant, le deputy-chief of station. Dans une certaine chambre du *Habana Libre*. Svat s'y est rendu mais personne ne lui a ouvert. Bien entendu, il a décroché immédiatement. Pensant à un simple contretemps. Seulement, le même jour, à peu près à la même heure, un événement étrange s'est produit au *Habana Libre*. Un homme a été défenestré. Nous avons appris très vite que c'était un membre des Services de Sécurité cubains. Le lendemain Bayamo a envoyé un signal de détresse absolue, grâce à un code convenu.

« Ce signal déclenchait un rendez-vous fixé à l'avance. Svat s'y est rendu, en prenant d'énormes risques. Il n'y a pas trouvé Bayamo, mais une de ses amies, une certaine Herminia. Celle-ci lui a appris que Bayamo était recherché par le G2, qu'il se cachait quelque part à La Havane et qu'il demandait une exfiltration d'urgence.

– Rien que des bonnes nouvelles, remarqua Malko.

Le chef de station de Vienne ne sourit même pas.

– La station de La Havane a commencé à travailler sur son exfiltration, opération hyper délicate et qu'elle ne peut mener sans aide extérieure. C'est la raison de votre voyage à Cuba. Lors de son entrevue avec Svat, cette Herminia a précisé que Luis Miguel Bayamo exigeait de n'avoir de contacts qu'avec des gens de chez nous, non Cubains... Tous nos agents sur place étant sous une surveillance constante, il fallait quelqu'un de l'extérieur. Non repéré par le G2.

« Votre job consistera à prendre contact avec Bayamo, grâce à une procédure que je vais vous indiquer, et à faire ensuite la liaison avec la station de La Havane pour réaliser son exfiltration.

– Et la mienne, compléta Malko.

– Si tout se passe bien, souligna l'Américain vous repartirez au bout de huit jours, la durée de votre voyage touristique, dans des conditions normales.

– Et dans le cas contraire? Vous n'ignorez pas ce que je risque?

– La station vous apportera toute l'aide nécessaire.

L'ange repassa dans un grand battement d'ailes. Si les gens de la CIA à Cuba n'arrivaient déjà pas à exfiltrer un défecteur... Malko eut un sourire résigné. Avec la CIA, il fallait avoir la foi et prier pour que sa bonne étoile ne le quitte pas. Rompant un silence qui devenait pesant, le chef de station consulta ostensiblement sa montre :

– Je vais vous conduire à l'aéroport.

– Merci, dit Malko. La comtesse Alexandra va s'en charger.

S'il devait se retrouver pour un siècle dans une prison cubaine, il préférait passer ses derniers moments de liberté avec sa pulpeuse fiancée. L'Américain n'insista pas.

– O.K., dans ce cas je vous donne maintenant vos consignes. Vous avez deux priorités immédiates. D'abord faire savoir à la station que vous êtes arrivé en activant leur réseau clandestin afin de rencontrer Gerald Svat. C'est lui qui a un faux passeport pour Bayamo. Ensuite contacter Bayamo.

– Comment faire pour le premier point?

– Il y a un bar-restaurant dans la vieille ville, la *Bodeguita del Medio*, un coin qu'Hemingway adorait, expliqua l'Américain. Tous les touristes y vont. Les murs sont couverts de graffiti. Dans la première salle du restaurant, se trouve un taxiphone. Faites semblant de téléphoner et marquez au crayon bille vert « Mathilda » et dessinez un cœur. Un de nos agents cubains passe tous les jours. Il saura que vous êtes là.

« Le lendemain soir, vers 6 heures, installez-vous en face de l'Opéra, sur un des bancs de la Plaza Jose Marti. Avant, vous aurez acheté à la librairie « Poesia Moderna », tout à côté, un ouvrage qui s'appelle *Fidel y la religion*. Ayez-le à la main, bien en vue. Vous serez approché par un membre de notre réseau de soutien qui vous mènera à Gerald Svat. S'il n'y a personne, revenez le lendemain.

Ça faisait un peu jeu scout, mais on ne prenait jamais assez de précautions...

– Et pour Luis Miguel Bayamo? continua Malko.

– Il faut contacter la petite amie de Bayamo, Herminia Tamargo.

– Vous avez ses coordonnées?

– Il n'est pas question d'aller chez elle, avertit l'Américain. Dans chaque bloc, il y a un Comité de défense de la Révolution qui moucharde tout. Les Cubains n'ont pas le droit d'entrer en contact avec des étrangers.

– Alors, je vais me déguiser en fantôme?

– Non. Herminia Tamargo est danseuse au *Tropicana*, la plus grande boîte de La Havane. Il paraît que les filles du spectacle ne sont pas farouches. Vous êtes le touriste amateur de chair fraîche tropicale. Un rôle pour vous, ajouta-t-il avec un zeste d'ironie.

Malko le regarda avec horreur :

– Dites-moi, vous avez décidé de vous débarrasser de moi! Cette fille, si elle est la maîtresse de Bayamo, est sûrement surveillée. Vous me jetez dans la gueule du loup.

Le chef de station eut un sourire aussi éblouissant que rassurant.

– Nous avons pensé à ça! D'après la station de La Havane, elle est « claire », sinon elle n'aurait pas pu rencontrer Gerald Svat. Les Cubains l'ont sûrement interrogée et ont conclu qu'elle ne savait rien.

Malko le fixa, sceptique.

– Vous avez entendu parler de la chèvre et du tigre? Ils nous tendent peut-être un piège...

L'Américain manifesta quelques signes d'énervement discret en faisant grincer son fauteuil.

– Ecoutez, fit-il. Il y a *forcément* un risque.

Vous êtes un chef de mission assez avisé pour vous rendre compte sur place s'il faut couper court et démonter.

– Ça risque d'être trop tard, contra Malko. Le fait même de la contacter est un risque. L'autre secoua la tête.

– Non. Tous les soirs, la moitié de la troupe du *Tropicana* part avec des touristes. Vous serez noyé dans la masse. C'est cette fille qui a demandé qu'on l'approche de cette façon. Elle sait ce qu'elle fait.

Ils s'affrontèrent du regard. L'ange repassa sur la pointe des pieds. Malko pouvait refuser. Mais c'était toute sa crédibilité qui fichait le camp.

– Eh bien, je vous rapporterai des cigares, fit-il en se levant. Si je reviens.

– Ne dites pas de conneries, bougonna le chef de station. Vous êtes indestructible.

– Personne ne court plus vite qu'une balle de « 357 Magnum », fit remarquer Malko avec justesse. Espérons que Dieu est de mon côté.

Rasséréné par cette référence spirituelle, le chef de station alla à un bar installé dans un coin, versa une Stolychnaya à Malko et, pour lui, déboucha une bouteille de Gaston de Lagrange.

– A votre mission! lança-t-il.

La vodka glaçée rendit sa bonne humeur à Malko. Cinq minutes plus tard, l'Américain l'accompagna à l'ascenseur.

– Je ne vous dis pas bonne chance, fit-il.

Malko se retrouva sur le Ring au volant de sa Rolls, pas vraiment détendu. Etre tué en mission, c'était le jeu, mais passer des années dans une geôle cubaine...

Alexandra l'attendait à côté du *Sacher*, en contemplation devant la vitrine d'un décorateur exposant les dernières créations de Claude Dalle.

– Je veux un lit comme ça, dit-elle désignant un immense lit Tiffany recouvert d'un jeté de lit de soie brodée d'or. Elle était moulée dans une robe de cuir parme de Jean-Claude Jitrois qui soulignait la cambrure inouie de ses reins et sa somptueuse poitrine. Le cuir venait mourir au tiers de ses seins laiteux, découvrant presque les aréoles.

A peine fut-elle montée dans la Rolls que Malko glissa la main entre ses cuisses, au contact soyeux du nylon, puis de la peau. Hélas, impossible d'aller plus loin...

– C'est trop étroit! remarqua Alexandra, sadiquement enjouée.

Pourtant rien d'autre ne la protégeait que son fourreau de cuir. Le trajet jusqu'à Swchechat fut pour Malko un vrai supplice de Tantale...

Dans le hall de départ, Alexandra se colla à lui, faisant grimper sa tension artérielle à des hauteurs inégalées. Avisant la porte des toilettes, Malko y entraîna la jeune femme :

– Viens!

A peine furent-ils entrés qu'il l'appuya à la porte et fit glisser sur ses hanches le fourreau de cuir parme, découvrant les serpents noirs des jarretelles, le haut des cuisses et le buisson blond offert sans défense. C'est Alexandra elle-même qui l'aida à l'embrocher comme un soudard, posant un escarpin sur le siège des toilettes pour qu'il la pénètre mieux... Il se répandit en elle au moment où le haut-parleur annonçait le départ.

*
**

Le policier tendit la main vers le passeport qui disparut dans le guichet. Il était moustachu, mal rasé et fatigué. Son uniforme gris fer portait un badge sur la poitrine : *Ministerio del Interior. Immigración.* Malko maîtrisait avec peine les battements de son cœur. Il était à Cuba! Ses compagnons de voyage, deux Russes corpulents, semblaient aussi épuisés que lui. Le voyage avait été fatigant. Dire qu'il aurait pu se trouver dans un siège couchette Première d'Air France, en route pour Fort de France. L'aérogare Jose Marti était un minuscule bâtiment de bois, sans climatisation. Une foule compacte de touristes cherchaient leurs guides, des fonctionnaires nonchalants. Bien qu'il soit deux heures du matin, la chaleur poisseuse leur tombait sur les épaules.

– *Bienvenido, señor.*

Indifférent, le policier venait de lui rendre son passeport tout neuf. Mark Linz n'était plus qu'un touriste comme les autres avec ses dollars. A respecter. Encore une heure à poireauter pour les bagages dans une chaleur de bête. Enfin, Malko put s'engouffrer dans un *turistaxi.*

– A l'hôtel *Victoria.*

Sur l'*autopista* défoncée, une énorme affiche célébrait le cent-vingtième anniversaire de la naissance de Lénine, promettant des lendemains qui chantaient.

La voiture fit une brusque embardée. Une Chevrolet des années cinquante venait de perdre son capot qui volait dans la nuit comme un gros papillon. Le chauffeur eut un bon sourire et se retourna.

– *Es muy vieja...*

La moitié du parc automobile de Cuba avait plus de trente ans. Son taxi, une Lada, avait déjà perdu ses poignées. Les baraques le long de l'*autopista* semblaient prêtes à s'écrouler. Cela sentait le socialisme. Dans le centre de La Havane des queues énormes attendaient aux arrêts de bus, en dépit de l'heure tardive. Le *Victoria* était un tout petit hôtel de quatre étages, en face d'un clapier de béton verdâtre de trente étages, pas très loin de la mer. Un policier en gris veillait devant.

– Pourquoi est-il là ? demanda Malko au chauffeur.

– Les Cubains n'ont pas le droit d'entrer dans les hôtels, expliqua le chauffeur de taxi. A cause des dollars...

Il parlait de cela comme si c'était le Sida. Malko, poisseux et affamé, n'avait qu'une envie : prendre une douche et se nourrir. Hélas, le bar était fermé et le room-service inconnu. Heureusement, sa chambre était climatisée.

Il s'endormit le ventre vide, n'en revenant pas d'être entré si facilement à Cuba.

Le tout était d'en ressortir.

*
**

L'hôtel *Capri* dressait sa carcasse de ciment à deux blocs du *Victoria*. On avait peine à croire qu'il avait été le QG de la Mafia aux beaux jours du dictateur Batista... Un simili palace tristounet, plein de touristes débraillés. C'est à un bureau de tourisme dans son hall qu'on organisait les distractions. Malko s'en approcha et demanda :

– Je voudrais une réservation pour le *Tropicana*, ce soir.

– Vingt-cinq dollars, annonça le préposé, en remplissant l'inévitable *voucher*. Le spectacle est à 10 heures 30 PM. Le bus part à neuf heures.

– J'ai une voiture, dit Malko.

Un quart d'heure plus tôt, il avait loué une Nissan chez Havanauto, tout à côté du *Capri*. Sans aucun problème. La sécurité cubaine l'avait-elle repéré? Même si c'était le cas, ils pouvaient l'avoir laissé entrer pour voir ce qu'il venait faire. Bien entendu, il avait laissé son pistolet extra-plat à Liezen...

Tandis qu'il descendait la Rampa, avenue animée menant au Malecon, un policier en moto passa lentement près de lui et il en éprouva un frisson désagréable. Il y en avait partout, à pied, en moto et dans des voitures portant d'énormes numéros à l'arrière et *policia* en lettres blanches sur les flancs.

Il suivit le Malecon jusqu'au bout et remonta le long du port longeant la vieille ville. Après s'être garé, il s'orienta dans le labyrinthe des rues étroites de la Vieja Habana et s'engagea dans la calle Empedrado. On ne pouvait pas manquer la *Bodeguita del Medio*. Une centaine de personnes faisaient la queue dans l'étroite rue mal pavée, sous l'œil torve d'un policier, pour y entrer. Des Cubains dépourvus de dollars qui s'écartèrent respectueusement devant Malko. Des gens se pressaient comme des sardines dans le bar minuscule, essayant de s'emparer d'un des six tabourets en face du comptoir où un barman mal rasé et nationalisé confectionnait des *mojitos* en série, remplissant des verres pleins de feuilles de menthe et de sucre alignés devant lui.

Malko se fraya un chemin jusqu'au comptoir, commanda un *mojito* et examina les lieux. Des affiches et des photos de vedettes couvraient les murs, ainsi que d'innombrables graffiti dans toutes les langues... y compris le russe. Il sentit soudain une main qui le tirait par la manche et baissa la tête. Une fille très jeune, avec des nattes, en uniforme jaune, lui adressait un regard implorant.

– *Dolores, señor*, murmura-t-elle.

En même temps, elle se pressait contre lui avec une mimique éloquente. Le barman la repéra et l'engueula. Aussitôt elle fila. Elle n'avait pas quatorze ans. Trente secondes plus tard, le voisin de tabouret de Malko se pencha vers lui.

– *Señor*, si vous voulez changer, je vous donne sept pesos pour un dollar.

Malko déclina poliment. Cela pouvait être un provocateur. Laissant son *mojito*, il gagna les trois petites salles du restaurant par le couloir extérieur. Le taxiphone était au bout à gauche. Malko décrocha et composa un numéro au hasard, tandis qu'il griffonnait avec un stylo vert le message codé. Il y avait à peine la place : on ne voyait plus la peinture des murs sous les graffiti...

Il retourna ensuite au bar, termina son verre et ressortit dans la calle Empedrado.

En attendant le contact avec la CIA, il fallait donner le change, jouer son rôle de touriste... Et tuer le temps jusqu'à sa rencontre hypothétique avec la fameuse Herminia.

*
**

C'était *Les Folies-Bergère* tropicales, avec un zeste de patronage : pas un sein en vue, mais des Noires superbes. Des dizaines de danseuses évoluaient dans un décor de jungle, sur une musique endiablée à base de conga. Le *Tropicana* était bourré. Que des touristes. Canadiens ou venant des pays de l'Est. Interdit aux Cubains. Malko était au premier rang, arrosé de paillettes, plongé dans son programme. Le numéro auquel participait l'amie du défecteur était le suivant.

Un orchestre de Noirs s'empara du podium et le rythme changea, virant à l'afro-cubain. Des filles surgirent des coulisses, vêtues de peaux de bêtes, poursuivies par des Noirs roulant des yeux terribles.

La première était blonde, déliée, avec un corps mince, une croupe frémissante et de petits seins. Des yeux en amande, une grande bouche. Très jeune. A trois mètres de Malko, elle commença à se trémousser, mimant la copulation, lançant son ventre en avant, glissant des œillades assassines aux spectateurs des premiers rangs. Ses hanches s'agitaient furieusement, comme pour une macumba, au rythme des tambours. On avait envie de monter sur scène et de la prendre sur-le-champ. Un des Noirs s'en empara et la fit tournoyer comme un pantin sur ses épaules. Spectacle d'une sensualité sauvage. Les cuisses ouvertes, une autre fille mimait un viol... Malko fit signe à un garçon.

– Qui est-ce, la fille blonde?

– Herminia, *señor*, elle danse très bien, n'est-ce pas?

Malko prit un billet de cinq dollars et le plia en quatre, le glissant dans la main du garçon.

– J'aimerais bien boire un verre avec elle.

Le Cubain regarda autour de lui, fit disparaître le billet et s'éloigna. Il revint une demi-heure plus tard et glissa à l'oreille de Malko :

– Entre les deux spectacles, *señor*, derrière la scène.

Apparemment, la proposition de Malko ne semblait pas l'étonner. Plutôt bon signe.

*
**

Les spectateurs se dispersaient. Malko se faufila le long des arbres énormes qui entouraient la scène en plein air. Dans la pénombre, il aperçut des policiers en uniforme, mais ils s'occupaient peu des touristes comme lui. Plusieurs filles étaient installées à des tables en plein air, encore en costume. Il repéra facilement les cheveux blonds d'Herminia entre deux Noires sculpturales.

Dès qu'elle le repéra, elle se leva, et vint à sa rencontre. Il ne l'avait vue que pieds nus, sur scène. Dressée sur des escarpins dorés de dix centimètres, elle était encore plus excitante, balançant ses fesses avec langueur, le regard accrocheur et la grande bouche rouge entrouverte qui semblait prête à avaler tous les sexes du monde.

– *Como esta, señor?*

Un sourire à damner un ayatollah, pervers à souhait. Malko l'examina. La mousseline du costume laissait deviner les seins pointus. Elle n'avait pas beaucoup de hanches, mais des cuisses charnues et longues. Il se sentit des envies de viol devant cette Lolita tropicale.

– Vous êtes Herminia?

– *Si, señor.*

La voix était éraillée, mal placée, mais bandante. Déhanchée, elle le fixait avec un amusement méprisant. Pour elle, il n'était encore qu'un client potentiel. Autour d'eux d'autres danseuses bavardaient avec des clients venus de la salle.

– Vous voulez boire un verre? proposa-t-il.

Herminia le fixa, narquoise.

– Je n'ai pas beaucoup de temps et puis c'est interdit par le règlement.

Pourtant, elle ne s'éloignait pas.

– Nous avons un ami commun, insista Malko.

Elle fronça les sourcils. Comiquement.

– Ah bon, vous habitez La Havane, *señor*...

– Linz, fit Malko. Je crois que vous connaissez Luis Miguel.

En une fraction de seconde, le visage allongé d'Herminia sembla se ratatiner. Ses yeux foncèrent. Malko crut qu'elle allait tourner les talons.

Soudain son regard se posa derrière lui. Intrigué, il se retourna. Il lui fallut quelques secondes pour distinguer dans la pénombre une silhouette appuyée à un arbre. Un homme en *guayabera* en train de les observer. Un flot d'adrénaline se rua dans les artères de Malko. Les lèvres d'Herminia bougèrent et elle lança dans un souffle :

– *Seguroso.*

CHAPITRE III

Malko eut l'impression que tous ses muscles se tétanisaient. Brutalement le brouhaha du *Tropicana* lui parvint comme dans un brouillard. Des dizaines d'images se télescopaient dans sa tête. La prison... Le château de Liezen, Alexandra et cette fille en face de lui avec son minois vicieux. La terreur d'Herminia n'était pas feinte. Il n'avait aucune chance de s'en sortir si on l'identifiait. De toute façon, il valait mieux se faire tuer que de passer des années dans une geôle cubaine.

La CIA ne l'échangerait pas : il n'était que contractuel de luxe.

Herminia le prit par le bras, l'éloignant du flic et le tira derrière un arbre, marmonnant.

– *Este chivato de mierda...* (1)

Ses traits presque enfantins étaient crispés par la rage.

– Il te surveille? demanda Malko, adoptant le tutoiement espagnol.

– Même pas! dit Herminia. Il essaie d'avoir un peu de *lechuga.* (2)

Elle se rapprocha :

– Tu es vraiment un ami de Luis Miguel?

Sa voix tremblait d'excitation.

(1) Ce mouchard de merde.
(2) Dollars (littéralement : laitue).

– Oui.

– Ton nom?

– Mark Linz, mais il ne me connaît pas. Je viens d'Europe.

Elle le regarda, méfiante.

– Comment je sais que tu dis la vérité?

– Parle-lui, dit Malko. Dis-lui que c'est Gerald qui m'envoie. Il saura.

Au lieu de lui répondre, elle prit soudain l'air provocant, fixant Malko. En même temps, elle dit à voix basse :

– Attention!

Le *seguroso*, qui les observait, passait près d'eux fumant une cigarette. Malko sentit les pointes aiguës des seins d'Herminia s'écraser sur sa chemise de voile. Herminia se frottait tranquillement contre lui, avec une expression à faire bander un mort. Elle se détacha dès que le mouchard se fut éloigné et murmura :

– Dans une heure, après le spectacle, je t'attendrai à la station-service, à gauche de la route, au croisement de la Linea. Tu as une voiture?

– Oui.

– *Muy bien.* Donne-moi cinq *verdes... Para el chivato.* (1)

Elle désignait le flic qui leur tournait le dos. Malko lui glissa un billet de cinq dollars et repartit vers la salle en plein air. Soulagé, il vit Herminia se diriger vers le policier et converser avec lui à voix basse. Il regagna sa place. Les dés étaient jetés. Ou Herminia était une « donneuse » et il risquait de se retrouver dans une cellule. Ou il était sur la bonne voie... Il se rassit et la musique éclata. Quatre filles superbes, couvertes de plumes, apparurent sur la scène, se balançant avec provocation.

(1) Donne-moi 5 dollars. Pour le mouchard.

***

Malko se faufila entre les innombrables bus de touristes de Habanatur pour gagner la sortie du *Tropicana*. Quelques gouttes tièdes commençaient à tomber et les lampions s'éteignaient. Il avait revu Herminia, un gros nœud vert dans les cheveux, dans une conga déchaînée... A la fin, ses partenaires l'emmenaient en coulisses suspendue à un bâton, comme un animal...

La route défoncée menant au *Tropicana* ressemblait à une piste africaine. La station d'essence était fermée avec un panneau « no gasolina ». Il se gara derrière une des pompes rouillées et attendit. Les bus commencèrent à passer dans un grondement asthmatique de diesels mal réglés. Dix minutes plus tard, il vit surgir Herminia qui se glissa à côté de lui. Elle avait changé sa tenue de scène pour un T-shirt et un jeans très serré, avec une grosse ceinture dorée.

– *Vamos!*

Malko démarra, tourna à droite. Aussitôt une autre voiture se colla à lui. Herminia se retourna et jura entre ses dents.

– *Maricon!*

– Qu'est-ce que c'est?

– *Los segurosos*, fit-elle. Ce *maricon* m'avait promis qu'ils ne me suivraient pas. Je lui ai dit que j'allais baiser avec toi...

Dans le rétro, il vit les phares blancs d'une Lada, avec deux antennes qui brinquebalaient.

Devant lui, l'avenue était absolument déserte. Impossible de les semer.

– Qu'est-ce qu'ils veulent? demanda Malko, son inquiétude ravivée.

Herminia eut un haussement d'épaules fataliste.

– Ils s'emmerdent. Ils vont peut-être essayer de me prendre mes *verdes* quand je t'aurai quitté.

– Ce n'est pas à cause de Luis Miguel? interrogea-t-il.

– Non! fit-elle avec un ricanement sec, s'ils se doutaient de quelque chose nous serions déjà en route pour la villa Marista. (1)

– Où allons-nous? demanda-t-il, sur ses gardes.

– Dans une *posada.* Au coin de la calle 1 et de la 2e Avenue. Prends à gauche vers le centre.

A travers les petites rues se coupant à angle droit, ils rejoignirent la Plaza de la Revolución, toujours suivis par la Lada.

De plus en plus préoccupé par l'insouciance de la jeune Cubaine, Malko s'inquiéta.

– Nous allons retrouver Luis Miguel?

Herminia le regarda avec un sourire malin.

– Tu es *loco!* On les endort. Toutes les filles pratiquent *el amor subito* (2) au *Tropicana.* Ils pensent que je veux te prendre tes dollars.

– Ce n'est pas gênant qu'ils nous suivent?

Elle ouvrit sa grande bouche dans un sourire ironique.

– Non, au contraire... *Vamos a singarlos* (3).

Ils traversaient des rues étroites, bordées de vieilles maisons espagnoles à colonnes et terrasses, en partie détruites, coupées de terrains vagues. Herminia se pencha en avant.

– Attention, ralentis. C'est là, sur la gauche, le portail. Tu entres...

Les phares éclairèrent une plaque sur le mur portant deux têtes rapprochées à côté du portail ouvert. Plusieurs voitures s'alignaient dans le jardin, en face d'une grosse villa décatie. Dans

(1) Centre de torture du G2.
(2) La prostitution.
(3) On va les niquer.

chacune, il y avait un couple en train de flirter...

– C'est une maison de rendez-vous? observa Malko.

Herminia eut un sourire salace.

– *Claro que si!* Mais c'est l'heure de pointe. Ils attendent tous. Ne fais pas la queue, va directement au fond et donne-moi dix *verdes.*

Malko lui tendit un billet et elle sauta de la voiture, fonçant vers le perron.

Il se retourna. La Lada des flics s'était arrêtée de l'autre côté de la 2e Avenue et un des deux avait baissé sa glace pour les observer. Herminia revint chercher Malko et ils montèrent le perron. La Cubaine échangea quelques mots à voix basse avec un moustachu, lui glissa le billet de 10 dollars dans la main et entraîna Malko dans un escalier qui craquait. Un couple descendait. La chambre au premier était minable et sentait l'humidité. Herminia alluma et jeta son sac sur le lit.

– C'est le seul endroit où ils ne demandent pas de papiers! expliqua-t-elle. On est tellement entassés dans les appartements que le gouvernement préfère construire des *posadas* pour éviter des émeutes.

Herminia s'assit sur le lit. Ses yeux étaient sans cesse en mouvement, ses traits tirés. Elle alluma une cigarette et souffla la fumée d'un coup, toisant Malko.

Ce dernier réalisa soudain qu'en dépit de son attitude bravache, elle crevait de peur. Même ses seins pointus semblaient être rentrés dans leur coquille...

– Tu es américain? demanda-t-elle.

– Non, dit Malko, mais je travaille avec eux.

Elle hocha la tête, impressionnée.

– Et tu es venu ici pour faire partir Luis Miguel?

– Oui.
– Ça doit être très difficile.
– Je sais. Il faut que je lui parle.
– Je vais l'appeler, fit-elle. Dans un petit moment. Il y a une cabine en bas.
Apparemment, elle connaissait les lieux. Devant le regard de Malko, elle sourit.
– Je viens souvent ici. C'est pour ça qu'ils ne se méfient pas ce soir. Luis Miguel a besoin de dollars.
– Où est-il?
– Chez des amis, mais c'est très dangereux pour eux. Ils ont peur. Alors il les paie.
– Pourquoi se cache-t-il?
– Il a tué un *seguroso*. C'est une histoire compliquée, il t'expliquera.
Elle n'avait visiblement pas envie de s'étendre là-dessus. Les jambes croisées, les épaules affaissées, le regard terne, elle n'avait plus rien de la bombe sexuelle du *Tropicana.*
– Eteins! fit-elle.
Malko obéit, étonné. Herminia ouvrit la fenêtre, écarta les volets. On distinguait très bien la 2e Avenue. La voiture des flics avait disparu. La jeune Cubaine referma avec un ricanement.
– Ils voulaient juste être sûrs... Ou peut-être me raccompagner... *Hijos de puta.*
– Ils te connaissent?
Sa lèvre supérieure se releva dans un rictus haineux.
– *Claro que si!* Quand Luis Miguel a disparu, ils m'ont emmenée au G2, dans l'*edificio* au coin de la calle 11 et de la M. Un *seguroso* avec une grosse Rolex m'a fait entrer dans son bureau et m'a baisée debout. Avant même de me demander mon nom... Puis il a appelé ses copains qui se sont amusés aussi. Après, le premier m'a fait asseoir sur une bouteille et s'est mis à m'appuyer sur les épaules. En me disant qu'il allait me faire éclater

le cul si je ne lui disais pas où était Luis Miguel. Heureusement, j'ai tourné de l'œil avant que toute la bouteille soit entrée... Et je leur ai répété mon histoire. J'avais rendez-vous au *Habana Libre* pour baiser avec Luis Miguel. Ensuite, je l'ai laissé dans la chambre et je suis partie. Je leur ai juré qu'entre lui et moi, c'était juste une histoire de cul. Ils m'ont quand même gardée trois jours. Entre la bouteille et les coups, j'en pouvais plus. Mais j'ai tenu bon. En plus, ces fumiers me donnaient juste du café avec beaucoup de sucre. Et un sandwich de temps en temps. Quand ils m'ont relâchée, ils m'ont dit qu'ils continuaient à me surveiller. Que si j'apprenais quelque chose sur Luis Miguel, je devais le dire. Sinon, ils me découperaient à la machette.

Un cri aigu perça la cloison, suivi de gémissements rauques. Herminia ricana.

– Il y en a qui s'envoient bien en l'air. Ça doit être le grand type qui est monté après nous. Attends-moi.

Elle prit son sac et sortit. Les cris syncopés continuaient dans la chambre voisine. Malko se demanda soudain ce qu'il faisait dans ce bordel cubain. L'histoire d'Herminia tenait, mais cela pouvait n'être qu'une histoire...

Elle revint au moment où le voisin s'épanchait avec des cris de bête et dit simplement :

– *Vamos.*

Ils redescendirent l'escalier croulant. Cinq voitures patientaient encore et leurs occupants prenaient de l'avance, à voir leurs positions. Malko récupéra la Nissan et ressortit. La 2e Avenue était déserte. Les flics avaient décroché.

– Attention! Va tout droit jusqu'au Malecon dit Herminia.

Après trente intersections, Malko arriva enfin sur la grande promenade du bord de mer. Quelques couples flirtaient encore sur la rambarde de pierre, face à la mer, sous les lampadaires.

– Prends à droite, indiqua Herminia.

Il fila le long du Malecon désert, laissant l'océan à sa gauche. On avait l'impression de traverser une ville bombardée. Les immeubles bordant le Malecon béaient, réparés tant bien que mal, les balcons s'écroulaient, beaucoup de fenêtres étaient condamnées, les entrées obstruées par des tas de gravats. Juste avant d'atteindre le bras de mer remontant vers le port, Herminia dit :

– Arrête-toi.

Il stoppa devant une maison de deux étages en si piteux état qu'on aurait dit un décor de théâtre. Un couloir sombre s'ouvrait sous des arcades. Herminia s'assura que le Malecon était désert et sauta à terre, suivie de Malko. A peine dans le couloir, elle se retourna et précisa :

– Il n'habite pas ici. C'est seulement un rendez-vous.

Malko n'eut pas le temps de lui répondre. Un homme à la silhouette massive venait de surgir de la maison dévastée et abandonnée aux squatters. Il se tenait entre l'entrée et eux. Malko distingua une grosse moustache, des épaules de débardeur, une *guayabera* claire.

Luis Miguel Bayamo. Le transfuge du G2.

Le Cubain, sans un mot, le poussa vers une pièce sombre. Herminia à peine entrée, il referma la porte et le faisceau d'une lampe de poche éblouit Malko qui cligna des yeux. Herminia s'était collée à son amant et lui parlait à voix basse. Malko décida de rompre la glace.

– Vous êtes Luis Miguel Bayamo? demanda-t-il en anglais.

– *Si.*

La voix était grave et sèche. La lampe s'éteignit et il ne resta que la clarté relative de la nuit pénétrant par une ouverture donnant sur la cour intérieure. Puis Bayamo alluma une ampoule jaunâtre. Pendant quelques instants, on n'entendit plus que les trois respirations. L'air était humide et tiède. Une voiture passa sans ralentir sur le Malecon.

– Je viens de la part de Gerald Svat, fit Malko. Pour vous aider à quitter Cuba.

Luis Miguel Bayamo laissa échapper un soupir las.

– *Tengo muchas problemas...* (1)

Il avait la voix fatiguée. Malko le vit s'appuyer au mur. Son bras gauche entourait les épaules d'Herminia. Les yeux de Malko s'accoutumant à la pénombre, il le distinguait mieux.

– Comment t'appelles-tu? demanda Bayamo.

– Mark Linz, dit Malko. Je suis venu d'Europe.

Le Cubain marqua une hésitation.

– D'Europe. C'est la première fois que tu viens à Cuba?

– Oui.

Le Cubain eut une brusque quinte de toux et interrogea :

– Comment vas-tu faire?

– Vous exfiltrer avec l'aide de la station.

– Comment?

– Je l'ignore encore, avoua Malko. Gerald Svat veut d'abord savoir pourquoi vos plans ont été bouleversés. Herminia m'a dit que vous aviez tué un *seguroso*.

– J'ai été obligé, grommela le transfuge. J'avais rendez-vous avec Geraldo dans une chambre, au *Habana Libre*. Avant j'étais avec Herminia pour avoir un alibi. Ce type l'a suivie. Il est resté dans la chambre. Si je n'avais rien fait, il se trouvait nez à nez avec Geraldo. Alors, j'ai agi. Ensuite...

(1) J'ai beaucoup de problèmes.

Il laissa sa phrase en suspens, après avoir débité sa tirade d'un ton monocorde.

– Où vous cachez-vous en ce moment?

– Chez des amis, répondit Bayamo. Mais je ne peux pas rester longtemps. Et toi, où es-tu?

– A l'hôtel *Victoria.*

La lampe se ralluma, braquée à nouveau sur Malko.

– Tu n'es pas américain? demanda Bayamo.

– Non, autrichien.

– Ah.

Le rayon lumineux ne le quittait pas.

– Il faut que vous m'en disiez plus sur votre situation, insista Malko. Cela va être très difficile, mais la Company est décidée à vous faire quitter Cuba.

– *Muy bien, muy bien...* grommela le Cubain. Tu as apporté mon passeport?

– Non, dit Malko, c'était trop dangereux. Gerald Svat doit me le remettre.

La lampe bougeait un peu, obsédante. Soudain Bayamo demanda :

– Tu as déjà rencontré Geraldo?

– Non.

Re-silence. Puis de nouveau, la voix du Cubain, très calme.

– Donne-moi les clefs de ta voiture, Herminia va la mettre dans une cour, à côté. Elle pourrait attirer l'attention. Il y a tout le temps des rondes sur le Malecon. On va parler.

Etonné, Malko lui tendit les clef. Le Cubain entraîna Herminia dans le couloir, laissant Malko dans la pièce. Le Cubain revint seul. Quelques instants plus tard, Malko entendit couiner le démarreur de la Nissan. Luis Miguel Bayamo respirait lourdement. Il fit face à Malko.

– Tu n'es pas ce que tu dis! lança-t-il brutalement.

Sa main écarta un pan de sa *guayabera* et

reparut, tenant un gros pistolet automatique noir. Son pouce repoussa le chien en arrière et il braqua l'arme sur Malko. Le bras tendu, il dit d'une voix blanche :

– Si tu ne me dis pas qui tu es vraiment, je te fais éclater les couilles, *hijo de puta!*

Appuyé au mur, bien calé, il visait le ventre de Malko, l'arme à bout de bras. Ses yeux fixaient l'endroit où il allait tirer. De la sueur coulait sur son front. Il ne bluffait pas le moins du monde. Dehors, le moteur de la Nissan ronronnait. Son plan était clair. Il abattait Malko et s'enfuyait dans sa voiture.

Le regard noir était figé, plein de haine et de panique. C'est difficile de raisonner un homme affolé. Et Luis Miguel Bayamo l'était complètement.

Malko se sentait totalement impuissant. S'il tentait de fuir, il prenait trois balles dans le dos... De sa voix la plus calme possible, il dit :

– Luis Miguel, vous vous trompez! Je suis un agent de la CIA venu à Cuba pour vous exfiltrer.

Bayamo haussa ses épaules massives et soupira :

– *Conozco el monstro; porque vivo en sus entrañas* (1). Tu es un *compañero* de Prague. Je crois même te reconnaître. Je t'ai croisé dans les couloirs. Ces cons pensent que je n'ai pas de mémoire... Tu es courageux d'être arrivé jusqu'ici. Mais ils ne m'auront pas.

Son regard s'abaissa. Il allait tirer. Un flot d'adrénaline se rua dans les artères de Malko. C'était trop bête de mourir dans ce trou à rats au fond des Caraïbes.

(1) Je connais le monstre, puisque je vis dedans...

CHAPITRE IV

– C'est une monstrueuse erreur! assena Malko réussissant à conserver une apparence de calme. Je ne suis pas un agent de l'Est. Et si vous me tuez, vous ne sortirez jamais de Cuba. Vous vous suicidez en même temps.

Pendant quelques secondes, le temps parut s'arrêter. Luis Miguel Bayamo, son arme toujours braquée, fixait Malko avec une intensité presque douloureuse. L'ampoule jaunâtre éclairait ses traits crispés. Malko baissa les yeux sur le gros index crispé sur la détente du pistolet. Le Cubain respirait lourdement; la transpiration collait à son dos la chemise de Malko. Un camion passa sur le Malecon dans un grondement sourd. Avec une lenteur exaspérante, le canon du pistolet se détourna légèrement.

– Donne-moi une preuve! demanda le Cubain d'une voix moins agressive.

– Je n'en ai pas, dit Malko. Je suis arrivé hier soir. Directement de Vienne, en Autriche. Je n'ai encore vu personne de la station. Je connais votre histoire et ma mission, c'est tout.

La furie de Luis Miguel Bayamo semblait s'être apaisée aussi vite qu'elle avait commencé. Il essuya de sa main gauche son front inondé de sueur.

– Comment vas-tu prendre le contact avec Geraldo? demanda-t-il.

– Par l'intermédiaire d'une boîte aux lettres morte.

– Comment es-tu entré à Cuba?

– Sous IF (1). Avec une carte de touriste. Il paraît que le G2 met deux semaines à vérifier les entrées. La station de Vienne me l'a confirmé.

Bayamo eut un hochement de tête approbateur.

– Exact. S'ils ne t'ont pas repéré tout de suite, tu es en sécurité. Mais ils sont partout...

Il s'était détendu et son bras droit glissa le long de son corps, tenant toujours le pistolet. Malko lui sourit. Chaleureusement.

– Vous êtes rassuré?

– Je suis bien obligé, fit Bayamo. Mais, je te jure, si tu m'as menti, tu prendras une balle dans la tête.

Malko ne releva même pas. Un autre problème le tracassait.

– On m'a vu avec Herminia, dit-il. Ils ne la surveillent pas?

– Je ne pense pas, finit-il par dire. Elle a bien joué. Ils la prennent pour une petite *puta militante* sans rien dans la tête. Mais il ne faut pas trop en abuser...

– Où est-elle maintenant?

– Dans la voiture. Si elle aperçoit quelque chose d'anormal, elle klaxonnera. Il y a une autre sortie derrière la cour.

– Bien, dit Malko. Est-ce que vos anciens amis connaissent vos liens avec... nous?

– Non. Ils savent que j'ai tué un *seguroso*, mais il ignorent encore que je me préparais à passer de l'autre côté. Mais ils peuvent le découvrir à chaque seconde. Et je fais courir des risques énormes

(1) Identité falsifiée.

à celui qui me cache... Pourtant je ne sors que la nuit et très peu.

– Et celui qui vous avait prêté la chambre au *Habana Libre?* Il était au courant?

– Bien sûr que non! C'est un ami tchèque. Je ne l'ai pas revu. Il est peut-être arrêté ou sur surveillance.

– Vous ne pouvez compter sur personne d'autre?

Le Cubain eut un sourire cynique.

– Tu sais bien que lorsqu'on change de camp, on perd ses amis. Le seul qui me reste, c'est ça.

Il leva le Makarov dans la lumière jaune.

– Cela va être très difficile de me faire sortir. Je suis très connu.

Il y eut un bruit dans le couloir. Malko tourna la tête et aperçut une silhouette dans l'embrasure de la porte. Herminia qui venait aux nouvelles...

– *Esta bien, guapita*, lança le Cubain. Il est O.K.

Il regarda sa Rolex et dit à Malko.

– *Compadre* (1), il faut nous quitter. Tu t'organises le plus vite possible. Dès que tu as le passeport tu préviens Herminia. Au *Tropicana*, ce n'est pas trop dangereux.

– Et si le contact est impossible avec Herminia?

Bayamo réfléchit quelques instants.

– Quelle chambre au *Victoria?*

– 408.

– Dans ce cas, si je n'ai pas de nouvelles dans trois jours je t'appelle de la part d'Iberia. En te demandant de passer au bureau de la Rampa. Ce sera ici. A la même heure.

On sentait un homme habitué à la clandestinité. Il tendit la main à Malko, après avoir remis son pistolet dans sa ceinture, sous la *guayabera*.

(1) Mon pote.

– *Hasta luego*. Va dans ta voiture. J'ai à parler à Herminia. Après, elle te rejoint. Si tu vois une voiture de flics, tu démarres et tu ne t'occupes plus d'elle.

Malko regagna la Nissan. Quelques instants plus tard, une série de glapissements saccadés troua le silence. Des cris de femme. Cela s'arrêta net, et quelques minutes plus tard Herminia réapparut, le visage lisse, et reprit place à côté de lui.

– Continue et prends le Prado, dit-elle. J'habite dans la Vieja Habana. Calle O'Railly.

Il continua sur le Malecon pour tourner à droite dans le Prado, passant devant l'Opéra en réfection. Pas un chat! Une ville morte. Puis il s'enfonça dans l'une des rues étroites de la Vieja Habana, entre deux rangées de maisons lépreuses. Herminia semblait préoccupée. Elle dit tout à coup :

– Il est très fatigué. Il m'a dit qu'il voulait se tuer si on ne le sortait pas de Cuba. S'ils le prennent ce sera horrible.

– Je vais faire l'impossible, affirma Malko. Je peux revenir au *Tropicana?* Il n'y a pas de danger?

– Non, je ne pense pas. Tu fais comme la dernière fois, il faut passer par le garçon, je lui donne quelques *verdes*... Sinon, il me dénonce. C'est le système ici. Tout est corrompu... Tiens, tourne à droite.

C'était une rue étroite bordée de vieilles maisons en ruine avec des balcons à l'espagnole. Herminia désigna une porte en bas.

– C'est là.

Malko se pencha pour lui ouvrir la portière, mais Herminia ne bougea pas et lança calmement :

– Je veux quitter Cuba, moi aussi...

– Luis Miguel n'en a pas parlé, objecta Malko, gêné.

Elle haussa les épaules, avec une grimace amère.

– Il s'en fout! Je suis seulement sa *titi*. Quand il sera à Miami, il pourra en retrouver des tas comme moi avec sa *lechuga*. Parce que tu vas lui en donner, n'est-ce pas?

– Je pense, dit Malko.

Elle dit d'une voix froide :

– Si tu ne m'emmènes pas, je vous dénoncerai tous les deux.

– Cela ne dépend pas de moi, assura Malko. Mais si je peux...

Leurs regards se croisèrent. Celui de la jeune Cubaine était glacial, ses traits durcis, les coins de sa bouche abaissés. Son expression se transforma soudain, la dureté gommée, la bouche pincée sembla doubler de volume.

– Tu me jures de m'aider? souffla Herminia.

Malko sentit une main qui rampait sur sa cuisse puis remontait plus haut, le serrant d'abord à lui faire mal puis commençant à le masser. Herminia ne le quittait pas des yeux.

– Je serai très gentille, fit-elle de sa voix de petite fille. Mais ne me laisse pas derrière. Je mourrai...

Avec son expression suppliante, on lui aurait donné douze ans.

– Promis, dit Malko.

Sa réponse rendit une vie nouvelle aux doigts qui s'activaient. Herminia ne savait pas que danser. L'ayant extrait de l'alpaga, elle plongea sur lui comme un vautour et il se mordit les lèvres pour ne pas crier de plaisir. Sa langue semblait avoir un mètre de long, tant elle était partout à la fois. En même temps les souples mouvements de son poignet faisaient grimper son érection à toute vitesse.

Elle s'interrompit un quart de seconde pour dire :

– Touche-moi les seins.

Il ignorait si c'était pour son plaisir ou le sien, mais il obéit. Les seins pointus étaient fermes et frémissants. Et Herminia se servait de sa bouche comme une déesse... Sa queue de cheval battait la mesure et quand il se déversa enfin dans sa bouche, elle le garda enfoncé dans sa gorge, jusqu'à l'ultime frémissement.

Sensation exquise après la tension de la soirée. Malko redescendit lentement sur terre. Quand Herminia fut certaine qu'il était apaisé, elle redressa la tête, et colla sa bouche contre l'oreille de Malko.

– La prochaine fois, souffla-t-elle comme si c'était un dangereux secret, tu feras tout ce que tu veux avec mes fesses.

A seize ans, elle savait déjà parler aux hommes. D'un ton moins sensuel, elle enchaîna :

– Luis Miguel a oublié de te dire. Il a besoin de *lechuga*. Pour celui que le cache.

Sans trop se poser de questions, Malko donna cinq billets de cent dollars. Herminia les empocha, ouvrit la portière, et lança d'une voix sans émotion.

– La voiture arrêtée un peu plus loin derrière nous, ce sont des *segurosos*. Ils sont venus vérifier si tu étais bien resté avec moi... Fais comme si tu ne les voyais pas. De toute façon, il y a un flic devant ton hôtel et il va noter l'heure à laquelle tu rentres. Avec ta *chapa* (1) *turismo*, tu es facilement reconnaissable.

– Ils font toujours cela? demanda Malko, l'estomac contracté.

– Une fois sur deux. C'est leur boulot, fit-elle. Je suis sous surveillance. Mais tu ne crains rien.

(1) Plaque d'immatriculation.

Pour eux, tu es un touriste avec des dollars. Fidel en a tellement besoin, ajouta-t-elle avec une ironie féroce. Il est en train de vendre le peuple cubain pour des dollars. *Para la dignidad y la libertad!* Nous n'avons même plus le droit de manger *nos* langoustes...

Elle claqua la portière et entra dans la maison. Malko démarra, imité par la Lada. Les deux voitures se suivirent jusqu'à la Place de la Révolution où la Lada bifurqua. Cinq minutes plus tard, Malko s'arrêtait devant le *Victoria*. Une accorte policière en gris le salua d'un *buenas noches* amical. Malko éternua dans le hall climatisé à mort, se demandant comment il allait sortir de ce piège cubain.

Chaque contact représentait un danger mortel. Le suivant était l'homme qui allait le mener au chef de station. C'était peut-être encore plus dangereux que Luis Miguel Bayamo Le monde était étrange. Il risquait sa vie et sa liberté à Cuba pour sauver un homme qui avait consacré sa vie jusque-là à lutter contre la CIA...

*
**

De jour, La Havane offrait un spectacle déprimant, malgré la végétation tropicale jaillissant de milliers de jardins laissés à l'abandon. Celui d'une ville en pleine décomposition, rongée par l'humidité, les cyclones, le manque d'entretien et le socialisme. Le quartier du Vedado avec ses vieilles maisons de style espagnol, ornées de colonnes et de balcons, avait dû être une splendeur. Il n'en restait que des bâtisses pourrissantes, souvent à demi écroulées, peuplées de hordes de squatters. Sciemment, depuis la Révolution, Fidel Castro avait laissé La Havane, symbole du capitalisme, se dissoudre dans la chaleur humide des Caraïbes.

Malko enfila l'avenue du Prado, jadis la fierté

de la ville, bordé maintenant d'immeubles lépreux, grisâtres.

Il gara sa voiture en face de l'Opéra et s'engagea dans la calle Obispo, à l'entrée de la Vieja Habana. La librairie « Poesia Moderna » faisait le coin. Ses rayons étaient surtout occupés par des livres politiques. Il trouva facilement *Fidel y la religion.* Il y en avait des piles entières. Pour six pesos, il en acheta un exemplaire et ressortit, passant devant ce qui restait de *La Fiorentina*, un des bars préférés d'Hemingway. Démoli depuis un an pour un fumeux projet de rénovation. Ce n'était plus qu'un trou noir avec des gravats... Jusqu'à six heures du soir, il n'avait rien à faire. Sinon tisser sa couverture d'innocent touriste... Les plages de l'Este n'étaient qu'à une vingtaine de minutes, c'était parfait. Après les émotions de la soirée de la veille, il avait besoin de se détendre.

Il redescendit le Prado, sinistre avec ses immeubles noirâtres, pour gagner le tunnel passant sous le bras de mer menant aux plages de l'Est, qui débouchait sur l'*autopista*. Peu de voitures, avec un majorité de vieilles américaines déglinguées et les étranges side-cars.

Dès la sortie du tunnel, le bas côté de la route était encombré de dizaines de filles en train de faire du stop. De la minette en super-mini à la mémé boudinée dans un faux jean... Toutes le bras levé et le sourire engageant.

Il ralentit, amusé et son regard tomba sur une grande brune aux cheveux bouclés qui agitait le bras. Une silhouette à saliver! De longues jambes émergeant d'un short blanc, un T-shirt moulant une poitrine pleine. Il stoppa et elle se pencha à la portière avec un sourire ravi, découvrant des dents éblouissantes.

– *Compañero, a donde vas?*

Voyant les cheveux blonds de Malko, elle se

reprit et baragouina quelques mots en russe, nettement moins chaleureux. Aussitôt, il sortit son meilleur espagnol.

– Je vais à Santa Maria, si c'est ton chemin... Et je ne suis pas russe.

– Moi aussi, dit-elle, je vais à la plage.

Elle monta dans la Nissan. Ils dépassèrent une Oldsmobile de 54 qui laissait derrière elle un panache de fumée noire comme un chasseur en feu. Il faisait un temps de rêve, le paysage était magnifique, en partie gâché par des clapiers immondes en ciment gris, s'élevant de la verdure comme des verrues. Malko se tourna vers sa passagère.

– Je suis touriste, autrichien, Mark Linz. Et toi? fit-il, adoptant le tutoiement espagnol.

– Raquel, dit-elle, je travaille comme maquettiste dans un journal et aussi comme mannequin.

Les longues cuisses charnues émergeant du short fascinaient Malko, avec leur peau mate et leur galbe. Raquel était superbe avec ses grands yeux noirs, sa bouche pulpeuse, son air à la fois réservé et sensuel.

– Tu fais souvent du stop?

Elle rit.

– Il faut bien! Ici, on n'a pas beaucoup de voitures. Il faut appartenir à un CDR ou être membre du Parti. Et puis, elles sont très chères, même les vieilles...

– Pourquoi vas-tu si loin pour te baigner? demanda-t-il.

Santa Maria était à près de trente kilomètres de La Havane. Raquel hésita un peu avant de répondre.

– Avant j'allais à la Marina Hemingway, il y a

un *gua-gua*(1), mais maintenant on n'a plus le droit.

– Pourquoi?

– C'est réservé aux touristes, avoua Raquel d'un air gêné. Nous avons besoin de dollars pour la Révolution. C'est pour cela que nous n'avons pas le droit de manger nos langoustes non plus...

Elle lui jeta un coup d'œil en coin, puis demanda avec hésitation :

– Tu es seul à Cuba?

– Oui, dit Malko. Quelqu'un devait m'accompagner, mais au dernier moment il y a eu un problème. Et toi? Mariée?

Raquel éclata de rire.

– Oh non! Ici, c'est une galère de se marier. Il n'y a pas d'appartement et on habite à douze dans deux pièces. J'ai bien le temps...

La route dominait maintenant l'océan Atlantique bordé par une immense plage de vingt kilomètres.

– Où faut-il aller? demanda Malko.

– En face de l'hôtel *Atlantico*, proposa Raquel. On peut y manger ensuite.

Malko était ravi. Il avait à la fois trouvé une couverture et une compagne.

*
**

Le maillot violet une pièce moulait les seins pleins et fermes, très échancré sur les hanches, ce qui allongeait encore les cuisses charnues. Un corps de déesse. Attablés au snack de l'*Atlantico*, Raquel et Malko essayaient d'arracher quelques bribes de chair à un poulet de course, frit à l'huile de vidange... La jeune femme en était à son troisième *mojito* et ses yeux avaient nettement plus

(1) Autobus.

d'éclat. Le rhum la rendait volubile et encore plus attirante. Malko savait presque tout sur elle. Raquel vivait avec sept autres personnes dans un appartement de trois pièces dans le Vedado, et gagnait plus de trois cents pesos avec ses deux jobs. Grâce à son métier de mannequin, elle arrivait à s'habiller à peu près correctement.

Pour le reste, il n'y avait rien à acheter... Apparemment, elle n'avait pas d'homme dans sa vie, ou du moins n'en parlait pas. Malko avait surpris à plusieurs reprises son regard posé sur lui et elle l'avait vivement détourné. Il y avait peu de monde sur l'immense plage, des familles, des isolés, quelques couples qui flirtaient dans l'eau, délicieusement tiède.

Un couple entra dans le restaurant, la peau rougeâtre, des panses énormes, avec de ridicules casquettes blanches. Raquel leur jeta un regard haineux et souffla à Malko :

– Des *bollos*...

Devant son incompréhension manifeste, elle ajouta :

– Des Russes. Ici, on les appelle des « boules » parce qu'ils sont cons. Et ils nous pillent! Ils ont le droit d'aller dans les *tiendas libres* avec de la monnaie spéciale. Ensuite, ils revendent tout au marché noir pour avoir des dollars...

– C'est à ce point...

– Il n'y a rien ici, assura Raquel. Maintenant, même le déodorant est sur la *libreta...* (1) Un jour, même le sucre sera rationné! Le parfum on n'en parle même pas. Celui qu'on trouve en ville, un porc n'en voudrait pas pour sa truie. Et il n'y a aucun espoir que ça change.

Devant eux, la mer était vide de bateaux...

– Tu ne peux pas partir à l'étranger?

Raquel secoua la tête.

(1) La carte de rationnement.

– Pratiquement impossible... Et puis, où aller? J'ai été au Portugal l'année dernière pour un défilé de mode. On nous a donné si peu d'argent que j'ai été obligée d'emporter d'ici des boîtes de conserves qu'on mangeait dans la chambre. Sinon, nous serions morts de faim... Pour toi, touriste avec tes dollars, la vie est facile et pas chère. Mais pour nous...

Elle acheva son *mojito* avec un sourire résigné et soupira :

– Il ne faut pas penser à tout ça! Il y a du soleil et la mer est toujours chaude.

Le café était infect même très sucré et ils regagnèrent la plage sans le finir. Brûlés par la chaleur terrifiante, ils se ruèrent dans l'eau. Malko, qui marchait derrière Raquel, admirait la ligne de son dos lorsqu'elle perdit l'équilibre. Il la rattrapa par la taille, et pivotant, elle s'appuya de tout son corps contre lui, avec un sourire provocant. Au lieu de se dégager elle resta ainsi quelques secondes, comme tous les couples autour d'eux qui flirtaient à qui mieux mieux, l'océan dissimulant pudiquement le bas de leurs corps. Leurs regards se croisèrent et ce qu'il y lut était plutôt encourageant...

– Tu es très belle, dit Malko.

L'espagnol, avec son tutoiement, facilitait l'intimité.

Raquel baissa chastement les yeux et ils retournèrent sur la plage. Vers cinq heures, la jeune Cubaine regarda sa montre.

– Je dois rentrer, dit-elle, je vais te laisser...

Malko était déjà debout. Lui aussi devait retourner à La Havane.

– Je te raccompagne.

Vingt minutes plus tard, ils s'engouffraient dans le tunnel pour La Havane.

– Je vais dans le Vedado, annonça Raquel.

Dans la calle F, entre 21 et 22. Mais tu m'arrêteras au coin de la 21.

Il la déposa. Elle lui tendit la main :

– Merci, c'était très agréable.

– Veux-tu que nous dînions ensemble? proposa Malko.

Raquel n'hésita pas une seconde avant d'accepter, précisant seulement :

– Ne viens pas me chercher, les gens du CDR te repéreraient et j'aurais le G2 sur le dos ensuite. Nous n'avons pas le droit d'avoir des contacts avec des étrangers sans autorisation. Et si je viens à ton hôtel on prendra mon nom.

– Où alors? demanda Malko.

– En face du cinéma « la Rampa », à côté du *Habana Libre*. A 9 heures. *Hasta luego*.

Elle sortit de la voiture et s'éloigna. Il n'avait ni son adresse ni son numéro de téléphone. Si elle ne venait pas, il ne la reverrait sans doute jamais. Il repassa rapidement prendre une douche à l'hôtel avant d'aller à son contact. Si les gars du G2 l'avaient surveillé aujourd'hui, ils étaient rassurés... Maintenant, le vrai jeu commençait.

*
**

Malko se gara à la même place que le matin en face de l'Opéra et gagna le petit square Jose Marti. A la main, il tenait bien en vue son exemplaire de *Fidel y la religion*. Il s'assit sur un des bancs, observant l'animation autour de lui. Pas mal de touristes s'engouffraient dans la Vieja Habana et une nuée de changeurs clandestins tournaient autour d'eux comme des vautours. Un peu plus loin, se tenaient de mystérieux conciliabules : c'était la bourse aux échanges d'appartements. Trois ou quatre changeurs vinrent lui proposer mollement leurs services.

Il s'en débarrassa sans mal, se demandant comment « on » allait le contacter. Un Cubain très maigre à la peau très noire, crépu, s'approcha, un transistor collé à l'oreille et s'assit à côté de Malko. Durant quelques instants, il ne lui manifesta aucun intérêt, puis, brusquement, tourna la tête vers lui, avec un sourire édenté et dit à voix basse :

– *Seis por uno, señor* (1)

Malko se retourna ostensiblement. Alors, très vite, son voisin lui glissa :

– *Vaya conmigo, compadre.* (2)

Malko regarda les yeux globuleux, inexpressifs et le sourire découvrant une mâchoire sinistrée. Sans un mot de plus, le Noir se leva et s'éloigna en se dandinant au rythme d'une conga vomie par son transistor. S'engageant dans la calle Lamparilla. La vieille ville était encore en plus piteux état que le reste. Des maisons noirâtres aux balcons rouillés. Partout des échafaudages, des pans de murs écroulés et tout une faune de petits artisans. Finalement, ils débouchèrent en face du port. Le Cubain au transistor s'arrêta en face d'une sorte de brasserie, *El Pio,* avec une grande terrasse, bourrée de monde. Malko la parcourut des yeux et lorsqu'il se retourna, son guide s'était évanoui.

Interdit, il examinait les lieux lorsqu'un des consommateurs se leva alors, quitta la terrasse, passa devant lui et partit vers la vieille ville. Un homme jeune, mince, les cheveux rejetés en arrière comme un danseur mondain des années quarante, une fine moustache noire et le teint très clair. Sa *guayabera* rose pâle tombait gracieusement sur un

(1) Six pour un. (Six pesos pour un dollar.)
(2) Viens avec moi, mon pote.

pantalon blanc, un peu trop serré. Ses yeux étaient dissimulés derrière des lunettes noires.

Avant de tourner le coin de la ruelle, il s'arrêta, se retourna, ôta ses lunettes, fixa Malko avec insistance, avant de les remettre et de reprendre sa route.

CHAPITRE V

A quelque chose d'impalpable dans la démarche, les gestes, la façon de s'habiller, Malko fut instantanément persuadé qu'il avait affaire à un homosexuel, espèce pourchassée par le régime rigoriste de Fidel... De nouveau, il rechercha son guide autour de lui. Personne. Ou l'homme en *guayabera* rose était le contact de la CIA, ou Malko se faisait draguer par un pédé... Il allait vérifier.

L'homme avait disparu dans une ruelle. Malko le rejoignit à la hauteur de la calle Tacon. L'autre continua jusqu'à une petite place pavée où se dressait une église : la cathédrale San Ignacio. Il monta le perron et s'engouffra dans la nef.

Malko le suivit à l'intérieur, mais ne repéra aucune *guayabara* rose! Il entreprit de faire le tour de la nef et entendit soudain un léger sifflement, venant d'un confessionnal. Il traversa l'allée et vint s'agenouiller à l'intérieur, dans la partie centrale du confessionnal, refermant la porte sur lui. Séparé de l'autre par un grillage de bois. Une voix chuchota :

– *Eres el señor Linz?*

C'était bien l'agent cubain de la CIA.

– Oui, dit Malko.

Le chuchotement continua.

– *Muy bien.* Le *señor* Gerald va être content.

J'ai un contact avec lui ce soir. Je vais lui apprendre que tu es arrivé. Je m'appelle Salvador.

– Il faut que je le rencontre, fit Malko. Vite.

Il entendit un bruit et regarda à l'extérieur. Deux vieilles femmes venaient de pénétrer dans l'église et s'agenouillaient avec difficulté à quelques mètres d'eux.

– Ici, demain, à la même heure, chuchota Salvador. C'est possible?

– Sûrement, dit Malko.

– *Esta bien,* souffla le Cubain. Si tu ne peux pas, je reviens le jour suivant. Pour un autre rendez-vous, tu vas à l'Opéra et tu cherches « Néné », celui que tu as vu tout à l'heure. Il traîne toujours dans le coin. Il a le moyen de me joindre. Je vais sortir le premier. Attends cinq minutes.

Le silence retomba puis Malko entendit le bruit de ses pas s'éloignant sur le marbre. Tout se passait plutôt bien! Sauf si le G2 surveillait Salvador... Il avait hâte de rencontrer Gerald Svat. Et encore plus de filer de Cuba. Il ressortit de la cathédrale et traversa la place mal pavée pour aller boire un verre à la *Bodeguita del Medio.* Il y avait déjà la queue dehors. Pourvu que la pulpeuse Raquel soit au rendez-vous...

*
**

On aurait dit une veuve! La longue robe noire à mi-mollets, entrebâillée sur des seins somptueux, le maquillage discret et les grands yeux noirs soulignés de mascara. Debout sur le trottoir en face du cinéma « La Rampa », Raquel répondait d'un sourire lointain aux multiples compliments des jeunes Cubains en train de faire la queue pour admirer Madonna. Elle se précipita vers la voiture de Malko.

– J'avais hâte que tu viennes! fit-elle. Les hommes ici sont vraiment collants. Dès qu'ils voient une femme...

Le tutoiement espagnol renforçait tout de suite l'intimité. Malko aperçut la pointe d'un sein par l'entrebâillement de la robe et Raquel rougit, ramenant le tissu sur sa poitrine.

– Où allons-nous? demanda-t-il.

Raquel hésita.

– Je connais un restaurant dans la calle Aramburo. Ce n'est pas très bien, mais il n'y a pas de *segurosos*...

– C'est parfait, dit Malko.

Elle le guida à travers les rues à angle droit du Vedado jusqu'à une ruelle sombre. Une enseigne annonçait *El Colmao*. Ils entrèrent, découvrant un bar puis une salle en longueur avec une estrade et des boxes. C'était déjà presque plein... On les guida vers un box du fond, plongé dans une pénombre quasi absolue. Le même garçon apporta ensuite d'autorité de la bière et une bouteille de rhum « Habana Club ».

– Qu'est-ce qu'on mange? demanda Malko qui mourait de faim.

– Des sandwiches et du chorizo, fit Raquel. Ici, ce n'est pas un endroit pour touristes, alors, il n'y a ni viande ni langoustes. Cela t'ennuie?

Avec Raquel, il aurait mangé des briques.

– Pas du tout, assura-t-il.

Une chanteuse de flamenco avait pris place sur l'estrade, petite et boulotte, flirtant avec le troisième âge. On leur servit des sandwiches jambon-fromage et du chorizo. Raquel avait déjà attaqué au rhum. Elle en but trois verres coup sur coup, et croqua en même temps deux sandwiches.

Malko l'imita. Le jambon ressemblait à du plastique et le chorizo n'avait aucun goût...

Un homme succéda à la chanteuse, tout aussi mauvais. Les spectateurs s'en moquaient d'ailleurs royalement, flirtant ouvertement, biberonnant leur « Habana Club » entre deux étreintes. Raquel avait l'œil allumé.

– Ici, les gens viennent avec leur *titi* pour s'amuser un peu avant d'aller dans les *posadas,* expliqua-t-elle.

Cela pouvait passer pour un encouragement.

Quand Malko posa une main sur la cuisse de Raquel, il la sentit s'amollir. Le « Habana Club » lui réussissait. Ils échangèrent leur premier baiser pendant un numéro débile de duettistes de paso-doble repris en chœur par la salle. Il put alors se rendre compte que Cuba manquait également de soutiens-gorge. Le visage renversé en arrière, Raquel le laissa jouer avec ses seins fermes, comme une collégienne énamourée. Malko avait envie d'autre chose, mais elle serra les jambes lorsqu'il décida de pousser son avantage et posa la tête sur son épaule.

Les attractions cédèrent la place à des disques. Une conga brûlante arracha Raquel à son siège. A peine sur la piste, elle s'enroula autour de Malko. Elle dansait d'une façon diabolique, le mont de Vénus collé à lui, tout son corps ondulant comme un cobra en chaleur. A la troisième conga, Malko se dit qu'il allait se conduire vraiment très mal... Raquel, la bouche dans son cou, semblait inconsciente de l'effet qu'elle lui produisait.

– Allons ailleurs, suggéra Malko.

Elle ne discuta pas, et dans la ruelle sombre il faillit la violer sur le capot de la Nissan! Elle lui échappa et il partit au hasard, conduisant à tâtons, une main serrée entre les cuisses de la jeune femme qui l'empêchait d'aller plus loin.

Il n'avait qu'une idée : plonger avec elle dans un lit. La joie d'avoir réussi ses deux prises de contact ajoutée au plaisir de se trouver avec cette fille superbe le plongeait dans un état euphorique. Sans trop savoir comment, ils débouchèrent sur le

Malecon face à une immense affiche lumineuse, plantée en face d'un building blanc de cinq étages.

– Regarde, fit Raquel, c'est l'ancienne ambassade américaine.

Le panneau proclamait en lettres multicolores :

« Messieurs les impérialistes, vous ne nous faites absolument pas peur! »

Des personnages dessinés en tubes de néons – un yankee et un guérillero – rehaussaient cette œuvre d'art censée défier les diplomates américains encore en poste à La Havane et montrer à la population cubaine que Fidel ne craignait personne.

Raquel émit un ricanement amer.

– Ils feraient mieux de nous donner à manger au lieu de vouloir faire la guerre aux Américains. Le régime repose seulement sur El Caballo. Sans lui tout s'effondrerait en un mois.

– El Caballo?

– Fidel, expliqua Raquel. On l'appelle comme ça depuis les combats de la Sierra Maestra, il y a trente ans. Parce que ses amis disent qu'il a des *cojones* de cheval.

Il nota qu'elle avait prononcé le mot *cojones* sans la moindre gêne.

Le panneau lumineux disparut et il tourna à droite avant le promontoire de l'hôtel *Nacional,* pour remonter vers le centre. La main posée sur le pubis de Raquel, par-dessus la robe.

– Je ne peux pas aller au *Victoria,* dit soudain la jeune femme. Ils vont relever mon nom et j'aurai des problèmes.

Frustré, Malko avait ralenti et il s'arrêta le long du trottoir. Ce supplice de Tantale commençait à devenir insupportable. Il se mit à caresser doucement Raquel et très vite, elle ondula sous ses doigts. Il avait écarté les pans de la robe noire et il était en train de vaincre le dernier barrage.

Elle se débattit faiblement, murmura :

– Non, arrête. On ne peut pas...

Son ventre fut agité d'un brusque tressaillement. Trois doigts venaient de s'enfoncer en elle. D'un sursaut, elle essaya d'enlever la main de Malko, parvenant seulement à déplacer sa caresse vers le haut. D'un coup, Raquel cessa toute résistance. Elle eut un cri bref.

– Oui, là, comme ça...

Retenant son désir, Malko se contentait de la frôler ce qui semblait lui procurer encore plus de plaisir. Elle se mit à gémir, à crier doucement. Elle émit un soupir rauque, dit encore plusieurs fois « comme ça » et finalement retomba immobile, totalement inerte. Plusieurs secondes s'écoulèrent, puis elle allongea le bras gauche à tâtons, comme une noyée et noua les doigts sur le membre tendu, le serrant à l'écraser.

– Je voudrais t'avoir dedans, soupira-t-elle. Bien au fond de ma *papaya*.

– On ne peut pas aller chez toi? demanda-t-il, hystérique de désir.

Raquel sourit, sans le lâcher.

– Si tu veux faire l'amour avec huit personnes autour...

– Et dans une *posada?*

Elle fit la moue.

– A cette heure-ci, il y a trop de monde... Et puis, c'est horrible, sale, plein de bêtes...

Ils n'allaient quand même pas s'accoupler dans la Nissan.

Les premières plages étaient à quinze kilomètres... Soudain, Raquel se redressa.

– Je connais un endroit où nous serons mieux. Prends la Linea.

Malko suivit ses instructions, débouchant dans une grande voie parallèle au Malecon. Un kilomètre plus loin, Raquel lui montra une enseigne lumineuse annonçant : *Saturno. Centro nocturno.*

– C'est là.

***

Une serveuse guida Raquel et Malko, à l'aide d'une minuscule lampe-torche, à travers un labyrinthe de canapés et de profonds fauteuils occupant une salle coupée de cloisons à mi-hauteur. Pas une chaise, pas une table normale. Tout se passait au ras du sol. Quelques lumignons évitaient que l'obscurité ne soit totale. Une vague musique de fond couvrait des chuchotis et des soupirs variés. Il n'y avait que des couples, dont les plus sages étaient emmêlés comme des pieuvres en rut. Le faisceau lumineux balaya des cuisses découvertes entre lesquelles farfouillait une main, une poitrine largement dénudée et un couple agité de saccades étranges...

Malko et Raquel se virent attribuer un petit canapé défoncé derrière une table basse sur laquelle trônait une bouteille de rhum. Malko se pencha vers la jeune femme, amusé.

– C'est un endroit étonnant...

– Il faut bien que les gens se défoulent ! Heureusement que c'est assez cher, sinon on ne pourrait pas y entrer.

Elle s'était déjà versé un verre de rhum et l'avait vidé d'un coup. Les yeux de Malko s'accoutumant à la pénombre, il distingua non loin d'eux une fille, à genoux en face de son partenaire, le visage écrasé contre son ventre. Les légers mouvements de sa tête indiquaient clairement à quel exercice elle se livrait. Partout ce n'étaient que des couples emmêlés ! Les serveuses ne se manifestaient que pour placer les nouveaux arrivants. Il ne fallut pas longtemps à Raquel et à Malko pour se mettre au diapason.

C'était à la fois délicieux et un peu frustrant, l'éducation de Malko lui interdisant de se conduire tout à fait comme un singe en rut devant tous ces étrangers.

Moins complexée, Raquel se comportait à peu près comme une chatte en chaleur, si souple contre Malko qu'elle semblait ne plus avoir d'os.

Il faut dire que dans cette étrange ambiance, personne ne s'occupait du voisin. Un jeune homme poussa un grognement sourd et bref, comme s'il venait de recevoir un coup de poignard, ce qui n'était sûrement pas le cas... Raquel, soudain, l'embrassa avec passion, lui mordant la lèvre inférieure; en même temps, Malko sentit ses doigts frôler l'alpaga de son pantalon, puis s'emparer de son zip et le tirer vers le bas. A peine eut-elle extrait le membre raidi qu'elle se pencha et le mit dans sa bouche. Sur un rythme régulier, presque paisible, elle entreprit de lui administrer une fellation passionnée, sans se soucier le moins du monde de l'environnement...

Ses lèvres plongeaient, puis revenaient en arrière, retroussées, tandis que sa langue parcourait l'extrémité du sexe avec le soin que met une petite fille à lustrer un cornet de glace. Puis sa bouche le reprenait tout entier. Lorsqu'elle sentit, aux coups de reins de Malko, qu'il était au bord du plaisir, elle le provoqua d'un long mouvement tournant jusqu'à ce qu'il crie. Elle le garda encore un peu dans sa bouche, puis se redressa et, d'un geste naturel, vida son verre de rhum avec un soupir d'aise.

Ils étaient quittes.

Malko se sentait pourtant frustré. C'était le ventre de Raquel qu'il voulait... Elle se pencha à son oreille et murmura :

– Tu sais, je suis toute mouillée...

Autour d'eux, les soupirs continuaient de plus

belle. La lampe électrique balaya un couple en train de se caresser frénétiquement. Des gens très jeunes. La fille râlait, la tête rejetée en arrière.

– Tu m'as incroyablement fait jouir, dit Malko. Mais toi...

– C'était merveilleux, assura-t-elle, mais je voudrais tellement faire l'amour dans un lit...

Sa robe, froissée, bâillait sur ses seins. Sans s'en soucier, elle posa la tête sur l'épaule de Malko et ajouta :

– Hier je ne te connaissais pas...

– Tu n'as pas d'homme dans ta vie? demanda-t-il.

– Si, dit-elle, mais il est marié et a aussi une *titi* beaucoup plus jeune. Ici, les hommes sont fous de filles très jeunes et très grosses. Ils ne me trouvent pas à leur goût...

A côté d'eux, il y eut un remue-ménage. Un couple se rajustait, remplacé aussitôt par de nouveaux arrivants. La lampe les éclaira. Deux hommes!

Raquel pouffa de rire et colla ses lèvres à l'oreille de Malko.

– C'est drôle, c'est mon voisin...

Il regarda avec plus d'intérêt et reconnut à son immense surprise la *guayabara* rose de Salvador, l'agent de la CIA! Accompagné par un minet aux cheveux frisés et au visage poupin, aux épaules maigres moulées dans un T-shirt. Les deux hommes s'installèrent et commencèrent à bavarder, tête contre tête. Puis la lampe électrique s'éloigna, et il ne distingua plus que deux silhouettes.

Raquel ne les quittait pas des yeux.

– Ah, le sale *pajaro* (1), fit-elle à voix basse.

Malko fut surpris du ton véhément de la jeune femme. Après tout, ce n'était pas son problème.

(1) Pédé.

– Tu n'aimes pas les homosexuels? demanda-t-il.

– Je m'en fous! gronda-t-elle. Mais ce salaud-là est chargé de les traquer. Alors tu comprends...

Malko crut avoir mal entendu.

– C'est-à-dire?

– C'est un *seguroso,* un flic, un de ces *hijos de puta* du G2.

CHAPITRE VI

L'euphorie de Malko s'évanouit en une fraction de seconde. Avec l'impression de recevoir un seau d'eau glacée dans le dos... L'homme de confiance de la CIA à La Havane était un agent des Services cubains! C'était trop! Il scruta l'obscurité dans la direction du couple masculin, mais n'aperçut que deux silhouettes rapprochées et floues. Si Raquel ne se trompait pas, c'était une horreur aux conséquences catastrophiques. D'un ton volontairement léger, il dit à Raquel :

– Je croyais que l'homosexualité était interdite à Cuba. Comment peut-il faire partie des Services de Sécurité?

– Il dénonce les autres *pajaros*, pardi! fit-elle avec véhémence. Je le connais bien. Ce *maricon* s'appelle Salvador Jibaro. Il a une vieille BMW avec deux grandes antennes et il est toujours fourré dans les *tiendas libres*... Il se débrouille bien : le G2 lui a trouvé une petite maison à côté de la mienne... Pour lui tout seul! Ce salaud, à une réunion du CDR de ma *quadra*, il m'a proposé de dénoncer les éléments contre-révolutionnaires que je connaîtrais contre des bons d'achat dans les *tiendas libres*...

Salvador : le prénom collait. Malko était atterré. Raquel, se méprenant sur son attitude brusquement absente, lui dit avec ironie.

– Tu es comme tous les hommes, une fois que tu as eu ce que tu voulais, tu n'es pas très amoureux...

Malko s'ébroua et l'attira contre lui. Un moment il s'était demandé si ce n'était pas un coup monté, mais la sincérité de Raquel était évidente. Comme un défaut... Lui avait besoin de faire le point, après le choc. Et d'en tirer les conséquences.

– Je n'ai pas eu *vraiment* ce que je voulais, mais j'en ai un peu assez de tous ces gens autour de nous. Viens.

Elle le suivit sans discuter et il prit soin de faire un détour pour ne pas passer devant le couple homosexuel. Si Salvador Jibaro l'apercevait en compagnie de Raquel, il risquait de se poser des questions.

L'air tiède de la nuit ne calma pas l'angoisse de Malko. Raquel, de plus en plus amoureuse, s'enroula autour de lui.

L'histoire de Salvador Jibaro l'obsédait. Il fallait absolument être *sûr*.

– Ton voisin homosexuel ne risque pas d'ennuis à se montrer ainsi? balbutia-t-il. Tu t'es peut-être trompée...

Elle sursauta, furieuse.

– Comment! Je le vois presque tous les jours. Avec des *guayaberas* de toutes les couleurs. S'il ne travaillait pas au G2, il ne pourrait pas se montrer en public avec un homme.

Il n'insista plus et demanda :

– Quand vais-je te revoir?

– Si tu as le temps, fit-elle, nous pouvons aller à Varadero pour le week-end. Je connais des petits hôtels, là-bas.

– Tu ne préfères pas Cayo Largo? suggéra Malko.

– Oh, bien sûr, répliqua aussitôt Raquel, là-bas c'est superbe mais je n'ai pas le droit d'y aller. Il me faudrait une autorisation spéciale du ministère de l'Intérieur. Il n'y a que des touristes étrangers qui y vont...

L'esprit ailleurs, Malko ramena la jeune femme. Au moment de le quitter, elle griffonna un numéro de téléphone sur un papier et le lui tendit.

– Tu peux me joindre là dans la journée, c'est toujours moi qui réponds. Je ne veux pas t'appeler à l'hôtel. J'espère que j'aurai de tes nouvelles, ajouta-t-elle.

– Sûrement! promit Malko.

Il conduisit comme un automate jusqu'au *Victoria.* Il n'était pas encore remis lorsqu'il commanda une Stolychnaya au bar désert. Les pensées s'entrechoquaient dans sa tête, pas vraiment gaies. Voilà pourquoi il était entré si facilement à Cuba! Le Cubain impliqué dans l'exfiltration de Luis Miguel Bayamo était un traître, un agent double!

Bayamo avait raison de se méfier des Cubains de la CIA. Mais comment la CIA s'était-elle laissé embringuer dans cette histoire de fou?

La solution la plus évidente pour Malko était une exfiltration immédiate, si c'était encore possible.

Venu à Cuba pour aider un homme traqué, Malko se retrouvait dans la même situation. En pire : parce que le G2 savait où le trouver, lui... Il repensa aux précautions de Salvador Jibaro, quelques heures plus tôt. Le Cubain devait bien rire intérieurement : ils ne risquaient pas d'être surveillés.

Trois vodkas plus tard, la boule de plomb qui occupait tout l'estomac de Malko n'avait toujours pas fondu.

Il se tourna et se retourna dans son lit jusqu'à 4 heures du matin, cherchant la conduite à tenir. Dans un premier temps, il fallait faire comme si de rien n'était : le seul lien entre la CIA et lui étant justement le traître cubain...

Il bénit son goût des femmes. Sans la pulpeuse Raquel, lui et la CIA feraient toujours confiance à Salvador Jibaro.

*
**

La cathédrale San Ignacio était d'une fraîcheur agréable après la chaleur étouffante et humide de la Vieja Habana. Malko, agenouillé sur un prie-Dieu, essayait de faire le vide dans sa tête. A chaque instant, les Services cubains pouvaient décider de cesser de jouer au chat et à la souris. Il n'avait qu'un seul atout. Apparemment, ils ignoraient où se trouvait Luis Miguel Bayamo et comptaient sur Malko pour les mener jusqu'au défecteur...

Il entendit des pas et se retourna. Salvador Jibaro était aussi élégant que la veille, avec une *guayabera* d'un blanc éblouissant. Il alla s'agenouiller dans le confessionnal, prenant bien soin de ne pas abîmer le pli de son pantalon. Malko l'y rejoignit et le Cubain annonça aussitôt à voix basse :

– Tout est arrangé. Vous allez rencontrer le *señor* Gerald ce soir, vers minuit.

– Où?

– Au coin de la calle 13 et de la calle D. A trois *quadras* de l'hôtel *President*.

– Où sera-t-il?

– Avec moi, chuchota Salvador Jibaro. Prenez votre voiture et attendez-nous au carrefour, sans lumières... C'est très sombre et les maisons sont inhabitées à cet endroit-là. On ne vous remarquera pas...

– Pourquoi si tard?

– Le *señor* Gerald ne peut pas faire autrement.

Il est très surveillé. Mais faites-moi confiance... *Hasta luego*. A ce soir.

Il s'éloigna, laissant dans le confessionnal une traînée d'eau de toilette tue-mouches...

Malko était partagé entre l'envie de lui cogner la tête contre un bénitier pour lui faire cracher ses dents et un fou rire nerveux. Le chef de station de la CIA utilisant les barbouzes cubaines pour déjouer la surveillance du G2! A faire dresser les cheveux sur la tête.

C'est lui qui prenait tous les risques : protégé par l'immunité diplomatique, Gerald Svat ne craignait en cas de pépin que l'expulsion.

*
**

Gerald Svat jouait du saxo, en survêtement de sport, dans son living. Peut-être attiré par les sons aigus, un oiseau de nuit heurta le grillage qui entourait la terrasse, se débattit un peu avant de disparaître dans l'obscurité... La villa ressemblait à une annexe de Sing-Sing avec la terrasse transformée en cage par d'épais grillages verts recouvrant le toit et les côtés, les barreaux aux fenêtres et les portes renforcées.

A Cuba, les maisons des étrangers étaient particulièrement visées par les cambrioleurs, étant censées contenir des trésors...

L'Américain posa son instrument, écoutant les bruits de la nuit. La musique le détendait.

Cuba était seulement son second poste pour la CIA et de loin le plus dur. Il savait sa villa bourrée de micros et son téléphone sur écoute. Il était surveillé en permanence et réduisait ses déplacements au minimum, de sa maison dans le quartier de Miramar à l'ex-ambassade US sur le Malecon. Seulement la nuit, cela se relâchait un peu. Mais à chaque carrefour de la « Quinta », la Cinquième Avenue qu'il empruntait tous les jours, il y avait un kiosque avec un policier muni de téléphone et de walkie-talkie, relié au Central du G2. Son travail consistait à noter les numéros de toutes les voitures... On pouvait ainsi les suivre de *quadra* en *quadra*...

Le reste de La Havane était moins surveillé, mais le G2 disposait de 800 voitures dans la journée et d'une centaine la nuit. Dès qu'ils s'attachaient à un suspect, c'était l'enfer.

Ça, plus les innombrables patrouilles de police, les voitures banalisées du G2 et les multiples moyens techniques d'espionnage rendaient la vie très pénible. Il ne sortait que pour de rares cocktails ou pour se rendre au restaurant voisin, le *Cecilia*. Sa femme était retournée en Floride et lui téléphonait toutes les semaines. Il avait bien essayé de se distraire avec des *titi*, mais elles travaillaient presque toutes pour le G2. Il ne restait plus que le boulot. Gerald Svat était assez fier d'avoir pu réactiver le mini-réseau de son prédécesseur, qui lui permettait quand même quelques contacts utiles...

Il s'étira, sautilla sur place et alla boire un verre de lait dans la cuisine. Sa montre indiquait onze heures et demie. Il prit dans un tiroir un flacon scellé et un passeport, qu'il glissa dans sa tenue de jogging.

Il sortit alors, verrouilla soigneusement la porte et partit à petites foulées dans la calle 88, vers la Quinta.

La voiture de surveillance du G2 se trouvait dans l'ombre à quelques mètres. Un jet de phares l'éclaira et s'éteignit aussitôt.

Tous les soirs, vers la même heure, il faisait du jogging; ses « anges gardiens » s'y étaient habitués. D'autres joggers faisaient de même, à cause de la chaleur. Arrivé à la *Quinta*, devant la somptueuse résidence de l'ambassade d'Espagne, une vieille maison hispanique meublée et décorée par Claude Dalle, venu spécialement de Paris pour cette occasion, Gerald Svat tourna à droite, empruntant l'allée centrale herbue, séparant les deux voies. Son exercice durait près de deux heures et son passage était pointé à chaque kiosque de police...

Il franchit plusieurs *quadras*, repéré par des flics à moitié endormis. Eux aussi connaissaient ses habitudes...

L'Américain ralentit, entendant la pétarade d'un moteur. Un side-car russe, comme il y en avait beaucoup à Cuba, arrivait en face de lui, venant du tunnel séparant la Quinta et Miramar du Malecon. Il y avait un passager dans le side-car. L'engin se rapprocha de l'allée centrale. Ils étaient au milieu d'une *quadra,* invisibles des kiosques de surveillance. L'homme qui se trouvait dans le tansad portait le même survêtement bleu que l'Américain. Il sauta à terre et Gerald Svat plongea à sa place, tandis que son « double » continuait son jogging au même rythme...

Le side-car tourna à droite dans une transversale, filant vers la mer afin de rejoindre la 3e Avenue. Gerald Svat allongea une grande claque au conducteur de la moto.

– *Well done,* Salvador! (1)

Le Cubain sourit modestement. Gerald Svat se tassa au fond de l'engin, le visage fouetté par le vent. Il était très fier de cette combine qu'il n'utilisait que rarement. Salvador Jibaro faisait partie des agents légués par son prédécesseur, tous recrutés lorsqu'ils étaient en poste au Mexique. Chaque mois, il lui remettait trois cents dollars, une somme considérable pour le Cubain... Ce dernier, revenu sur la Quinta, s'engagea dans le tunnel menant au Malecon, puis tourna à droite dans la grande avenue filant vers l'est, la Linea.

(1) Bien joué, Salvador.

Un kilomètre plus loin, il bifurqua dans une petite rue sans éclairage du Vedado et ralentit. On n'y voyait goutte. Il donna un coup de phares rapide, éclairant une voiture en stationnement portant une plaque « turistas ».

– C'est lui, annonça-t-il.

Gerald Svat avait déjà sauté à terre. En trois bonds, il eut rejoint la voiture et grimpé dedans. Il distinguait à peine le visage de l'homme au volant, seulement des cheveux blonds.

– Malko?

– Oui. Vous êtes Gerald Svat?

– *Right*. Bienvenue à Cuba. Nous n'avons pas beaucoup de temps. Vous avez vu Luis Miguel?

– Oui.

– Il va bien?

– Il est nerveux. Il m'a réclamé son passeport. Il voulait me tuer, me prenant pour un traître.

– Il vous a expliqué ce qui s'est passé au *Habana Libre?*

Malko lui résuma l'affaire. Gerald Svat hocha la tête.

– *Fucking bastard!* Tout marchait si bien.

– Vous avez son passeport? demanda Malko.

Gerald Svat tira le document de son jogging et le lui donna avec une fiole pleine d'un liquide clair.

– Voilà, fit-il, c'est un passeport canadien. *Checkable*. Il ne manque que la photo. On vous a dit d'apporter un appareil Polaroïd?

– Oui, dit Malko.

– Ouf. Ici, on n'en trouve pas. Voilà comment nous procédons. Ce flacon contient de la teinture. Il faut que Bayamo rase sa moustache et se teigne en blond. Vous lui faites plusieurs photos d'identité et vous me les remettez avec le passeport. Ne le lui laissez pas, il faut juste le lui montrer pour le rassurer.

– Et ensuite?

– La photo fixée, je vous rends le passeport avec des vêtements occidentaux, sa panoplie... Et il n'y a plus qu'à l'exfiltrer.

– Vous voulez le faire partir par l'aéroport de La Havane?

Gerald Svat secoua la tête.

– *Nope,* ce serait trop dangereux. J'ai mis son exfiltration au point. Par l'île de Cayo Largo, qui se trouve à une demi-heure de vol de La Havane.

Malko n'en revenait pas.

– Comment? Il y a des vols internationaux là-bas?

– Non. Suivez-moi. Pour aller de La Havane à Cayo Largo, ce sont des vols intérieurs, donc beaucoup moins surveillés. On vérifie seulement que les passagers sont étrangers. Avec son passeport canadien, Bayamo devrait partir sans problème.

– Et à Cayo Largo?

Gerald Svat se rengorgea.

– J'ai tout organisé avec la station de Mexico. Dans deux jours, arrive à Cayo Largo un gros cabin cruiser battant pavillon mexicain, le *Cuernavaca.* Il appartient à un de nos *stringers.* Les Cubains acceptent qu'il reste une semaine à Cayo Largo, sans visa. Il vient d'ailleurs plusieurs fois dans l'année, pour la pêche au gros. Notre ami Luis Miguel repartira dessus.

– Et moi?

L'Américain eut un large sourire :

– Votre séjour touristique achevé, vous regagnerez l'Autriche bronzé. Et nous aurons réussi une belle opération : Bayamo est d'un intérêt immense pour nous. En plus de la liste de nos agents cubains retournés par le G2, il possède des informations précieuses sur le Département 13, qui supervise l'entraînement des terroristes étrangers à Cuba... Mon seul regret, c'est que vous ne puissiez aller à Cayo Largo. C'est aussi beau que les Bahamas, avec du sable blanc, des cocotiers, une mer émeraude et plein d'Italiennes en chaleur...

– Le rêve, fit Malko. Mais je vais peut-être avoir à y goûter.

Gerald Svat le regarda, interloqué.

– Pourquoi?

– L'homme qui m'a amené ici s'appelle bien Salvador Jibaro?

– Comment savez-vous son nom? sursauta Svat. A Vienne, ils l'ignorent.

– C'est une heureuse coïncidence, expliqua Malko. J'ai rencontré ici une jeune femme qui est sa voisine.

– J'espère que vous avez été prudent?

Un ange passa et s'enfuit, horrifié. On baignait en plein humour noir. Involontaire.

– Moi, oui, fit Malko. Mais pas vous. A propos vous saviez que Salvador Jibaro était homosexuel?

– Oui, pourquoi?

Gerald Svat commençait à être sérieusement troublé. Malko lui assena son coup de massue final.

– Votre agent de confiance a été retourné par le G2, annonça-t-il. Peut-être à cause de son vice... Il travaille contre nous.

Au fur et à mesure que Malko révélait l'étendue des dégâts, les traits de l'Américain se défaisaient... Lorsqu'il eut terminé, Gerald Svat resta coi quelques instants, mesurant l'ampleur du désastre. Il rompit enfin le silence pour demander d'une voix blanche :

– Il n'y a aucune chance d'erreur?

– A mon avis, non, dit Malko. Raquel ne pouvait *pas* savoir que je connaissais Salvador. C'est une coïncidence inouïe, mais une coïncidence. Vous n'aviez jamais eu aucun doute?

L'Américain secoua lentement la tête.

– Oui et non. Ce n'est pas moi qui ai recruté Jibaro, mais la station de Mexico. A l'époque, les gens de Langley voulaient *à tout prix* créer un réseau à Cuba. Alors, ils n'étaient pas trop regardants. D'ailleurs l'homosexualité de Jibaro n'était pas mentionnée sur sa fiche...

– C'est dingue, soupira Malko.

– Sûr, avoua Gerald Svat. Mais le vieux Casey ne supportait pas la contradiction. Il voulait son réseau cubain, il l'a eu. Quand j'ai rencontré Jibaro, il ne m'a pas fait bon effet, mais on n'avait rien à lui reprocher. Pendant des mois, il a apporté des informations parfois très utiles et il ne représentait aucun risque de sécurité. Alors, j'ai eu le tort de m'endormir. Et de lui donner plus de responsabilités.

– Les Cubains ont pris leur temps, remarqua Malko.

Dans tous les Services, ce genre de mésaventure arrivait. Un agent retourné une fois pouvait l'être une seconde... Gerald Svat lui jeta un regard embarrassé.

– C'est vrai que ça m'avait frappé, confessa-t-il. Alors que les homosexuels sont pourchassés, Jibaro ne semblait pas s'en soucier... Mais, en plus, je n'avais personne pour mener une enquête sur lui.

– Bon, conclut Malko, ce n'est pas la peine de nous lamenter.

L'Américain approuva.

– Je suis content que vous le preniez ainsi... Maintenant, il faut limiter les dégâts. Si nous voulons Bayamo à tout prix, c'est parce qu'il connaît tous les gens comme Jibaro. Je me doutais que notre réseau cubain était pollué, mais pas à ce point. Les dégâts que peuvent commettre ces taupes sont incalculables...

– Je m'en aperçois, fit tristement Malko.

– Je crois que pour Bayamo, c'est cuit, conclut Svat. Le tout est de vous sortir d'affaire, vous.

– Attendez, objecta Malko. Nous avons quand même un avantage. Jibaro ignore que j'ai découvert sa trahison. Je pense que le G2 n'a qu'une idée en tête : récupérer Luis Miguel Bayamo. Contrairement à ce qu'il espérait, les Services cubains savent qu'il est prêt à trahir.

– Et c'est par moi qu'ils l'ont appris, conclut amèrement Gerald Svat. Jibaro sait que vous êtes à Cuba pour l'exfiltration de Luis Miguel. Sans cela, ils ne se seraient jamais doutés de sa trahison.

– Il y a peut-être encore une chance minuscule de nous en sortir, dit Malko. Continuons en apparence l'opération. Tant que les Cubains n'auront pas localisé Bayamo, ils ne broncheront pas. Ils sont sûrs d'eux à cause de Salvador Jibaro. N'ayons l'air de rien.

– Et ensuite?

– On va peut-être trouver quelque chose... De toute façon, si Jibaro se sent découvert, il va prévenir ses supérieurs et ils vont s'emparer du seul élément qui peut les mener à quelque chose : moi. Puisque Jibaro est un traître, ils connaissent maintenant le rôle d'Herminia. J'ai forcément été surveillé dès mon arrivée.

Gerald Svat demeura silencieux, puis murmura :

– Quelle merde, quelle horrible merde... Vous me dites qu'il y a une chance de les baiser. Comment?

Visiblement Gerald Svat manquait de l'expérience nécessaire pour résoudre un cas aussi difficile. Et Malko avait souvent remarqué que les Américains paniquaient vite devant les cas non conformes. Ce qu'il fallait éviter à tout prix.

– En montant une opération parallèle d'exfiltration, tout en en poursuivant officiellement une autre. Un moment certes très difficile à passer, mais nous n'y sommes pas encore. Je ne risque rien tant que je ne les conduis pas à Bayamo. Et pourtant, il faut que je le voie. Ils se doutent que je l'ai déjà rencontré, et ils vont resserrer le filet. Avez-vous parlé du passeport à Salvador Jibaro?

– Non.

– Ni de la façon dont vous pensez faire sortir Bayamo de Cuba?

– Non plus.

– Parlez-lui-en. Dites-lui que votre plan est de l'emmener à proximité de la base de Guantanamo, sur une plage où une vedette de chez nous viendra le chercher.

Guantanamo était une base US louée à Cuba pour un siècle, à l'extrémité est de l'île. Même Castro n'avait pas osé résilier le bail, craignant une réaction militaire violente des Etats-Unis. Il s'était contenté de l'isoler totalement du reste de Cuba.

– Guantanamo est terriblement surveillé, remarqua Gerald Svat. C'est peu vraisemblable.

– Donnez des détails, insista Malko. Une embarcation peut parfaitement partir de la base, faire un détour par la haute mer et venir récupérer quelqu'un sur une plage. Vous ne voyez pas un endroit où ce serait possible?

L'Américain réfléchit rapidement.

– Si, fit-il, du côté de Caimanera, la côte est sablonneuse, très découpée, et il n'y a pas un chat. Mais dans ce cas, comment expliquer votre présence à Cuba?

– Ce n'est quand même pas vous qui allez le conduire, fit remarquer Malko.

Gerald Svat s'essuya le front et sursauta. On avait frappé à la glace derrière lui. Il l'ouvrit. Malko aperçut la fine moustache de Salvador Jibaro et son visage crispé par l'inquiétude.

– *Señor* Geraldo, fit-il, il est tard, il faudrait repartir.

– J'arrive, fit l'Américain, avant de refermer la glace.

Il se retourna vers Malko, fulminant.

– L'immonde salaud! J'aimerais lui en mettre deux dans la tête...

Malko passait en revue tous les morceaux du puzzle.

– Du côté Cayo Largo, fit-il, vous êtes certain qu'il n'y aura pas de loup? Le bateau sera bien là?

– Certain, affirma l'Américain. Il est en mer. Le seul problème pourrait venir d'une vedette garde-côtes cubaine stationnée là-bas. S'il lui prenait fantaisie d'arraisonner le *Cuernavaca*. Mais ce dernier est beaucoup plus rapide. Il file près de 50 nœuds.

– Des obus, ça va à beaucoup plus de 50 nœuds, fit remarquer Malko. Mais si nous sommes prudents, ils ne s'apercevront de rien. Il y a beaucoup d'avions La Havane-Cayo Largo?

– Tous les matins à 8 heures.

– Bon, il faut que vous rentriez maintenant. En plus de nos contacts « officiels » nous devons absolument nous voir sans passer par Salvador Jibaro. Comment?

Gerald Svat réfléchissait.

– Il y a problablement un moyen, fit-il. Vous avez dû remarquer l'énorme building verdâtre qui se dresse en face du *Victoria* sur la calle M, au cour de la 19.

– Oui.

– C'est l'*edificio* « Foxa » réservé aux techniciens étrangers. Il tient toute la *quadra*. Entre les calles M et N, il y a une sorte de coursive souterraine qui passe dessous, très peu fréquentée. Au milieu de cette coursive, j'ai repéré un réduit toujours ouvert où les locataires entassent leurs vieux trucs. Nous pouvons essayer de nous retrouver là. Mais quand?

– Laissez-moi le temps de rencontrer Bayamo, dit Malko. De faire cette photo. Je vous la donnerai avec le passeport et vous m'apporterez sa « panoplie »...

De nouveau, Gerald Svat s'essuya le front.

– O.K., fit-il.

– Comment allons-nous communiquer? dit Malko. Pour fixez ce rendez-vous?

– N'approchez surtout jamais de la Section des Intérêts économiques, fit l'Américain. C'est notre ancienne ambassade, sur le Malecon. Il y a des micros, des caméras, des mouchards, tout ce que vous voulez! J'utilise plusieurs boîtes aux lettres mortes, un peu partout en ville. La plus simple, c'est à l'hôtel *Nacional*. Vous y êtes allé?

– Non.

– Vous pouvez y faire un tour sans éveiller les soupçons, c'est le QG de tous les Popovs et des gens de l'Est. Le jardin qui surplombe le Malecon a deux vieux canons de la guerre de 1898. Il m'arrive de planquer des documents dans celui de droite en regardant la mer. Vous enfoncez bien le bras... J'y passerai tous les jours. Dès que vous serez prêt pour le rendez-vous, déposez-y un exemplaire du quotidien *Gramma* dont vous aurez ôté la première page. Cela signifiera que nous nous rencontrerons au Foxa, le lendemain vers 6 heures.

– Parfait, dit Malko. Allez-y maintenant.

Gerald Svat lui serra longuement la main, descendit de la voiture et monta dans le side-car qui s'éloigna aussitôt. Malko démarra à son tour, la gorge serrée. Il s'était rarement trouvé dans une situation aussi précaire. Le G2 était infesté d'officiers soviétiques qui avaient déjà dû lui réserver un aller simple sur Air Goulag.

CHAPITRE VII

Le général Orosman Pintado alluma avec volupté son premier Cohiba de la journée, aspira la fumée et la rejeta en direction de son visiteur, assis sur le bord de sa chaise. Ce dernier, pris par surprise, en avala une bonne goulée et fut pris d'une quinte de toux homérique, saluée par le rire puissant du général Pintado.

– Salvador! lança-t-il. Arrête de te conduire comme un *pajaro!* Apprends à fumer, bon sang.

Dans un mouvement de générosité inouïe, il prit un Cohiba – la Rolls des cigares – dans sa boîte et le tendit à son agent. A Cuba où les cigares étaient rationnés à raison de six par famille et par mois, c'était un cadeau somptueux. Salvador Jibaro le mit dans une des poches de sa *guayabera* avec un humble sourire.

– *Muchissimas gracias, compañero* Orosman, je le fumerai plus tard.

Son vis-à-vis eut un geste fataliste, signifiant qu'il n'en croyait pas un mot. Mais, ce matin, il était vraiment de bonne humeur. Il se renversa en arrière et demanda, l'air gourmand.

– Raconte-moi encore ta soirée d'hier, Salvador.

L'agent double se lança de nouveau dans le récit de son contact avec Malko, tandis que le général Pintado tirait sur son Cohiba à petites bouffées. Responsable du contre-espionnage au sein du G2, c'était pour lui un succès inespéré de manipuler l'exfiltration d'un défecteur. Il avait eu raison de recruter Salvador. Ce dernier, surpris en pleine activité pédophile avec un gamin, devait être envoyé au pénitencier de l'Ile des Pins. Le général Orosman Pintado, en étudiant son dossier, avait découvert qu'on le soupçonnait d'avoir eu des contacts avec les Américains au Mexique.

Toutes les conditions d'un beau retournement étaient réunies...

– Tu es sûr que ce Mark Linz ignore où se cache Luis Miguel? insista-t-il. Parce qu'ici, on pourrait le faire parler...

Ils se trouvaient au quatorzième étage de l'immeuble abritant la Division « G », au coin de la calle M et de la calle 11. Les salles d'interrogatoire en occupaient tout le sous-sol, avec une douzaine de cellules.

– Certain, *compañero* Orosman, affirma l'homosexuel. Mais il va nous y mener. Ce *gusano* (1) de Luis Miguel sera bien obligé de sortir de son trou. Linz est venu pour ça. Et à ce moment-là...

Il eut le geste significatif d'un paysan étranglant un poulet.

Le général Pintado sourit, absent, et demanda d'une voix douce :

– Tu es certain qu'ils ne te mentent pas?

L'autre prit un air outragé.

– Absolument! Le *gringo,* Geraldo, m'a donné une prime de cinq cents dollars pour mon idée du jogging. Il a entièrement confiance en moi.

Le général lui adressa un regard perçant.

– Ces dollars, tu les a remis à la caisse du Service, bien entendu?

(1) Littéralement : ver de terre.

Salvador Jibaro baissa la tête et fit d'une voix embarrassée :

– J'allais le faire, *compañero* Orosman.

Le général eut un geste magnanime.

– N'en déclare que quatre cents, allez!

– *Muchissimas gracias*, bredouilla Salvador. *Compañero* Orosman, il faudrait donner des instructions pour que le service de sécurité ne serre pas Mark Linz de trop près. Il pourrait s'alarmer et tout arrêter. C'est un professionnel.

Le général cubain resta le cigare en l'air. Visiblement ennuyé.

– Tu te rends compte de la responsabilité que tu prends? souligna-t-il. Si cet agent des impérialistes profite de sa liberté pour nous doubler?

– Impossible, affirma Salvador. Je suis au courant de tout.

Orosman Pintado hésita quelques instants avant de poser la main sur le téléphone.

– *Muy bien!* Je te fais confiance. Mais attention...

Salvador fixa le grand portrait en couleurs de Fidel qui se trouvait derrière le général et lui adressa une prière muette. Si les *gringos* le doublaient, il ne donnait pas cher de sa peau.

*
**

Un groupe de touristes soviétiques était agglutiné au bord de la scène, fasciné par les danseuses empanachées qui évoluaient à quelques mètres d'eux. Malko suivait la chorégraphie d'un œil distrait, agacé par les brûlures de son front. Jouant le jeu du « touriste », il avait passé la journée à la plage de Santa Maria et avait pris un formidable coup de soleil.

Ce petit inconvénient physique l'empêchait de trop penser à ce qui le menaçait. Son plan exigeait de ne pas perdre de temps. Les Cubains risquaient de se lasser de ce jeu et de l'arrêter. Il lui fallait donc d'urgence un nouveau contact avec Luis Miguel Bayamo. Sans mener les gens du G2 jusqu'à lui. C'était un véritable jeu d'équilibriste. Qui passait par Herminia. Comme d'habitude, le *Tropicana* était bourré. L'entracte était passé et Malko comptait les minutes. Herminia l'avait accueilli avec la courtoisie d'une pute satisfaite et ils avaient rendez-vous à la station d'essence. Pour l'instant, elle se déhanchait sur la scène, avec ses étranges yeux en amande et son expression de salope qui mettait la bave aux lèvres des ingénieurs soviétiques...

Une pensée lancinante tenaillait Malko. Puisque Salvador Jibaro était un traître et qu'il était donc repéré par les Cubains, il faisait courir un danger mortel à la *titi*. Si elle ne quittait pas Cuba en même temps que Bayamo, la rage du G2 se déchaînerait contre elle.

Or, son exfiltration à elle n'était pas prévue...

Il commanda au garçon un autre *mojito* et scruta ses voisins. Qui, dans la foule, était en train de le surveiller? En plus, il avait le passeport canadien de Bayamo sur lui. Impossible de le laisser dans sa chambre d'hôtel.

Les applaudissements l'arrachèrent à sa méditation.

Il se leva le premier pour éviter la foule et regagna sa voiture garée à l'entrée. Tout s'était passé normalement. Il n'était pas le seul à emmener une des danseuses. Mais cela ne suffirait pas à égarer le G2. Il eut une pensée abominable. Et si Herminia avait été retournée elle aussi?

Il attendait depuis vingt minutes à la station-service, lorsqu'elle surgit en courant.

– Excuse-moi, il y a eu un problème technique.

Cette fois, elle portait une mini hyper courte, dévoilant ses cuisses nerveuses et un T-shirt blanc qui semblait dessiné sur ses seins pointus... Les cheveux encore attachés en queue de cheval, elle paraissait douze ans. Elle coula un regard allumé à Malko.

– Tu as pensé à moi? Pour me faire partir?

– Bien sûr, assura Malko.

– Oh! *Muchas gracias!*

Elle se voyait déjà dans l'avion pour Miami.

– J'ai aussi le passeport de Luis Miguel, dit-il. Il faut que je le voie absolument.

– Bien, dit Herminia. Va vers le Malecon.

Il reprit le même chemin. Herminia se retourna et gronda :

– Ces salauds sont encore là. C'est pas possible, ils veulent me faire chier.

Dans le rétro, il aperçut deux phares blancs. Probablement une surveillance de routinc. Grâce à Salvador, le G2 n'avait pas à se casser la tête. Ceux-là, il devrait les semer avant de rejoindre Luis Miguel.

– Nous allons au même endroit? demanda-t-il. A la *posada?*

– Non. Cela prendrait trop de temps. Je connais un endroit tranquille à Miramar.

– Et comment le prévenir?

– Il y a des cabines téléphoniques.

Il allait mener le G2 droit au fugitif. Herminia ne semblait pas s'en inquiéter. Inconsciente ou vendue? Lui aurait à aviser.

Dix minutes plus tard, ils franchissaient le tunnel sous le Rio Almendares, arrivant dans la Cinquième avenue. Herminia le fit tourner à droite tout de suite dans la calle A et il débouchа sur une plage déserte où plusieurs voitures étaient arrêtées, tous feux éteints.

– C'est là! annonça Herminia. Arrête-toi.

Il coupa le moteur et le silence retomba, troublé seulement par le bruit des vagues. La voiture des flics avait disparu. Herminia alluma une cigarette et soupira.

– J'en ai marre de ce pays... Je voudrais tant être à Miami, il paraît que c'est formidable... Tu connais?

– Un peu, dit Malko. Il y a presque autant de Cubains qu'ici.

– Oh, je suis contente d'y aller!

Herminia éteignit sa cigarette à demi entamée. Sa main gauche farfouillait déjà dans le pantalon d'alpaga. Elle pratiquait la fellation avec un naturel parfait, comme d'autres pratiquent le baisemain. En quelques gestes habiles elle eut libéré le membre endormi et sa bouche goulue le happa immédiatement. Ce qui suivit aurait pu être enseigné dans les écoles... Herminia se servait de ses mains, de sa langue et de sa grande bouche avec une science consommée. Malko avait beau savoir que ce n'était pas le sentiment qui l'animait, la sensation était exquise. Herminia allait littéralement chercher sa semence au fond de ses reins... Il souleva le T-shirt blanc et joua avec les larges pointes tendues de ses seins aigus. Herminia poussa un soupir de bonne compagnie et s'appliqua encore plus. D'un ultime effort, elle aspira le sperme qui montait, la tête rivée à lui, jusqu'à ce qu'il mollisse dans sa bouche. Quand elle se redressa ses yeux brillaient d'une lueur perverse.

– J'adore sucer les hommes! dit-elle. Un jour, je l'ai fait six fois sur le même. A la fin, il hurlait de douleur. Et puis, on risque moins d'attraper le Sida.

Elle n'aurait aucun problème de reconversion à Miami, si elle y arrivait.

– J'y vais! dit-elle. La cabine n'est pas très loin.

Elle disparut dans l'obscurité de la plage. Malko se rajusta, l'esprit de nouveau en éveil. Une voiture s'éloigna. Il descendit la glace. L'air était tiède, avec un peu de vent, l'Atlantique se brisait doucement sur la plage. Herminia revint quelques minutes plus tard.

– Il nous attend dans un quart d'heure, dit-elle. Au coin de la calle F et de la 23e. Dans le Vedado. *Vamos.*

– Ce n'est pas dangereux?

– C'est lui qui décide et il est très prudent.

Malko s'arracha à la plage et reprit la calle A pour s'engouffrer dans le tunnel. Herminia fumait, indifférente. C'est au milieu de la Linea qu'il s'aperçut qu'il était à nouveau suivi. Une vieille Lada avec deux hommes à bord et une longue antenne se balançant sur le toit. Il donna un coup de coude à Herminia.

– Tu as vu derrière?

Elle se retourna.

– *Hijos de puta!*

Son visage fin s'était crispé de rage et de terreur.

– N'y allons pas! dit-elle. Tu me ramènes chez moi.

– Il faut que je le voie, insista Malko, beaucoup plus inquiet qu'il ne voulait le montrer.

Que signifiait cette filature rapprochée? Est-ce que le G2 ne faisait plus confiance à Salvador Jibaro? Il prit à droite, dans le Paseo, descendant vers le sud et la Lada en fit autant. Cherchant désespérément une idée pour semer son suiveur. Le passeport canadien et la fiole de teinture lui brûlaient la poche. Herminia se retournait sans cesse, le visage rétréci par la peur.

*
**

Luis Miguel Bayamo recula légèrement la culasse de son Makarov afin de vérifier la présence d'une cartouche dans le canon. Depuis le début de son escapade, il avait maigri de sept kilos. L'angoisse et le travail. Il faisait des pizzas six heures par jour derrière un four brûlant et perdait sa graisse par tous les pores.

En plus, à chaque seconde, il s'attendait à voir surgir ses anciens copains...

Pourtant, il prenait un maximum de précautions. A part Herminia, il ne rencontrait personne. Sa planque était relativement sûre. Un type qu'il tenait par différents trafics et à qui il avait sauvé la vie. Il dirigeait une pizzeria et avait engagé Luis Miguel comme cuisinier. Ainsi, ce dernier n'avait pas de contact avec la clientèle. Son travail terminé, il regagnait une chambre minuscule, derrière la cuisine et s'y enfermait. Seul luxe, il y avait un téléphone, son unique lien avec le monde extérieur.

Celui-là, il était certain que le G2 ne l'avait pas piégé. Pas celui d'une minable pizzeria dans le Vedado. Mais il étouffait depuis son coup de folie, sachant que ses anciens amis le traquaient. Heureusement, ils ignoraient qu'il se préparait à trahir. Donc, son arrestation n'était pas pour eux une priorité absolue. Le *seguroso* qu'il avait tué au *Havana Libre* n'était d'un sbire obscur, sans relations. Le G2 se disait sûrement que Luis Miguel réapparaîtrait un jour. Sans de hautes complicités, on ne s'évadait pas de Cuba. Il n'y avait plus de maquis anti-castristes et la base américaine de Guantanamo à la pointe est de l'île, était isolée par un formidable cordon policier.

L'ex-agent cubain glissa son pistolet dans sa ceinture et rabattit sa *guayabera* par-dessus. Pourvu que les Américains se débrouillent vite. Son copain ne le protégerait pas indéfiniment. Si son exfiltration échouait, il n'avait plus qu'à tenter de se réfugier dans une ambassade, quitte à se faire tirer comme un lapin. Elles étaient toutes surveillées par le G2.

La petite rue où il habitait était déserte. Il partit

en longeant les murs. Chaque maison avait un jardin qui lui permettait éventuellement de s'y cacher, mais les flics patrouillaient peu dans ce coin. Le pistolet pesait un poids rassurant sur son ventre. Il lui servirait surtout à se mettre une balle dans la tête s'il était pris. Il en avait ras le bol de cette vie. Et Herminia, la petite salope, lui manquait terriblement.

*
**

La Lada était toujours derrière eux. Malko sentait la sueur lui couler dans la nuque. Il allait être obligé de prendre une décision. Il descendait une des rues du *Vedado*, nord-sud, barrée à chaque croisement d'un « stop ». Soudain, il aperçut dans la voie transversale les phares d'une voiture qui se rapprochait. Celle-ci, sûre de son droit, n'avait aucune raison de ralentir... Lui, par contre, donna un léger coup de frein.

Imité aussitôt par le chauffeur de la Lada.

L'autre véhicule n'était plus qu'à vingt mètres du carrefour. Brûlant délibérément le « stop », Malko écrasa l'accélérateur de la Nissan. Tout se pasa très vite. Les phares de l'autre voiture l'éblouirent, Herminia hurla, il y eut un choc léger à l'arrière droit, il donna un violent coup de volant pour redresser et, derrière lui, entendit le fracas rassurant de deux véhicules se heurtant de plein fouet.

– *Eres loco!* (1)

Folle de terreur, Herminia l'injuriait. A un poil près, l'autre voiture, un taxi, l'emboutissait. Dans le rétro, il aperçut les deux véhicules encastrés l'un dans l'autre au milieu du carrefour. Le chauffeur du taxi bondit à terre, ivre de rage. Le *seguroso* de la Lada essayait déjà de se dégager. La dernière

(1) Tu es fou!

vision de Malko fut de voir le chauffeur de taxi le prendre au collet pour l'empêcher de s'enfuir...

Trois fois de suite, il tourna, zigzaguant dans les rues calmes, éteignit ses phares et fonça vers la calle F. La voie était libre.

*
**

Le coin de la calle F et de la 23e était désert. Le cœur battant, Malko regarda autour de lui. Où diable se trouvait Luis Miguel? Il n'y avait que des petits bungalows en piteux état entourés de jardins. Pas un chat, pas une voiture.

– Il est en retard, remarqua-t-il.

La danseuse semblait paralysée de terreur.

– J'ai peur, dit-elle, il s'est peut-être fait prendre. Partons, retournons chez moi.

Cela devenait une obsession. Malko calma les battements de son cœur. S'imposant d'attendre au moins un quart d'heure. Il repartit pour faire le tour du pâté de maisons. En revenant, il devina plus qu'il n'aperçut une silhouette tapie le long d'un jardin. Il ralentit; elle se détacha du mur et courut vers la voiture. Malko démarra aussitôt, redescendant vers le Malecon par la calle F. Luis Miguel Bayamo encore essoufflé demanda avidement :

– Tu as le passeport?

– Oui, dit Malko.

– Montre-le.

Malko le prit dans sa poche et le lui passa. Le Cubain le feuilleta avec soin à la lueur du plafonnier et s'écria :

– Où est la photo?

Malko lui tendit le flacon de teinture et lui expliqua la marche à suivre.

– Il faudra faire la photo très peu de temps avant le départ, mais laisser vingt-quatre heures à Gerald pour qu'il finisse le passeport.

– Mais tu veux que je sorte par l'aéroport Jose Marti?

– Non, corrigea Malko. Par Cayo Largo.

– Cayo Largo? Pourquoi?

– Un bateau vous y attendra. Il bat pavillon mexicain et repartira avec vous à bord. Vous avez déjà été là-bas. Il faudra vous glisser à bord sans vous faire repérer.

Il approchait du Malecon. Avisant un terrain vague, il alla s'y garer et éteignit ses feux.

– Je pense que ça ira, fit Bayamo après avoir réfléchi. Les touristes ne sont pas très surveillés là-bas.

– Nous avons le temps d'étudier cela, dit Malko.

– Quand est-ce que je pars?

– Je l'ignore encore. Le plus vite possible.

– Cela dépend de quoi?

– C'est Gerald Svat qui organise l'exfiltration, expliqua Malko. Nous devons avoir un contact demain, je pense. Ensuite, il faudra encore lui remettre la photo. De toute façon, le bateau n'est pas encore là.

– Ça va prendre du temps, grommela Luis Miguel Bayamo.

– Impossible de faire autrement, remarqua Malko. Cayo Largo est interdit aux Cubains. J'ai autre chose à vous dire aussi...

– Et moi? coupa Herminia. Où est mon passeport?

La question prit Malko par surprise, mais déclencha visiblement la fureur de Luis Miguel Bayamo.

– Ton passeport! Quel passeport? gronda-t-il.

– Herminia va quitter Cuba avec vous, dit Malko d'un ton sans réplique. Sinon, le G2 risque de se venger sur elle.

Le Cubain lui adressa un regard noir signifiant

qu'il s'en moquait comme de sa première *guayabera*. Il grommela quelques mots indistincts et haussa les épaules. Malko se tourna vers la *titi*.

– Je m'en occupe, promit-il. Avec vos cheveux blonds, il n'y a pas besoin de teinture.

Luis Miguel Bayamo fixa Malko, les traits durcis, le regard sombre.

– *Compadre*, je voudrais parler à Herminia, dit-il. Seul.

*
**

Malko chercha le regard de la Cubaine, mais elle avait la tête baissée. Visiblement, Luis Miguel Bayamo contenait sa rage. Pour éviter un affrontement direct, il ouvrit la portière et sortit.

– Dépêchez-vous, fit-il, moi aussi, j'ai à vous parler ensuite.

Herminia l'avait empêché d'annoncer la « bonne nouvelle » au Cubain. Il fit quelques pas, regardant le ciel ruisselant d'étoiles. Dans cette ville pratiquement sans voitures, le silence était absolu. Il allait revenir tranquillement vers la Nissan quand un cri aigu et prolongé le fit sursauter. Cela venait de la voiture!

D'un bond, il se précipita et ouvrit la portière. Les sièges avant étaient vides! Mais à l'arrière, Herminia se débattait de toutes ses forces, les deux énormes mains de Bayamo nouées autour de son cou, la bouche ouverte, les yeux hors de la tête.

Le Cubain l'avait fait passer par-dessus le dossier de son siège et était tout bonnement en train de l'étrangler.

– Bayamo! Vous êtes fou!

Malko arracha presque la portière de ses gonds et d'une manchette assenée à toute volée, fit lâcher prise au Cubain. Herminia, au lieu de sortir, se tassa dans le coin opposé comme un animal traqué, secouée de sanglots. Bayamo tourna vers Malko un regard injecté de sang.

– Cette conne va tout foutre en l'air, ils vont la repérer.

Ses doigts étaient encore crispés comme s'il allait l'étrangler de nouveau. Malko le fixa, écœuré. C'était un fauve, une brute. Il était vraiment en train de tuer Herminia... Bayamo sentit qu'il avait été trop loin, esquissa un sourire d'excuses.

– *Compadre*, fit-il d'une voix plus douce, je suis très fatigué, tu sais.

– Ce n'est pas une raison, fit sèchement Malko. C'est moi qui dirige cette opération et Herminia partira.

– O.K., O.K., dit le Cubain.

Tourné vers Herminia, il posa une main sur son genou et fit :

– Tu me pardonnes, *guapita*, hein?

Ça sonnait aussi vrai qu'un discours politique, mais Herminia inclina la tête, essuyant les larmes qui coulaient. Scène touchante. Malko avait du mal à dissimuler son dégoût.

– Maintenant, c'est à moi de vous parler, dit-il.

Miguel Bayamo retrouva un sourire presque chaleureux.

– Attends, *compadre!* Donne-moi cinq minutes pour la consoler, après je te rejoins.

Sans attendre la réponse de Malko, il referma la portière. Cette fois, Malko marcha jusqu'à la lisière du terrain vague pour se changer les idées. Penser qu'il risquait sa vie pour un voyou de la trempe de Bayamo... Il se retourna, regardant la Nissan. Se doutant de ce qui s'y passait. Mais ce n'était plus son problème. La CIA voulait Bayamo, assassin et obsédé sexuel. Un point, c'est tout.

*
**

– Arrête, je t'en prie, tu me fais mal!

Herminia avait beau se tortiller, Luis Miguel la tenait solidement aux hanches, ahanant comme un soufflet de forge. A peine s'étaient-ils retrouvés seuls que le Cubain l'avait attiré sur ses genoux. Folle de terreur, Herminia n'avait plus qu'une idée : calmer la fureur de son amant. Elle s'y était immédiatement attelée avec la seule méthode qu'elle connût. La rage du Cubain avait fondu avec son érection. Docilement, Herminia s'était empalée sur la massive colonne de chair. Luis Miguel, les mains sur ses hanches, la faisait monter et descendre comme un yoyo. Herminia avait l'impression que son sexe lui remontait jusque dans la gorge! A un moment elle était mal retombée, arrachant involontairement le pieu de sa chair. Luis Miguel en avait aussitôt profité, pesant de toutes ses forces sur les hanches, pour violer ses reins. Déchirée, elle avait poussé un hurlement de douleur, mais le Cubain n'en avait cure. Etant parvenu à se loger entièrement en elle, il entreprit un va-et-vient ravageur, jusqu'à ce que d'un coup de reins violent, il projette presque Herminia sur le plafonnier.

– *Que bueno!* murmura-t-il.

Luis Miguel Bayamo se sentait mieux. Ça et le passeport, c'était une journée faste! Herminia se força à lui sourire, les yeux au milieu de la figure.

– Quand on sera à Miami, tu pourras me baiser toute la journée, fit-elle, pensant l'amadouer.

Luis Miguel grommela une réponse inintelligible.

Il faudrait qu'il trouve une astuce pour s'en

débarrasser, sans rien dire au *gringo*. Elle en savait trop et il n'avait pas envie de la traîner toute sa vie. Avec les dollars de la CIA, il allait pouvoir se payer de belles putes américaines. Des *gringas*. Avec le passeport, même sans photo, il se sentait plus tranquille.

Il sortit rejoindre Malko, laissant Herminia se remettre de ses émotions. Intrigué. Qu'est-ce qu'il pouvait bien avoir à lui dire?

– Luis Miguel, annonça Malko, il y a un problème grave.

Le Cubain se raidit.

– Quoi?

– Nous avons des raisons de penser qu'un des membres du réseau de Gerald Svat travaille pour le G2...

– Qui? aboya le Cubain.

– Un certain Salvador Jibaro.

Luis Miguel Bayamo réfléchit quelques instants puis lança.

– Salvador! Absolument. Il travaillait à la Cubana de Aviacion à Mexico. C'est le général Orosman Pintado qui l'a retourné. Un *pajaro*, ajouta-t-il avec mépris.

– C'est cela confirma Malko. Hélas, il est au courant de votre défection.

Le Cubain en resta muet de stupéfaction quelques secondes puis rugit d'une voix de basse tremblante :

– Tu veux dire que cette *marica* (1) de Geraldo l'a mis au courant? Mais alors, je suis foutu!

Il avança les poings serrés, comme si Malko était responsable... Malko tenta de le calmer.

– Il ignore où vous vous cachez. Il sert seulement de liaison entre Gerald et moi. Seulement, il connaît la raison de ma venue à Cuba...

(1) Pédé.

Les épaules de Luis Miguel Bayamo s'étaient affaissées.

– Quels cons, ces *gringos!* explosa-t-il. J'étais sûr qu'ils s'étaient fait rouler dans la farine. Moi-même, quand j'étais de l'autre côté, j'en ai retourné plusieurs de leurs « taupes ». De pauvres types qui avaient envie de gagner quelques dollars. C'est leur seule raison de collaborer avec eux...

Malko eut envie de lui fournir d'autres arguments mais ils ne vivaient pas dans le même monde...

– Je suis en train de préparer une double opération, expliqua-t-il. Nous allons leur faire croire qu'on vous fait passer par Guantanamo et vous partirez par Cayo Largo.

– Ça ne marchera pas, grommela Bayamo, ce ne sont pas des cons.

– Ça marchera, dit Malko.

Il lui expliqua son plan en détail. Peu à peu, Bayamo semblait se calmer. Malko conclut.

– Dès que le bateau est à Cayo Largo, nous partons. Il faudrait vous teindre les cheveux avant.

– Impossible, *compadre*, que mon copain me voie comme ça. Je ne peux le faire qu'au dernier moment. Maintenant, je vais rentrer. Ramène-moi où tu m'a pris. Je ne veux plus voir Herminia, c'est trop dangereux. Dans deux jours, je te téléphone, comme on avait convenu, de la part d'Iberia. Et dis à Geraldo que s'il ne me sort pas d'ici, la dernière chose que je ferai sur terre c'est d'aller lui en mettre deux dans la tête. *Vamos!*

Ils remontèrent dans la voiture et n'échangèrent plus un mot jusqu'au Malecon. Cent mètres plus loin, ils croisèrent une voiture de police, une Lada 1500 avec un énorme numéro derrière et deux haut-parleurs sur le toit, roulant à faible allure. Machinalement Malko jeta un coup d'œil dans le rétroviseur et un flot d'adrénaline envahit ses artères : la voiture de police venait de faire demi-tour pour les prendre en chasse.

CHAPITRE VIII

– *Hijos de puta!*

A la brusque accélération de Malko, Luis Miguel Bayamo s'était retourné, découvrant la Lada de la Policia Revolucionaria. Malko, sans même réfléchir, vira à droite dans l'avenida B, redescendant vers le sud. L'estomac noué. En pleine nuit, dans La Havane déserte, avec le système radio des Cubains, il n'avait aucune chance d'échapper à ses poursuivants. Luis Miguel Bayamo, tapi sur la banquette arrière, le savait aussi. Il avait sorti son Makarov qu'il serrait dans sa main droite.

– Un peu plus loin, cria-t-il, il y a un petit parc. Ralentissez, je sauterai.

Malko aperçut bientôt un gros banian dont le feuillage débordait sur la chaussée. Un coup d'œil dans le rétroviseur : pas de voiture derrière lui. Il pila brutalement. Luis Miguel était déjà dehors... Au même moment, les phares blancs de la voiture de police apparurent au fond de l'avenida B.

Il redémarra, accélérateur à fond, faisant hurler ses pneus. Luis Miguel Bayamo s'était fondu dans l'ombre du parc en friche.

– Moins vite! supplia Herminia, ils vont nous tirer dessus...

Il ralentit. D'ailleurs, il pourrait toujours dire ne pas avoir aperçu la voiture de police. Il n'était plus qu'un innocent touriste ramenant une « puta militante » chez elle... Il n'arrivait pas à croire que le G2 saboterait le travail de leur agent infiltré dans le réseau CIA. Il devait s'agir d'un contrôle de routine.

Les phares se rapprochaient. Herminia se retourna, morte de peur. Soudain, la voiture poursuivante s'immobilisa. La lueur aveuglante d'un projecteur orientable apparut sur le toit, balayant lentement l'obscurité du parc autour du banian. Ils avaient vu Luis Miguel sauter de la voiture! Malko, qui avait ralenti aussi, aperçut un des policiers sortir de la Lada, un haut-parleur à la main... Le second le rejoignit aussitôt, arme au poing.

Malko se hâta de tourner à droite dans la calle 13 et la scène disparut de son champ de vision.

*
**

Luis Miguel Bayamo attendait, dissimulé derrière l'énorme tronc du banian, Makarov au poing. Impossible de sortir du parc sans se faire repérer dans ces rues désertes. Il n'avait pas pensé que les policiers le verraient sauter de la Nissan. A travers le feuillage, il apercevait la voiture de police arrêtée et le pinceau du projecteur. Le cœur cognant contre ses côtes. Cela devait arriver... Si ces deux flics connaissaient leur boulot, ils allaient appeler du renfort avant d'intervenir, et là, il n'avait aucune chance... Il entendit les portières claquer et un haut-parleur mugit aussitôt.

– Sortez les mains en l'air!

Le projecteur orientable balaya la zone autour du banian, Luis Miguel Bayamo vit un des policiers avancer sur lui, arme au poing. Instinctivement, il tira. La détonation claqua comme un coup de tonnerre dans le silence de la nuit et l'homme s'effondra, plié en deux. Luis Miguel bondit alors de sa cachette, au moment où le second policier se précipitait au secours de son compagnon. Les deux hommes se trouvèrent pratiquement nez à nez... Luis Miguel Bayamo réagit le premier. Saisissant de la main gauche le poignet de son adversaire pour détourner le pistolet braqué sur lui, il lui assena un coup violent sur l'arête du nez, avec le canon du Makarov.

Le policier perdit sa casquette et poussa un hurlement, le nez brisé. Dans la foulée, Luis Miguel, déchaîné, lui porta un coup de genou dans le bas-ventre; l'autre tomba à genoux, foudroyé par la douleur fulgurante de ses testicules écrasés. Avec une rage aveugle, Luis Miguel, saisissant son Makarov par le canon, lui défonça la boîte crânienne à coups de crosse.

Il se redressa : l'autre policier, une balle dans le ventre, se tordait, allongé sur le sol, cherchant à tâtons à retrouver son pistolet. Luis Miguel sauta à pieds joints sur son ventre, lui arrachant un hurlement horrible. Il se mit ensuite à lui marteler le crâne à coups de crosse jusqu'à ce qu'il ne bouge plus.

Pris d'une frénésie meurtrière incontrôlable.

Quelques secondes pour récupérer le pistolet tombé dans l'herbe et il courut jusqu'à la voiture. La radio grésillait. Si les deux policiers tués avaient prévenu avant de descendre, d'autres flics allaient surgir rapidement. Il n'avait pas le temps de fuir à pied. Il bondit au volant et démarra, se gardant bien de couper la radio.

Il remonta jusqu'à la calle 13 et tourna à droite. Il dut freiner brutalement pour ne pas emboutir la Nissan, arrêtée dans l'ombre.

*
**

Malko eut un choc au cœur en voyant déboucher la voiture de police. Luis Miguel Bayamo en jaillit, courut jusqu'à la Nissan et sauta à l'arrière.

– Vite, *compadre!* Filons, le quartier va être cerné. Va vers l'est.

Malko se retrouva dans la calle 11, fonçant à tombeau ouvert, Herminia recroquevillée de terreur à côté de lui.

– Qu'est-ce qui s'est passé? demanda Malko.

– Je les ai liquidés, fit le Cubain calmement. C'était eux ou moi.

Malko ne réclama pas de détails, atterré. S'ils croisaient une voiture de police, c'était fichu. Ils ne virent rien. Luis Miguel Bayamo avait un choix difficile à faire. En se faisant déposer n'importe où, il risquait d'être ramassé par une ronde; s'il se rapprochait de sa planque, il donnait une indication précieuse à Malko et à Herminia. Qui pouvaient être arrêtés et torturés. Mais le risque immédiat était trop grand.

Il laissa passer encore six *quadras* et demanda :

– Arrête-moi au coin là-bas.

Malko écrasa le frein, le Cubain sauta de la voiture et s'éloigna, courant silencieusement sous les acacias de la calle 11. Malko le vit disparaître dans une ruelle et redémarra.

Dix minutes plus tard, il arrivait en face de chez Herminia. La jeune femme se pencha pour l'embrasser et s'arrêta soudain.

– Regarde! murmura-t-elle.

Une Lada sombre avec deux grandes antennes stationnait en face de chez elle... Herminia se tassa sur son siège.

– *Vamos! Vamos!*

Malko ne bougea pas, le cerveau en ébullition. Quelque chose s'était détraqué dans son plan, mais il ne voyait pas encore quoi. Si les Cubains l'avaient recherché, lui, ils auraient déjà bondi de leur voiture. C'était idiot d'engager une course poursuite perdue d'avance. Afin de ne pas alerter les flics qui devaient les observer, il attira la jeune Cubaine contre lui et murmura à son oreille :

– Il faut y aller. C'est sûrement un contrôle de routine, à cause de l'accident. Je suis sûr que tu ne risques rien.

Le G2 ne pouvait rien faire qui puisse saboter le travail de Salvador Jibaro. Donc Herminia ne risquait pas grand-chose...

– J'ai peur, gémit-elle. Ils vont me...

– Non, affirma-t-il de nouveau. Je ne peux pas t'expliquer pourquoi, mais je sais que tu ne risques rien. Je viendrai demain au *Tropicana*.

Finalement, elle se résolut à descendre de la Nissan.

Lui repartit comme s'il n'avait pas vu les policiers, se persuadant que les services cubains ne feraient rien tant qu'il n'aurait pas retrouvé Luis Miguel Bayamo... Son angoisse s'accrut néanmoins lorsqu'il aperçut les deux flics émerger de la Lada et entraîner Herminia dans leur voiture.

Que voulaient-ils à la jeune femme?

Malko était encore sous le choc de l'arrestation d'Herminia quand il s'arrêta devant l'hôtel *Victoria*. C'est une femme-policier sculpturale, à la poitrine épanouie moulée par l'uniforme, qui était de garde devant l'hôtel. Il gara sa voiture en épi et se pencha pour prendre un plan de la ville sur la banquette arrière. Il crut que son cœur s'arrêtait : bien en vue sur le siège, il y avait un pistolet automatique noir! Juste à ce moment, une voix fit derrière lui :

– *Buenas noches, señor! Como esta?*

La femme-policier le regardait en souriant, un

petit walkie-talkie grésillant à sa ceinture. Il lui rendit son sourire, un peu crispé, et répliqua, après avoir posé la carte sur le pistolet.

– *Muy bien, gracias.*

En se redressant, il réussit à dissimuler l'arme dans les plis de la carte. La policière, qui s'ennuyait visiblement, insista :

– Vous avez passé une bonne soirée? Seul?

– Hélas oui! fit Malko.

Elle lui adressa une œillade assassine.

– Il y a pourtant de jolies femmes à La Havane...

– Bien sûr, dit-il. Presque aussi belles que vous... Pourquoi portez-vous cet uniforme? Vous pourriez danser au *Tropicana...*

Elle éclata de rire.

– Je ne sais pas danser, *señor.* Et puis, j'aime mon travail, même si c'est tous les soirs jusqu'à deux heures.

Malko jeta un coup d'œil à sa montre. Deux heures moins le quart.

– Et après? demanda-t-il.

– Je rentre, fit-elle, si je peux trouver un *guagua.* La nuit, il n'y en a pas beaucoup. Sinon, je dors ici à l'hôtel dans un fauteuil jusqu'à 6 heures. Et après, je repars chez moi.

Malko admirait les seins épanouis, moulés par la chemise d'uniforme. Comme chaque fois qu'il avait couru un danger, son ventre était en feu.

– Venez prendre un verre chez moi, je suis au 408, proposa-t-il. Je n'ai pas sommeil.

Elle se troubla aussitôt.

– C'est interdit, *señor... Buenas noches.*

– On fait beaucoup de choses interdites à Cuba, dit-il. Je ne vous dénoncerai pas.

Sans attendre sa réponse, il pénétra dans le lobby glacial. L'employé du desk, à demi assoupi, lui tendit sa clef et remarqua avec un sourire :

– Vous vous êtes coupé, *señor.*

Malko examina sa main droite : l'index et le majeur étaient maculés de sang! Stupéfait, il attendit d'être dans l'ascenseur pour examiner le pistolet. En passant le doigt sur la crosse du Makarov oublié par Luis Miguel Bayamo, il eut un sursaut de dégoût. L'ébonite était souillée de sang. Qu'avait fait le Cubain avec cette arme, qui maintenant était dans sa chambre? Il pensa aux deux flics de la voiture. Tout le G2 de La Havane devait rechercher Luis Miguel. Il était dans de beaux draps. Provisoirement, il mit le pistolet dans son attaché-case, après l'avoir nettoyé. De la dynamite. Il avait à peine fini de se laver les mains qu'un coup fut frappé à sa porte. Encore perdu dans ses pensées, il eut l'impression que son pouls montait à 150. Il ouvrit. La femme-policier se tenait dans l'embrasure.

– Je ne vous dérange pas? demanda-t-elle d'une voix timide.

Leurs regards demeurèrent accrochés quelques secondes. Celui de la Cubaine s'était troublé. Elle ne réagit pas lorsque Malko l'attira à l'intérieur de la chambre. Il l'appuya au mur, et, sans un mot, l'embrassa.

Elle lui rendit son baiser violemment, son corps épanoui pressé au sien. A tâtons, elle coupa son walkie-talkie qui grésillait; Malko était déchaîné. Lui arrachant presque sa chemise, dégrafant le soutien-gorge, il atteignit enfin la chair tiède et ferme des seins en poire. De son côté, elle ne perdait pas de temps, déboutonnant tout ce qu'elle pouvait pour empoigner Malko à pleines mains.

Le pantalon d'uniforme tomba à terre avec un bruit métallique : les menottes accrochées au ceinturon.

Cela donna une idée à Malko. Il les ramassa et les ouvrit. Devant l'expression de la Cubaine qui le regardait avec inquiétude, vêtue uniquement d'un slip rose, il lui sourit.

– N'aie pas peur, dit-il. *Vamos a jocar* (1).

Elle sursauta quand il lui passa une des menottes autour du poignet gauche, puis la seconde à l'autre poignet. Il la tira ensuite vers la douche et accrocha la chaîne reliant les deux bracelets d'acier à un crochet servant à fixer le pommeau de douche.

Les bras en extension, les seins remontés, la femme-policier lui jeta un regard à la fois trouble et effrayé. Sans chercher pourtant à se dégager. Malko fit descendre son slip sur ses hanches, puis le long de ses jambes. Puis, collé à elle, son sexe tendu le long de son ventre, il caressa son dos, ses seins, puis sa chute de reins et ses fesses pleines, s'amusant à les pétrir et à les écarter. La Cubaine se tordait contre lui; elle l'embrassa violemment, le mordant presque lorsqu'elle sentit ses doigts ouvrir son ventre.

– *Templame* (2), fit-elle à voix basse.

Son pubis poussait contre le sien, comme doué d'une vie indépendante.

Il fléchit les jambes et la pénétra. Elle gémit de bonheur. Son ventre ruisselait de miel. Malko n'y resta qu'un instant. Doucement, il la fit pivoter et la reprit, cette fois par-derrière et commença à la pilonner. La chaîne des menottes grinçait, la jeune femme gémissait, se cambrant encore plus. Sa situation de soumission paraissait l'exciter au plus haut degré.

Malko tenait à pleines mains sa croupe magnifiquement cambrée, large, voluptueuse. Il s'enfonçait à fond, lui arrachant des soupirs de plus en plus forts.

Il la sentait au bord de l'orgasme. Sadiquement,

(1) On va jouer.
(2) Baise-moi.

il se retira et elle poussa un petit cri de dépit. Qui se transforma en protestation quand elle réalisa ce qu'il était en train de faire.

– *No*! cria-t-elle. *No! No molestame!*

Elle essayait de se débattre mais, les bras en extension, elle n'arrivait pas à décrocher la chaîne du piton d'acier. Malko insistait, pesant de tout son poids. Et brusquement, il força l'ouverture des reins, continuant à s'y enfoncer d'une poussée lente, irrésistible. La Cubaine haletait, comme prise d'une crise d'asthme. Il lui donna le temps de s'habituer au viol, puis commença à la labourer avec une douceur calculée.

Jusqu'à ce qu'il la sente à nouveau frémir, et gémir : lui, qui se retenait depuis si longtemps, n'en pouvait plus. Il allait et venait maintenant dans la gaine serrée aussi facilement que dans un sexe. Sentant qu'il lui était impossible de se contenir plus longtemps, il glissa une main à l'endroit le plus sensible de la Cubaine, trouva une crête dressée et la massa avec délicatesse.

Ce fut radical. Elle cria comme une folle et ils explosèrent ensemble, inondés de sueur. La Cubaine, épuisée, se laissa aller, retenue uniquement par ses chaînes. La poitrine encore soulevée par une respiration haletante.

Malko déclencha la douche et ils restèrent emboîtés l'un dans l'autre, subissant la caresse de l'eau tiède. Il sentait l'ouverture de ses reins se contracter spasmodiquement autour de lui, comme si elle avait voulu qu'il la prenne encore. Il décrocha la chaîne des menottes et récupéra la clef attachée au ceinturon. Libérée, sa « victime » l'embrassa longuement.

Puis, elle se sécha et se rhabilla. Cinq minutes plus tard, elle était prête à partir, harnachée de nouveau. Elle embrassa Malko et dit tendrement :

– *Yo quiero muchissimo tus ojos* (1). *Muy buenas noches.*

Elle était déjà hors de la chambre. Il réalisa qu'il ne savait même pas son nom. Avant de tourner le coin du couloir, elle lui adressa un sourire heureux.

***

– Allô, fit la voix douce de Raquel. C'est Mark ?

– Oui, dit Malko. Quelle agréable surprise !

– J'ai une bonne nouvelle, dit-elle mystérieusement. Je voudrais t'en parler. On peut se retrouver devant le cinéma, vers midi, mais je n'aurai pas beaucoup de temps.

– Parfait, dit Malko.

Intrigué. Qu'avait-elle inventé ? Il avait mal dormi malgré son délicieux intermède. Inquiet sur le sort d'Herminia.

Il lui était impossible de rien savoir du sort de la maîtresse de Luis Miguel Bayamo avant le soir. Pas question d'aller chez elle. Son seul point de chute était le *Tropicana*. Si elle n'y dansait pas, ce serait très, très mauvais signe...

En descendant, il acheta au concierge *Granma*, le quotidien cubain, et le parcourut rapidement. Pas un mot de l'incident de la veille au soir et des deux policiers tués. Ou le journal avait bouclé trop tôt ou le gouvernement ne souhaitait pas ébruiter l'affaire. De toute façon, après ce qui s'était passé, il avait besoin d'un contact urgent avec Gerald Svat. Il prit sa voiture et fila jusqu'à l'hôtel Nacional. Traversant le hall, il gagna le jardin en friche dominant le Malecon et l'Atlantique. Discrètement, il enleva de *Granma* la pre-

(1) J'adore tes yeux.

mière page et descendit jusqu'au vieux canon qui se trouvait à droite de l'allée centrale.

Personne ne le vit enfourner dans sa gueule ce qui restait du journal roulé en cylindre.

Il n'y avait plus qu'à prier pour que Gerald Svat puisse déjouer la surveillance du G2 et venir au rendez-vous, à six heures, à *l'edificio* Foxa. Avant de rejoindre Raquel, il lui restait encore quelque chose à faire. Il repartit vers le *Habana Libre* et entra dans une *tienda Libre*. Le temps d'acheter une bouteille de Cointreau et un flacon de Shalimar.

Ensuite, il gagna les toilettes. Le temps de monter sur la cuvette et il laissa tomber dans le réservoir le pistolet qui avait servi à tuer les deux policiers.

Raquel attendait sagement, devant le cinéma « La Rampa », assiégée par plusieurs garçons qui s'égaillèrent en voyant la Nissan. A Cuba, la voiture la plus minable était encore un signe extérieur de richesse ahurissant... La jeune femme sourit, mal à l'aise.

– Ils vont me prendre pour une « puta militante », dit-elle.

Malko lui tendit le sac contenant la bouteille de Cointreau et le parfum.

– J'ai pensé à toi.

Elle ouvrit la boîte et poussa un « oh » ravi. Son étreinte fut si spontanée qu'elle faillit projeter Malko contre un vieil autobus vert bondé. Elle s'en aspergeait déjà!

– C'est merveilleux! s'exclama-t-elle, je n'en avais jamais eu. Les parfums russes sont si mauvais qu'ils servent à éloigner les moustiques...

Elle prit la main de Malko posée sur sa cuisse et la baisa. Ses yeux étaient illuminés d'une joie enfantine. Ils arrivèrent au Malecon. Malko savait qu'il était très probablement suivi et qu'il risquait de compromettre la jeune femme. Nouveau dilemme.

– Arrête-toi, dit Raquel.

Il se gara en bas du *Nacional*. Raquel était déjà enroulée autour de lui. Ils flirtèrent quelques minutes et elle se détacha de lui pour annoncer joyeusement :

– Demain soir, je suis libre.

– C'était ça, la surprise?

Elle secoua ses boucles, de la joie plein les yeux.

– Non. Un de mes amis va nous prêter son appartement. Sa femme est en voyage en Union Soviétique et lui part pour trois jours à Santiago de Cuba. Il dirige une revue de danse. C'est un pilier du régime. Fidel lui-même lui a donné son appartement pour le récompenser de son travail.

– Je ne sais pas si je pourrai, dit Malko, pensant à ce qui l'attendait.

Raquel se rembrunit.

– Mais je croyais que tu étais seul à Cuba, protesta-t-elle.

– Oui, fit Malko, pris de court, mais j'ai...

Elle ne lui laissa pas le temps de finir sa phrase.

– J'ai compris! lança-t-elle. Tu as une autre femme.

La portière claqua et elle s'éloigna à grandes enjambées. Malko la vit monter à la volée dans un *gua-gua*. Le paquet était resté sur la banquette. C'était idiot, mais d'un côté, il était soulagé. Moins il verrait Raquel, moins il la compromettrait aux yeux du G2. Et puis, plus le temps passait, plus il s'inquiétait pour Herminia. Il avait beau s'accrocher à sa théorie, un sixième sens lui criait « danger ».

Hélas, jusqu'au soir, il était totalement impuissant.

*
**

Le général Orosman Pintado était de mauvaise humeur. Les rapports fragmentaires qui s'empilaient sur son bureau n'arrivaient pas à donner une image exacte de la situation.

Deux policiers étaient morts. Certainement victimes de Luis Miguel Bayamo. Mais le reste n'était pas clair. L'agent de la CIA savait-il où se cachait le défecteur ou non? Salvador Jibaro contrôlait-il vraiment la manipulation? Fallait-il le court-circuiter?

Le téléphone sonna. C'était un capitaine du G2 qui lui annonça que ses hommes avaient arrêté Herminia soupçonnée d'avoir participé à la tuerie de la veille! Le général jura entre ses dents. Son plan dérapait : Herminia arrêtée, la CIA risquait d'annuler l'opération d'exfiltration. Or Luis Miguel Bayamo était toujours dans la nature. Celui-ci pouvait leur filer entre les doigts définitivement. En bon professionnel, le général Pintado était persuadé que les Américains avaient un plan de secours.

Il composa le numéro de la section des interrogatoires.

– Passez-moi « Sacamuelas (1) », demanda-t-il.

Il fallait changer son fusil d'épaule. Etre certain qu'Herminia ne savait *vraiment* rien.

*
**

De près, l'*edificio* Foxa était encore plus sinistre. Un énorme clapier verdâtre planté en face de l'Atlantique dans le bas du Vedado, avec des centaines de minuscules appartements, un garage

(1) L'arracheur de dents.

souterrain, des restaurants, des boutiques et même un guignol sur la calle M. Le tout occupant une *quadra*, entre les calles 17 et 19, M et N.

Malko descendait sans se presser la calle N. Il avait laissé sa voiture au *Capri* pour marcher.

Arrivé au milieu de la *quadra*, il s'engagea dans la coursive passant sous le Foxa. Cela puait les ordures et la chaleur était intenable... Un peu plus loin, il aperçut une porte sur sa droite et la poussa. A l'intérieur, c'était un vrai sauna. Il distingua tout un bric-à-brac et se casa dans un coin, l'estomac serré.

Gerald Svat allait-il venir? S'il ne se montrait pas, c'était la catastrophe...

Cinq minutes plus tard, l'Américain franchit la porte : certainement le seul à La Havane à porter un cravate et une veste à carreaux malgré la chaleur de bête. Il referma vivement la porte derrière lui et posa à terre un gros attaché-case.

– J'ai cru que je n'y arriverai jamais! soupira-t-il. J'espère qu'ils ne m'ont pas suivi...

– Moi aussi! dit Malko.

Si les Cubains avaient vent de leur rencontre en dehors de Salvador Jibaro, ils en concluraient qu'ils se méfiaient du traître et alors...

– Il y a eu un violent incident cette nuit, lança Svat. Nous l'avons appris par les écoutes radio. Il semble qu'il y ait deux morts. Vous êtes au courant?

– Oui, dit Malko, nous avons failli perdre Luis Miguel Bayamo.

Il lui raconta les événements de la nuit. L'Américain était atterré.

– Ce type est fou. Ils vont être déchaînés après ça.

– Attendez, fit Malko. Ça, c'est la *bonne* nouvelle, vous voulez la *mauvaise?*

– Allez-y.

– Herminia est aux mains du G2.

– *My God*, souffla l'Américain.

Le sang s'était retiré de son visage. On aurait dit une vieille momie... Il passa machinalement le doigt entre son cou et le col de sa chemise; son regard chavirait.

– Il faut vous exfiltrer, finit-il par dire. Immédiatement. Par Cayo Largo. Le premier vol demain matin.

Malko haussa les épaules.

– S'ils ont décidé de m'arrêter, c'est déjà trop tard... Vous vous doutez bien qu'ils me suivent. Ils ne me laisseront pas embarquer. Ensuite, je pense que nous pouvons être raisonnablement optimiste à son sujet.

Il résuma sa façon de penser à Gerald Svat qui finit par se ranger à son opinion.

– Votre analyse me semble correcte, fit-il. Mais dans ce cas, Herminia devrait reparaître très vite, après un interrogatoire de pure forme.

– Très juste, fit Malko. Je serai ce soir au *Tropicana*. De toute façon Herminia ne connaît pas la planque de Bayamo. N'oubliez pas qu'il l'ont déjà interrogée et relâchée. Si Salvador a appris son arrestation, il doit faire des pieds et des mains pour qu'on la laisse partir. Donc, jusqu'à ce soir, nous ne bougeons pas.

– Vous avez un sacré sang-froid! fit Gerald Svat. Mais probablement raison... Il y a quand même une objection. Le G2 sait que vous participez à l'exfiltration de Bayamo. En vous arrêtant, ils la font capoter et ils ont tout le temps de le coincer...

Malko eut un sourire ironique.

– Si cela arrivait, la Company n'enverrait pas quelqu'un d'autre pour me remplacer?

– Si, bien sûr.

– Ils le savent. C'est ma meilleure sauvegarde.

Svat reprenait son calme. Malko se dit que *lui* ne risquait guère qu'une expulsion, en tant que diplomate. La douleur des autres est toujours plus facile à supporter... Il en profita pour annoncer :

– J'ai besoin d'un second passeport.

L'Américain le fixa, éberlué :

– Un passeport? Mais pour qui?

– Herminia. S'ils la relâchent. Nous ne pouvons pas la laisser derrière nous. Ils la massacreront.

Gerald Svat semblait mal à l'aise.

– La TD (1) n'a prévu qu'un seul passeport pour cette opération. Cela va poser un gros problème...

Malko le regarda avec froideur.

– Cela va en poser un bien plus gros si j'envoie tout promener... Je n'ai pas l'habitude de trahir les gens qui m'aident. C'est à prendre ou à laisser. Vous, vous risquez un blâme administratif, moi, ma peau.

L'Américain détourna les yeux, gêné.

– Je vous signale quand même, continua Malko, que si nous sommes dans cette merde, c'est à cause de l'imprudence de votre prédécesseur...

– Je vais m'en occuper immédiatement, bredouilla Gerald Svat. Bon, j'avais apporté cela pour vous.

Il prit l'attaché-case. A l'intérieur, il y en avait un second. Il l'ouvrit et Malko aperçut des vêtements et des chaussures.

– Tout est canadien, expliqua Gerald Svat. Et, en plus, il y a une petite surprise.

– Laquelle?

– Les parois de cet attaché-case sont constituées d'un explosif, indétectable par n'importe quel moyen. Cela représente une charge de

(1) Technical Division.

500 grammes. Vous pouvez passer tous les barrages avec dans les aéroports.

– Et comment utiliser cet explosif?

L'Américain referma l'attaché-case et désigna les deux serrures à Malko.

– Vous l'ouvrez en ajustant les mollettes sur « zéro ». Si vous mettez la gauche sur 849 et la droite sur 134, la mallette explosera trois minutes plus tard...

Malko ne savait pas encore à quoi cela pouvait servir, mais dans la situation où il se trouvait, tout était bon.

– Je vous remercie, dit-il, mais cela ne résout pas tous nos problèmes. Où en êtes-vous de l'exfiltration?

– Le *Cuernavaca* est arrivé ce matin à Cayo Largo. Le skipper se nomme Fernando Lopez. Il sera ancré dans la marina de Cayo Largo. Mais il y a un problème.

– Lequel?

– Les Cubains lui ont accordé un séjour de soixante-douze heures au maximum.

Malko reçut ce dernier coup de plein fouet. Herminia était aux mains du G2. Luis Miguel Bayamo avait rompu le contact et il ignorait l'adresse de sa planque. Et, pour couronner le tout, il n'avait que trois jours pour mettre au point l'exfiltration du défecteur, sous le nez des Services cubains.

CHAPITRE IX

– Vous réalisez que nous sommes aux limites de l'impossible, fit observer Malko. Bayamo ne me donnera pas signe de vie avant demain...

L'Américain hocha la tête.

– Je sais, mais je ne contrôle pas cette partie de l'opération. Avant, les Cubains accordaient des visas d'une semaine.

– Il n'y a aucune voie possible vers Guantanamo?

– Impossible. Le Pentagone s'oppose totalement à toute opération de ce type impliquant leur base. C'est un *no-no* définitif. Donc, c'est le *Cuernavaca* ou rien. Attention : ils ne seront pas à la marina toute la journée. Ils partent à la pêche au gros tous les jours, vers six heures du matin et reviennent à midi. Il faut bien assurer leur couverture.

– Bien, dit Malko, il me reste à rencontrer Luis Miguel, à faire cette photo, à vous la rendre avec le passeport, et le récupérer. Si, d'ici là, nous ne sommes pas arrêtés, il n'y aura plus qu'à filer sur Cayo Largo. Après avoir semé les agents du G2 qui sont forcément à mes trousses... Vous avez eu un contact avec votre brillant collaborateur Salvador Jibaro?

– Non, pourquoi?

– Il faut le « nourrir », sinon, il va s'affoler. Je m'en charge.

– OK, retrouvons-nous ici à la même heure demain.

– Ce sera trop court, dit Malko. Je vais utiliser plutôt Salvador, cela lui donnera confiance.

– Comme vous voulez. Souvenez-vous : il vous reste trois jours.

Ils se serrèrent la main longuement. Gerald Svat ressortit le premier. Malko regarda la veste à carreaux s'éloigner dans la coursive verte et ramassa l'attaché-case piégé. Cela lui fournirait toujours une sortie honorable en cas de gros pépin. Il n'avait pas l'intention de pourrir dans une prison cubaine...

Dans l'ordre d'urgence, il fallait savoir ce qu'il était advenu d'Herminia. Et reprendre contact avec Bayamo.

*
**

– *Como esta, guapita* (1)?

La voix gaie et enjôleuse de Fausto Morales fit se recroqueviller Herminia dans l'espèce de fauteuil de dentiste où elle était attachée avec des courroies. Elle se trouvait dans un des sous-sols de l'immeuble de 14 étages qui occupait le coin de la rue M et de la 11ᵉ rue, siège de la Direction « G » de la DGI. Plus spécialement chargée du contre-espionnage. Le sous-sol était réservé aux cellules et aux salles d'interrogatoire. Le contre-espionnage avait le pouvoir de garder des suspects des semaines ou des mois pour leur arracher des aveux. Le général Orosman Pintado qui le commandait, assisté d'un colonel du KGB, ne répondait qu'à Fidel en personne...

Fausto Morales s'approcha d'Herminia et lui

(1) Comment ça va, ma belle?

releva la tête. Son menton tremblait. Sa mini froissée découvrait ses cuisses musclées et son slip noir. Elle avait passé la nuit dans une cellule, les mains attachées derrière le dos avec des menottes très serrées. On l'avait battue et un peu violée, mais ça, c'était la routine.

Les petits yeux de son bourreau pétillaient d'une joie mauvaise. Elle avait été interrogée et n'avait rien dit, répétant à satiété ignorer la planque de Luis Miguel, et ne rien savoir sur le touriste qui l'avait draguée. Comme on avait trouvé des dollars dans son sac, elle était de toute façon passible d'une peine de prison... Mais ce n'était pas cela qu'ils voulaient. Fausto Morales se pencha sur elle.

– *Guapita, vamos a echar une parafada...* (1)

Elle avala sa salive, incapable de répondre... Avec méchanceté, il tira sa queue de cheval en arrière, faisant saillir sa poitrine aiguë et ajouta :

– Tu connais mon surnom?

Elle secoua la tête négativement et il laissa tomber :

– « Sacamuelas » l'arracheur de dents. Ça te dit quelque chose?

Les pupilles dilatées par la terreur, Herminia essaya de ne pas paniquer. Un des pires bourreaux du G2. Celui à qui on confiait les cas délicats. Il avait même eu les honneurs d'un des bulletins d'Amnesty International et gardait fièrement la coupure dans son bureau, affichée au mur. Les droits de l'homme, il connaissait...

De la main gauche, il pesa sur le menton d'Herminia, lui tenant le nez de la droite, la forçant à ouvrir la bouche. Son index gauche se posa sur une molaire et il fit gaiement :

– On va commencer par celle-là! Que cela ne se

(1) Ma belle, nous allons avoir une petite conversation.

voie pas trop... Tu n'as pas peur, hein, j'ai la main très légère...

Sans lui lâcher le menton, il se retourna et cueillit une pince de dentiste posée à côté d'une bouteille de rhum. En voyant le métal chromé, Herminia hurla et tenta de lui échapper, le mordant légèrement. Il avait cependant eu le temps de glisser la pince dans la bouche. Visage contre visage, il lui lança, furieux :

– Si tu me mords, je te les arrache toutes devant. Et avant, je te les casse à coups de marteau.

Herminia se tassa sur le fauteuil. Un son horrible filtrait de ses narines, elle suait de terreur, la mâchoire soudain molle. D'un geste habile, Fausto Morales enserra la molaire dans sa pince et tira, ébranlant la racine, déclenchant une douleur atroce dans le maxillaire de la jeune Cubaine. Celle-ci poussa un hurlement à faire trembler les murs... « Sacamuelas » lança avec un sourire mielleux :

– Ça vient, ça vient...

Lentement, à grands coups de poignet, il ébranlait la dent. Herminia hurlait sans discontinuer, des cris à glacer un mort... Un policier en uniforme ouvrit la porte.

– Tu as fini, Fausto, on ne s'entend plus!

Le bourreau, d'une violente traction, arracha enfin la molaire, déclenchant un hurlement d'agonie d'Herminia, la bouche pleine de sang.

– Ça y est, fit-il.

Retourné vers son collègue, il lui dit ironiquement :

– Tu sais bien qu'on n'a pas les moyens d'utiliser des anesthésiques, *compañero*. Il faut les garder pour les bons citoyens qui soutiennent la Révolution, pas pour les Impérialistes...

L'autre haussa les épaules. Même ses collègues n'aimaient pas ce psychopathe. Mais Fidel le protégeait. Il s'était improvisé dentiste pendant les années difficiles de la lutte clandestine et avait continué pour son plaisir. Personne ne lui résistait et il n'avait qu'un outil : sa pince de dentiste... Fausto Morales posa l'instrument, jeta la molaire d'Herminia dans une corbeille et lapa une gorgée de rhum, à même la bouteille, la tendant ensuite à Herminia.

– Tu en veux?

La jeune Cubaine claquait convulsivement des dents, gémissant encore, avec l'impression que sa dent continuait à s'arracher. Elle avait entendu parler de cette torture mais n'aurait pas imaginé que ce soit aussi horrible... Fausto Morales essuya soigneusement sa pince et revint vers sa victime. Cauteleux, il demanda :

– Ça n'a pas été trop dur?

Bien entendu, Herminia ne répondit pas, les yeux fermés. Il insista et lança :

– Tu sais bien que je ne fais pas ça pour mon plaisir, *guapita*. Il faut lutter contre l'impérialisme. Maintenant, tu dois te rappeler où se cache ce *gusano* de Luis Miguel... hein?

Incapable de parler, elle secoua la tête négativement, sans ouvrir les yeux... Soudain, elle hurla avec un sursaut de tout son corps. La pince qui l'avait torturée venait de se poser sur la pointe de son sein gauche. Elle sentait le froid du métal, à travers le mince tissu.

– Tu sais que tu as des pointes de seins incroyables, admira hypocritement le Cubain. J'ai jamais vu ça. Montre-les un peu...

D'un geste brusque, il releva le T-shirt moulant, découvrant la poitrine.

Herminia, recroquevillée, poussa un feulement d'agonie qui se transforma en glapissement, quand elle sentit l'acier au contact de sa chair fragile. Les bords acérés de la pince avaient emprisonné la pointe du sein longue de près d'un centimètre à quelques millimètres de son extrémité...

– Non, non, supplia Herminia. Je ne sais rien, *compañero*. Je te le jure.

Fausto Morales se pencha gentiment sur elle et dit d'une voix rassurante :

– *Bobo, te engaño...* (1)

En même temps, il serrait la pince de toutes ses forces, sectionnant la pointe du sein. Sous le coup de l'atroce douleur, Herminia rompit la courroie qui lui maintenait le bras gauche et frappa son bourreau au visage. Le sang ruisselait sur sa poitrine. En pleine crise de nerfs elle faisait des bonds sur son fauteuil et parvint à échapper aux liens, comme un chat pris de folie. Elle glissa à terre, continuant à hurler comme une folle, pressant son sein mutilé de ses deux mains. Calmement, Fausto posa sa pince, jetant au passage l'horrible débris sanglant dans la corbeille. Il releva Herminia comme un paquet, et la rejeta brutalement dans le fauteuil.

– Maintenant, fit-il, tu vas cesser de jouer la conne. Sinon, quand j'aurai fini avec tes seins, on continuera par ici... Le *compañero* Orosman veut que tu parles.

Ses doigts s'enfonçaient entre ses jambes, cherchant son sexe. Herminia crut défaillir. Ni Dieu ni diable ne pouvaient l'arracher à son supplice.

*
**

Malko pénétra dans la salle à ciel ouvert du *Tropicana*, un goût de cendres dans la bouche. A plusieurs reprises, il s'était aperçu qu'il était suivi. Plusieurs voitures, une moto et même d'étranges badauds qui traînaient autour du *Victoria*. Il avait laissé l'attaché-case explosif dans sa chambre.

(1) Idiote, je te fais marcher.

Souhaitant que l'explosif soit vraiment indétectable.

Son garçon habituel lui adressa un sourire complice, et le plaça au premier rang.

– *Buenas noches, señor.*

Herminia allait-elle être là?

Le spectacle commençait, les filles faisaient irruption sur la scène. Au premier rang, Malko aperçut Herminia, devant un Russe chauve fasciné par ses hanches étroites et ses seins pointus.

Malko l'observa attentivement. Sa joie de la revoir saine et sauve fut balayée par une angoisse brutale. Elle ne dansait pas avec sa fougue habituelle, elle semblait éteinte et les ondulations de son corps plein de souplesse avaient quelque chose de gauche. Entre deux figures, elle tituba et il crut qu'elle allait s'effondrer sur scène. Ses yeux semblaient enfoncés dans leurs orbites.

Quelque chose n'allait pas. Il regarda la suite du spectacle en trépignant intérieurement et, dès le dernier numéro terminé, se précipita vers les coulisses.

Personne ne l'arrêta quand il gagna la table en plein air où une poignée de danseuses se reposaient. Herminia l'aperçut, se leva vivement et vint à sa rencontre, un sourire figé aux lèvres. De près ses traits étaient encore plus creusés et sa bouche enflée sur le côté comme si elle avait reçu un coup. Du coin de l'œil, Malko remarqua un *seguroso* collé à un arbre, regardant ostensiblement de l'autre côté.

– Bonsoir, dit Malko, j'étais inquiet. Comment cela s'est-il passé hier? Ils t'ont relâchée quand?

Herminia eut un sourire artificiel qui lui tordit la bouche de côté.

– Tout va bien. Ils m'ont un peu battue, mais finalement, ils m'ont libérée juste avant le spectacle.

Sa voix sonnait faux et son regard fuyait celui

de Malko. Il la regarda plus attentivement et remarqua que sous son haut moulant, il semblait y avoir une épaisseur, comme un bandage.

– Ils t'ont torturée? insista-t-il.

– Non, non.

Là, il fut certain qu'elle mentait. D'une voix encore plus étouffée, Herminia ajouta :

– Ils m'ont interdit d'avoir des contacts avec les étrangers, sinon je vais en prison.

– Tu ne veux plus partir à Miami? demanda Malko pour rompre la glace.

– Non, c'est impossible.

Il vit des larmes jaillir dans ses yeux. Il était sûrement arrivé quelque chose d'horrible. Herminia était brisée.

– Et notre ami? interrogea-t-il.

Herminia regarda vivement autour d'elle et leva la tête comme si elle l'embrassait.

– Appelle le 326531. Tu sonnes deux coups, tu raccroches, tu sonnes un autre coup, tu raccroches, ensuite, il répond...

Elle avait tenu bon avec Sacuamelas, sachant que si elle lui donnait cette information, elle se condamnait à mort. Le G2 se doutait bien qu'elle connaissait le numéro lors de son premier interrogatoire. Ses lèvres effleurèrent le cou de Malko, elle grimaça un sourire et fit d'une voix brisée :

– *Adios. Vaya con dios.*

Elle s'éloigna vers les loges sans se retourner.

Le cœur serré, Malko regagna sa place. Le spectacle reprenant un quart d'heure plus tard, il profita d'un moment où les projecteurs s'éteignaient pour se lever et filer vers la sortie. Laissant sa voiture, il se dirigea vers des *turistaxis* qui attendaient.

– *Habana Libre*, fit-il.

L'angoisse lui nouait la gorge.

Les Cubains voulaient à tout prix Luis Miguel Bayamo, et n'ignoraient pas qu'il se préparait à passer chez les Américains. Pour le faire sortir de sa tanière, il n'y avait qu'un moyen, à leurs yeux. Que son exfiltration commence. Comme il la contrôlaient, ils ne prenaient aucun risque.

Or, cela nécessitait la collaboration d'Herminia. Malko ne se faisait aucune illusion. Toutes ses rencontres avec Herminia avaient été supervisées par le G2. Donc, si les Cubains mettaient Herminia hors circuit, cela ne pouvait signifier qu'une chose. Ils n'avaient plus besoin d'elle. Parce qu'ils savaient où se trouvait Bayamo... La jeune femme avait parlé...

Bayamo arrêté, ils n'avaient plus non plus besoin de Malko... Ce n'était qu'un jeu de l'arrêter. Et de l'envoyer rejoindre les *plantados* (1) qui croupissaient en prison depuis trente ans, selon le bon vouloir de Fidel...

Le taxi s'arrêta en face de la porte du *Habana Libre*.

– *Diez dolares, señor*, annonça le chauffeur.

Malko tendit un billet et descendit. Se demandant s'il était encore temps de sauver Luis Miguel Bayamo. Et lui par la même occasion.

(1) Détenus politiques en désaccord avec Fidel Castro.

CHAPITRE X

Malko composa avec soin le numéro de Luis Miguel donné par Herminia et attendit, le cœur battant. Pas de tonalité. Il recommença, une fois, deux fois, trois fois, avec une angoisse croissante. Les téléphones de La Havane, installés par les Allemands de l'Est, marchaient quand ils voulaient. En plus, ils avaient été tellement trafiqués par le G2 que des quartiers entiers étaient en panne... Le hall du *Habana Libre* était bourré d'étrangers avec quelques Cubains qui avaient réussi à s'y faufiler. Heureusement, les cabines se trouvaient au fond du couloir menant chez le coiffeur, dans un endroit hypercalme.

A son quatrième essai, le numéro accrocha enfin, il laissa sonner deux fois, raccrocha et recommença. Cette fois, cela marcha tout de suite, mais il dut attendre presque une minute pour la troisième fois. Observé par des gens qui voulaient téléphoner et s'énervaient.

La sonnerie se mit à retentir dans le vide, sans que personne ne réponde. Malko serrait l'ébonite du récepteur à la briser. Enfin, il entendit le « clic » de l'appareil décroché.

– Luis Miguel?

Pas de réponse. Il insista.

– Luis Miguel, c'est Mark, l'ami de Geraldo. C'est urgent.

La voix de l'ancien du G2 lui parvint enfin, imperceptible.

– Que se passe-t-il? Qui t'a donné ce numéro? Où est Herminia? Elle devait m'appeler.

Malko se dit que même si cette cabine était sur écoute, ses adversaires n'auraient pas le temps d'exploiter le renseignement.

– Herminia a été arrêtée par le G2, fit-il. Elle a été relâchée et a repris son travail.

Le Cubain eut un soupir terrifié.

– Arrêtée et relâchée! Elle a sûrement parlé.

– Non. Si elle leur avait donné le numéro, ils vous auraient déjà retrouvé.

Bayamo demeura muet, touché par l'argument de Malko.

– Elle sait où se trouve votre planque? insista ce dernier.

– Non. Pas vraiment. Mais... hier soir, j'ai été imprudent. Je ne suis pas loin de l'endroit où tu m'a déposé.

– Il faut que je vous voie immédiatement, dit Malko. Je suis dans une cabine au *Habana Libre*. Nous devons prendre des dispositions.

Le Cubain ne répondit pas immédiatement.

– Tu es sûr qu'ils ne t'ont pas suivi? demanda-t-il enfin.

– Certain, affirma Malko, j'ai laissé ma voiture au *Tropicana*.

– Alors, dans un quart d'heure là où tu m'as rencontré la première fois.

Malko regagna le hall bruyant. Personne n'avait suivi le taxi, il avait donc un répit. Pas pour longtemps. Il fila vers les toilettes, retrouva celle où il avait caché le pistolet et monta sur le siège pour fouiller le réservoir de la chasse d'eau. Le Makarov était toujours là... Il l'essuya et le glissa dans sa ceinture. Au point où il en était, cela ne lui vaudrait que quelques années de bagne en plus.

Il prit ensuite le couloir communiquant avec la *tienda libre* et sortit par le côté de l'hôtel, se mêlant aussitôt à la foule qui se pressait sur les trottoirs. Le lieu du rendez-vous n'était pas éloigné, un peu plus loin dans le Vedado. Il pénétra dans le jardin en friche et se dissimula dans l'ombre d'un arbre, guettant la rue.

Quelques rares véhicules passèrent devant lui, mais pas de Luis Miguel. Au bout d'une heure, l'angoisse le tenaillait. Pourquoi Bayamo n'était-il pas venu? Il s'imposa encore de rester cinq minutes. Puis repartit à pied vers le *Habana Libre*. Chaque seconde qui passait augmentait le danger. Il fallait coûte que coûte savoir ce qui arrivait à Luis Miguel Bayamo.

Une cabine était libre et il recommença le cirque, la nuque inondée de sueur. Cette fois, le Cubain décrocha tout le suite. Malko entendit un souffle court, inhabituel.

– C'est Mark, dit-il, vous n'êtes pas venu?

– Ils sont tout autour! explosa le Cubain d'une voix haineuse. Je suis sorti, heureusement en faisant un détour. Il y a des voitures du G2, tout un dispositif. La *quadra* est cernée. Ils vont tout fouiller demain matin. Cette salope d'Herminia a parlé. Je suis foutu.

Malko en était muet d'horreur. Il faillit proposer à Bayamo de l'aider à sortir en créant une diversion, mais, même s'ils réussissaient, où aller ensuite? Il s'essuya le front, le cerveau en bouillie. C'était la fin du voyage.

– Que peut-on faire?

– Rien, grinça Luis Miguel Bayamo. Ce *maricon* de Geraldo qu'il aille en enfer. Ils vont venir et je vais en flinguer le plus possible, je n'ai pas envie de terminer pendu après avoir été torturé.

– Je vais essayer de vous tirer de là.

Le Cubain eut un rire amer.

– J'ai déjà entendu ça quelque part.... Tu auras de la chance si tu t'en sors, *compadre*.

Malko avait l'estomac retourné en pensant à ce qu'avait dû subir Herminia. Au *Tropicana*, ce n'était plus que l'ombre d'elle-même...

– Ne vous découragez pas, fit-il. Avant la fin de la nuit, je vous rappelle.

– Si c'est un autre qui répond, fit le Cubain, tu sauras ce qui est arrivé. *Adios*.

Il ne croyait visiblement plus à rien. Malko sortit de la cabine comme un zombi. Horriblement seul. Impossible de joindre Gerald Svat. D'ailleurs l'Américain n'aurait été d'aucun secours. Herminia était hors jeu et Salvador Jibaro travaillait pour leurs adversaires. Même s'il arrivait à faire sortir le défecteur de sa tanière, où aller et que faire ensuite? Ses communications avec la Centrale étaient polluées et les Cubains probablement déjà à ses trousses.

Broyant du noir, il se laissa tomber dans un *turistaxi*.

– Au *Tropicana*, demanda-t-il.

– *Esta terminado, señor*! fit le chauffeur.

– *Mi coche esta allá*, expliqua Malko.

Il avait beau tourner et retourner le problème dans sa tête, il ne trouvait pas de solution.

Les derniers cars de touristes étaient partis depuis longtemps. Il récupéra sa voiture. Direction le *Victoria*. Il s'attendait presque à y trouver les hommes du G2, mais même le bar était vide et le policier en faction ne lui prêta aucune attention. Il s'allongea sur son lit, tentant de résoudre la quadrature du cercle...

*
**

Raquel, étendue sur un sofa, les pieds sur une table basse, regardait distraitement, « Autant en emporte le vent » en vidéo. Le doublage espagnol était atroce, mais à Cuba, posséder des cassettes de ce style était un luxe inouï. Les amis qui lui avaient prêté cette maison en ramenaient en fraude de chacun de leurs voyages... Sur l'écran, Scarlett O'Hara était en train d'échanger un baiser brûlant avec Rhett Butler et cela lui embrasa le ventre.

Mal à l'aise, elle bougea, frottant ses cuisses l'une contre l'autre. Depuis qu'elle avait claqué la portière de Mark Linz, elle n'arrêtait pas de penser à lui... Sa rage était retombée. Etant en possession de la clef, elle était venue se réfugier dans cette maison vide, en disant chez elle qu'elle partait à Varadero. Elle n'avait pas envie de supporter la promiscuité de sa famille, avec son cafard. Et maintenant, elle se sentait comme une pile électrique, avec une envie furieuse de cet homme aux incroyables yeux d'or. Le long baiser sur l'écran la troublait. Elle avait beau chasser l'image de son esprit, elle se revoyait dans le *centro nocturno*, le sexe de cet homme au fond de sa gorge. Frustrée et furieuse à la fois. Maintenant, elle se retrouvait seule sur ce canapé. Au lieu d'être en train de faire l'amour.

Machinalement, sa main glissa jusqu'à son mont de Vénus. Elle resta ainsi, les doigts crispés, sans bouger, retenant presque son souffle. Les images continuaient à défiler sur l'écran. Brusquement, elle eut envie d'autre chose que cette mièvrerie. D'un bond, elle se leva, prit la cassette d'« Emmanuelle » et l'enfourna dans le magnéto Samsung. La première image lui donna un choc. La cassette n'avait pas été réembobinée et elle aperçut Emmanuelle en train de faire l'amour sur un siège d'avion, le corps secoué par les coups de boutoir de l'homme qui la prenait... Dans le silence de la pièce, les halètements de plaisir de la jeune femme sur l'écran semblaient encore plus vrais. Raquel avait repris sa place. Sa main se posa sur sa cuisse, remontant comme un objet étranger. Elle ferma les yeux, se concentrant sur ces soupirs rauques qui lui fouaillaient le ventre. Sa main se comportait maintenant comme un animal indépendant, atteignant l'entrecuisse moite puis le nylon enfoncé entre les lèvres de son sexe. Elle s'arrêta là, se racontant que cette main n'était pas la sienne, qu'elle hésitait...

Sans qu'elle s'en rende compte, le rythme de sa respiration avait changé. Son ventre se soulevait spasmodiquement. La main reprit son exploration, se glissant sous l'étroit bandeau de dentelle du slip très bas sur les hanches. Raquel rouvrit les yeux et retomba sur une scène encore plus brûlante. Comme elle l'autre jour, Emmanuelle engloutissait avec gourmandise un sexe raide et épais, lui faisant un fourreau de sa bouche.

L'image de l'étranger passa devant ses yeux. Elle releva un genou, comme si une autre main l'y avait forcé, tendant le nylon sur son sexe inondé. Son autre jambe s'écarta et vint mollement s'appuyer à l'accoudoir du divan. Elle était totalement impudique ainsi, les cuisses ouvertes, prête à se livrer à un amant invisible dont le visage et surtout les yeux la hantaient.

La main sous le slip descendit, explorant la chair la plus secrète, puis remonta, écartant doucement les lèvres pour se fixer plus haut. Seul, le médius appuyait dessus, les autres doigts servant à dégager cet endroit précis. La sensation devint si forte qu'elle se dit qu'elle allait jouir. Son doigt s'introduisit aussitôt dans la vallée humide, effectuant des va-et-vient presque maladroits, comme l'aurait fait un homme.

Sa main gauche était crispée sur un coussin, elle en eut brusquement assez du slip, leva les jambes, le fit glisser le long de ses jambes et l'envoya par terre d'un coup de pied. Elle ne s'occupait même plus de ce qui se passait sur l'écran. Sa main se plaqua à nouveau sur son sexe et elle reprit son lent va-et-vient, enfonçant profondément le médius dans son vagin comme un petit sexe. Sa paume frottait doucement son clitoris érigé, avec un mouvement circulaire.

Elle avait d'un côté envie de prolonger cette sensation exquise, mais le désir de jouir montait de ses reins, irrépressible.

Lentement, son médius émergea, remonta, cherchant la petite crête et l'effleura. La sensation fut si violente que ses reins se tendirent en arc de cercle et ses lèvres laissèrent échapper une plainte sourde.

– Ah, aha...

Ce fut plus fort qu'elle, son doigt trembla rapidement sur le clitoris, déclenchant une tornade dans son ventre, une série de pulsations exquises. Son soupir se mua en cri rauque, ses cuisses s'ouvrirent encore plus puis se refermèrent, emprisonnant sa main. Son cœur cognait dans sa poitrine, elle était en nage. Pantelante, elle rouvrit les yeux, regarda vaguement les images sur l'écran de deux filles qui se caressaient.

Comme une automate, sa main fila vers le téléphone et le décrocha.

*
**

La sonnerie du téléphone envoya un flot d'adrénaline dans les artères de Malko.

Qui pouvait l'appeler à cette heure? Sinon Bayamo pour lui annoncer une très mauvaise nouvelle... Il se décida à répondre.

Une voix timide demanda :

– Mark?

– Raquel!

– Oui.

– Je suis désolée. J'ai été idiote hier.

Il l'aurait embrassée! Il regarda sa montre : une

heure et demie. Il restait moins de quatre heures avant l'aube. Quatre heures pour sauver Luis Miguel Bayamo.

– J'ai voulu te rattraper, dit Malko, mais tu es partie si vite...

– Moi aussi je t'ai appelé, fit Raquel, mais tu n'étais pas rentré. Tu as passé une bonne soirée?

– Pas vraiment, fit Malko. En tout cas, ce n'était pas ce que tu croyais hier. Où es-tu?

– Chez mes amis.

Il la coupa avant qu'elle puisse en dire plus. Son téléphone était très probablement sur écoute.

– Je veux te voir. Peux-tu me retrouver là où nous étions l'autre soir?

– Mais pourquoi?

Raquel ne cachait pas sa surprise. Aller dans un *centro nocturno* alors qu'on dispose d'une maison...

– Je t'expliquerai, dit Malko. Je pars maintenant. A tout de suite.

Il raccrocha et se rua dans l'ascenseur, après avoir pris le Makarov et l'attaché-case où il mit tout ce dont il pouvait avoir besoin, y compris le Polaroïd. Entrevoyant une minuscule chance de survie.

L'employé de la réception dormait et le policier de garde avait disparu. Souvent, la nuit, ils s'assoupissaient dans un coin. Malko monta dans sa Nissan et démarra en trombe. Dans la rue M, des gens dansaient une salsa endiablée sur une estrade installée sur le trottoir. Il vit aussi deux bals publics sur son parcours. Toute La Havane semblait en fête. Il se gara en face du *Saturno* et éteignit ses feux. Pour l'instant, il avait semé le G2. Il ne retrouverait pas de sitôt une occasion semblable...

*
**

Raquel arriva à pied et Malko faillit ne pas la voir. Il donna un coup de phares et elle le rejoignit, se jetant sans un mot dans ses bras. Elle était moulée dans une robe de dentelles blanches très ajustée et portait des bas blancs assortis, ce qui lui donnait l'air d'une mariée un peu perverse. Ils s'embrassèrent longuement de plus en plus fort et il crut qu'elle allait jouir dans la voiture.

Essoufflée, elle se sépara de lui et demanda :

– Pourquoi ne voulais-tu pas venir chez mes amis, il n'y a personne.

– Je t'expliquerai tout à l'heure, dit-il. Allons-y. C'est loin?

– Un kilomètre, mais je n'ai pas trouvé de taxi. Je n'ai pas de dollars, moi...

Ils remontèrent une rue étroite et sombre du Vedado, la calle H.

– C'est là, annonça-t-elle.

Une toute petite maison au milieu de l'habituel jardin en friche orné d'un grand banian. Malko se gara dans le jardin et referma le portail en bois. De la rue, on ne voyait pas la plaque de la voiture. Il prit le paquet contenant le parfum et le Cointreau resté dans la Nissan. Raquel le précéda dans un petit hall encombré de bibelots et de souvenirs, jusqu'à un living-room en désordre. La porte de la cuisine était ouverte et Malko aperçut sur la table une assiette de porc au riz entamée.

– J'avais faim, commenta Raquel, avec un sourire contraint.

Elle l'étreignit et ils basculèrent sur le canapé. La passion de Raquel fit s'envoler provisoirement l'angoisse des dernières heures. Malko entreprit de déboutonner la robe blanche, découvrant les seins magnifiques.

Renversée en arrière, la jeune femme se laissait faire, les yeux clos.

Elle voulut la caresser et fut visiblement choquée par son manque de réaction. D'un ton plein de reproche, elle lui lança :

– Tu n'as pas envie de moi? Tu as déjà baisé ce soir!

– Idiote, protesta Malko, lui fermant la bouche d'un baiser.

Impossible de lui dire à quoi il pensait... Raquel se redressa et se débarrassa de sa robe, ne conservant que ses bas blancs. Agenouillée en face de lui, elle prit Malko dans sa bouche. Le lâchant parfois pour frotter ses seins contre le sexe maintenant en érection, la croupe haute...

Luis Miguel Bayamo fut effacé en quelques secondes. Malko, le ventre embrasé, roula sur le côté et vint à son tour s'agenouiller derrière ses fesses somptueuses. Il la pénétra d'un seul coup et elle poussa un soupir de plaisir, ses mains griffant le tissu du canapé. Les bras en croix.

– Baise-moi bien! murmura-t-elle. Baise-moi! Baise-moi!

C'était une vraie litanie. Il entendit un bruit à l'extérieur et cela le glaça soudain. Elle le sentit et se retourna, les yeux chavirés de plaisir.

– Tu veux autre chose? Vas-y!

Il n'aurait pas osé le lui demander... Il se retira, prit son élan et s'enfonça d'une lente poussée de tout son corps dans l'ouverture de ses reins. Raquel accompagna la pénétration d'un long cri qui se termina en feulement de bonheur. Malko, la tenant aux hanches, se mit à la pilonner. Raquel haletait sous ses coups de boutoir furieux, arc-boutée pour mieux le recevoir.

– *Mas! Mas!* gémit-elle.

Sa main avait disparu entre ses cuisses et elle se caressait fébrilement... Où était passée la sage maquettiste que Malko avait prise en stop? Elle balbutiait des termes orduriers en espagnol comme pour s'exciter encore plus.

Soudain ses doigts partirent entre leurs deux corps et elle saisit les testicules de Malko, criant d'une voix rauque :

– Je vais jouir!

Rien que cette phrase déclencha son orgasme à lui. D'un furieux coup de reins, il libéra une puissante giclée que Raquel accueillit avec un hurlement. A son tour, elle fut secouée par un orgasme fulgurant qui fit trembler tout son corps. Puis, elle tomba sur le côté comme une masse. Assommée de plaisir.

C'est à ce moment seulement que Malko remarqua la bouteille de Havana Club à moitié vide sur la table basse... Raquel avait libéré ses complexes. Il se leva et trouva une petite salle de bains avec de l'eau froide. Il y prit une longue douche. Se disant que c'était peut-être la dernière fois qu'il avait fait l'amour. Le Makarov était dissimulé sous la banquette avant de la voiture. Il repensa à Luis Miguel Bayamo. C'était maintenant ou jamais...

Raquel émergea un peu de son coma quand il revint après avoir fait le tour de la maison : deux chambres, une petite cuisine, une salle de bains, un garage encombré de vieilles choses et la pièce où ils se trouvaient. En haut, une terrasse occupée par des gravats... Derrière, un terrain vague.

Il avait maintenant dans la tête un plan pour sauver Luis Miguel Bayamo. Mais c'était tellement fou et cela comportait tellement d'inconnues que n'importe quel chef de mission le lui aurait jeté à la tête...

Doucement, il secoua Raquel. Maintenant, tout dépendait d'elle. Son regard était encore flou et elle se coula contre lui.

– Tu m'as merveilleusement baisée! fit-elle. Je suis morte. Donne-moi un peu de Cointreau.

– Tout de suite, mais avant je voudrais te demander un service.

– Tout ce que tu veux! fit-elle d'une voix languissante.

– Je ne suis pas certain que tu acceptes.

Le ton de sa voix l'alerta, elle chercha son regard, ses yeux noirs pleins d'inquiétude.

– Pourquoi?

– Parce que je vais te demander de risquer ta vie, fit-il calmement.

– Ma vie?

Visiblement, elle ne comprenait plus du tout. Il se força à sourire.

– D'ailleurs, tu la risques déjà. Sans le savoir et par ma faute.

Cette fois, elle écarta les cheveux noirs collés à son front par la transpiration et demanda d'une voix mal assurée :

– Qui es-tu? Je ne comprends pas. Pourquoi me dis-tu cela?

Ce n'était plus le moment de biaiser.

– Je ne suis pas un touriste, dit Malko. Je travaille pour le gouvernement américain et je suis à Cuba en mission secrète...

Raquel passa par toutes les expressions. D'abord la surprise, puis la peur et enfin, l'amusement. Elle éclata de rire et se jeta au cou de Malko.

– Tu me fais marcher, idiot!

Malko la prit dans ses bras. Ça n'allait pas être évident de lui faire admettre qu'il ne plaisantait pas.

CHAPITRE XI

– Raquel, insista Malko, ce n'est pas un jeu. Je suis bien un agent des Américains et je suis ici pour une mission très dangereuse.

Il vit son regard vaciller, son menton trembler. Elle avait du mal à accepter l'incroyable nouvelle. Emergeant avec peine de son orgasme, Raquel se demandait maintenant si elle n'était pas en train de vivre un cauchemar.

Elle parvint enfin à dire d'une voix bizarre, incrédule et anxieuse :

– Tu es un... espion?

– Appelle cela ainsi, dit Malko.

Raquel le regardait comme un martien. Dépassée. Elle secoua la tête, ramenant sur elle les pans de sa robe.

– Mais qu'est-ce que tu fais avec moi, je n'ai...

Malko la coupa :

– Toi, c'est différent. Je t'ai rencontrée vraiment par hasard. Et j'en suis heureux. Tu es une femme merveilleuse.

– Mais pourquoi suis-je en danger? insista Raquel. Je ne sais rien de ce que tu fais...

Malko se sentit affreusement gêné. Raquel, dans sa naïveté, ignorait les règles du jeu dans lequel il l'avait entraînée involontairement.

– C'est une longue histoire, expliqua-t-il. Je

vais essayer de t'expliquer. Quand je suis arrivé à Cuba, je pensais que les Services de sécurité ne m'avaient pas repéré. Or, ils étaient au courant. J'ai été surveillé, suivi et ils ont pris note de tous les gens que j'ai rencontrés. Dont toi.

Les prunelles de la jeune femme s'agrandirent sous le coup de l'horreur.

– Tu veux dire qu'ils me prennent pour une espionne, moi aussi?

– Je ne sais pas, avoua Malko, mais tu connais le G2, ils se méfient de tous. Si j'avais su être suivi, au début, je ne t'aurais pas prise en stop. Mais je pensais qu'il n'y avait aucun danger. Or, sans le vouloir je t'en fais courir un énorme.

Le silence retomba, coupé par le rire nerveux de Raquel.

– Je n'arrive pas à y croire, c'est comme un film...

– Hélas ce n'est pas un film, dit Malko avec douceur.

– Tu crois vraiment que je suis en danger? demanda-t-elle d'une voix soudain changée.

Agenouillée sur le canapé, sa robe froissée ramenée sur sa poitrine, elle le fixait anxieusement.

– Oui, ils ne croiront jamais que notre rencontre était un hasard...

– Mais c'est horrible!

– Encore plus que tu ne le crois, soupira-t-il. Involontairement, je t'ai mise dans une situation impossible. Même si je te quitte dans cinq minutes et que je ne te revois jamais, ta vie risque de devenir un enfer. Tu sais que le G2 ne plaisante pas.

Le sang s'était retiré du visage de Raquel. Elle luttait pour ne pas hurler. Après l'extase, c'était le cauchemar. Elle releva la tête, des larmes plein les yeux.

– Mais qu'est-ce que je vais faire? Et toi?

– Moi, cela dépend de toi, dit Malko. Je vais t'expliquer la situation. Le G2 me surveille, mais ce soir, ils m'ont perdu. J'avais rendez-vous avec un homme que je dois faire sortir de Cuba. Un membre important du G2.

– Du G2! protesta-t-elle. Mais ce sont d'horribles salauds.

Ça lui était sorti de la poitrine spontanément.

– Oui, dit Malko, mais celui-là trahit au profit des Américains. En ce moment, il se cache, mais le G2 va bientôt le découvrir. Si j'arrive à le tirer de là, nous avons une toute petite chance de quitter Cuba tous les trois.

– Mais comment vas-tu faire?

Raquel l'observait, le visage crispé par l'angoisse.

– Tout est prêt, expliqua Malko, mais nos plans sont bouleversés par ce qui se passe maintenant. Il faut que j'aille récupérer cet homme avant l'aube et je n'ai aucun endroit pour le cacher... L'unique chance serait de venir ici.

Raquel écarquilla ses grands yeux noirs.

– Ici? Mais je ne suis pas chez moi.

Elle le regardait comme s'il avait proféré une énormité.

– Justement, expliqua Malko. Cette maison est providentielle. Nous pourrions nous y cacher le temps d'organiser cette exfiltration.

– Qu'est-ce que c'est une exfiltration?

– Notre départ de La Havane.

– Pour aller où?

– Hors de Cuba, en Amérique ou au Mexique.

– Et moi?

– Je t'emmène.

C'était horrible, mais Herminia ne pourrait pas utiliser le passeport que Malko avait demandé pour elle. Peut-être s'en sortirait-elle grâce aux informations qu'elle avait donné au G2. Maintenant, elle était intouchable. Essayer de l'arracher aux griffes du G2 eût été suicidaire. D'ailleurs, brisée, elle s'était résignée à son sort. Son regard l'avait fait comprendre à Malko. Alors, au moins, que son passeport serve à quelque chose...

Visiblement, c'était trop pour Raquel. Elle se prit la tête à deux mains.

– Je deviens folle! gémit-elle. Je deviens folle. Je ne comprends rien à ce que tu me racontes.

– C'est pourtant clair, reprit Malko. Tu as le choix entre deux solutions. Ou tu acceptes que nous venions ici le temps de nous organiser et nous tentons de quitter Cuba, tous les trois, avec les risques que cela comporte. Ou bien, tu me demandes de partir maintenant et je le fais... Mais dans ce cas, je ne pourrai rien pour te protéger du G2. Je sais que c'est un choix difficile et je donnerais n'importe quoi pour ne pas avoir à te l'imposer.

Raquel regardait fixement devant elle.

– Quitter Cuba! dit-elle lentement. J'y ai pensé souvent. Quand j'étais en Europe, mais je ne connaissais personne, cela semblait si difficile.

Malko regarda sa montre.

– Il faut te décider, fit-il d'une voix douce. Je n'ai que quelques heures devant moi. Ensuite ce sera trop tard.

Raquel lui lança un regard d'une intensité presque douloureuse.

– Je ne veux pas que tu t'en ailles.

– Tu sais que tu vas risquer ta vie, souligna-t-il. Si je te quitte maintenant, tu auras probablement des ennuis, mais ils ne te tueront pas...

Elle secoua lentement la tête.

– Je ne veux pas perdre mon emploi, aller en prison. Je sais comment ils agissent. Je vais me retrouver en train de couper la canne à sucre pour des années.

Malko la prit dans ses bras, la serrant de toutes ses forces.

– Tu es merveilleuse!

Raquel l'écarta :

– Qu'est-ce que je dois faire?

Il eut un sourire pas vraiment gai.

– Pour l'instant, prier. Je vais aller récupérer le transfuge du G2. J'espère que tout va bien se passer.

– C'est dangereux?

– Oui.

– Mon Dieu...

– N'aie pas peur. Ne bouge surtout pas. Tu es sûre que tes amis ne vont pas revenir avant trois jours?

– Certaine.

– Pas de visiteurs, de gens qui puissent s'apercevoir d'une présence?

– Non, je ne crois pas.

– Qui sait que tu es ici?

– Personne, à part eux.

– On ne va pas s'inquiéter de ton absence?

Elle ouvrit de grands yeux.

– De mon absence! Non, j'ai dit que je passais le week-end à Varadero.

– Bien, expliqua Malko. Les agents du G2 t'ont vue avec moi. Si je disparais, ils vont surveiller tous ceux qui ont été à mon contact. Donc, toi.

– Mais, alors, je ne peux pas retourner chez moi?

– Non.

Raquel était abasourdie.

– Mais si nous partons, comment vais-je faire? Je n'ai rien ici. Toutes mes affaires sont...

Malko la prit dans ses bras.

– Tu commences une nouvelle vie, si ça marche... Mais tu ne pourras pas revenir chez toi. Tu pars comme tu es.

– Mais mes affaires!

– Tu ne peux rien emporter. Maintenant, j'y vais.

Des larmes jaillirent des yeux de Raquel, mais elle ne protesta pas quand Malko ouvrit la porte. Elle le suivit dans le jardin. Il s'installa dans la Nissan et prit le pistolet dissimulé sous le siège. Raquel regarda l'arme fixement :

– Tu m'as bien dit la vérité? fit-elle d'une drôle de voix.

– Laisse le portail ouvert, demanda Malko. S'il m'arrivait quelque chose, tu ne sais rien, tu as seulement eu une aventure avec moi. Ne nie rien. Oublie simplement ce que je t'ai dit.

Il se mit au volant et lança le moteur sans allumer ses phares. Avant de s'éloigner, il lui demanda :

– Il y a une cabine téléphonique pas loin?

– Tu suis la rue M, dans cinq *quadras*, cria-t-elle.

Raquel fut avalée par l'obscurité. Malko alluma ses phares qui éclairèrent la rue déserte. Il se sentait froid et lucide. Les dés étaient jetés. Comme disent les Américains : *One bridge after another* (1). Il ne voulait pas penser au départ. Il fallait déjà arracher Luis Miguel Bayamo aux griffes de ses anciens amis.

La cabine était bien là où Raquel le lui avait indiqué. Il descendit et composa le numéro de l'ancien agent du DGI.

A la seconde sonnerie, on décrocha.

– C'est Mark, fit Malko.

Luis Miguel émit un bruyant soupir.

– *Compadre*, je croyais que tu m'avais oublié. Où étais-tu?

– J'ai trouvé un endroit où vous cacher en

(1) Un pont après l'autre.

attendant le départ, dit Malko, je viens vous chercher.

– Où ça?

– Une maison sûre. Et de votre côté?

– Ils n'ont pas bougé.

– Comment voulez-vous faire?

– Je vais essayer de sortir, fit le Cubain. Dis-moi quand tu viens.

– Cinq minutes, fit Malko. Je vous prendrai au coin de la calle 11 et de la G.

– *Hasta luego.*

Malko sortit de la cabine et respira avidement l'air tiède de la nuit. Il se remit au volant et repartit sans se presser.

Le Marakov à côté de lui, une balle dans le canon, il prit la direction de la calle M. Avec ses rues se coupant à angle droit, le Vedado ressemblait à une petite ville américaine.

***

Un orchestre en plein air tonitruait du « Son (1) » au coin de la calle H et de la 11e. Un grand calicot tendu en travers annonçait : « Fiesta de los CDR ». C'était l'anniversaire des Comités de défense de la Révolution. Visiblement, le rhum avait coulé à flots...

On dansait même dans la rue et une femme fit joyeusement signe à Malko de s'arrêter.

Il ralentit, la gorge nouée. Il arrivait là où il avait déposé Luis Miguel Bayamo. Il franchit très lentement le carrefour de la calle 11 et de la G sans voir personne. La 11 était en sens unique vers l'est, il ne pouvait plus effectuer de demi-tour; il lui fallait faire le tour du bloc. Il n'avait pas parcouru cinquante mètres qu'il aperçut sur sa gauche une Lada stationnée, portières ouvertes.

(1) Nom cubain de la salsa.

En passant, il jeta un coup d'œil au véhicule et son pouls monta instantanément à 160.

Il y avait deux hommes à l'avant de la voiture. Des moustachus, la tête renversée sur l'appuie-tête. Trois personnes s'entassaient à l'arrière. Deux hommes encadrant une blonde aux cheveux tirés en queue de cheval : Herminia.

Les quatre hommes paraissaient somnoler et il aperçut une bouteille de rhum posée sur le capot. Probablement cadeau d'un des CDR. Il continua, la gorge nouée. Juste en face de l'endroit où se trouvait la voiture, il avait aperçu une ruelle desservant plusieurs maisons. Voilà pourquoi Luis Miguel n'était pas au rendez-vous... Il scruta dans le rétro. Rien n'avait bougé dans la voiture du G2. Sans le rhum, ils l'auraient certainement repéré... Il se hâta de tourner dans la H. Refaisant le chemin en sens inverse... Tout était clair. Herminia était sous la coupe du G2.

Ils attendaient simplement le jour.

La Lada avait une radio. Pour récupérer Bayamo, il fallait donc éliminer ses quatre occupants d'un coup.

CHAPITRE XII

Malko sauta de la Nissan et se rua dans la cabine téléphonique qu'il avait déjà utilisée. Cette fois encore, Luis Miguel décrocha immédiatement, et ne laissa pas à Malko le temps de placer un mot.

– J'ai essayé de sortir, fit-il, mais ils bloquent l'entrée de la ruelle. Et il y a cette salope d'Herminia...

Brusquement l'attitude de Bayamo lui fut insupportable.

– Je les ai vus, Herminia aussi, ils l'ont sûrement emmenée de force. Lorsque je l'ai rencontrée au *Tropicana*, ce soir, elle était brisée, elle a sûrement été horriblement torturée. En plus, elle n'a pas donné votre numéro de téléphone. Sinon, vous seriez entre les mains du G2... Alors, je crois que vous devriez plutôt la remercier...

– Elle leur a dit où je me cachais, glapit le Cubain. Sinon, ils ne seraient pas là...

– Personne ne résiste à la torture, coupa Malko. Vous le savez aussi bien que moi. Maintenant, assez discuté. Vous voulez que je vous aide à vous enfuir, oui ou non?

– Il n'y a pas de solution, objecta le Cubain maussade. Sauf si on les allume.

– Non, affirma Malko. Ils dorment. Vous pouvez tenter le coup. Je serai là dans trois minutes et je m'arrêterai dans la calle G, juste après le carrefour. Je suis à peu près certain qu'ils ne vous verront pas sortir. Le temps qu'ils fassent demi-tour, nous aurons deux *quadras* d'avance. Nòus n'allons pas loin.

– Et s'ils me voient?

– J'interviendrai, fit Malko. Sinon j'attendrai dans la voiture. J'ai le pistolet que vous avez oublié dans ma voiture. Si j'en sors, je laisse les clefs de contact et l'adresse est écrite sur un papier à côté du siège.

Il raccrocha et quitta la cabine. Pendant quelques secondes, il éprouva une furieuse envie d'abandonner Luis Miguel Bayamo à son sort. Il éprouvait une antipathie de plus eñ plus grande à l'égard du Cubain. C'était une brute...

Son sens du devoir fut finalement le plus fort. Et puis, la CIA ne comprendrait pas ses états d'âme. On penserait qu'il avait eu peur.

Sans Malko, Bayamo n'avait aucune chance de sortir de Cuba. Il pensa au bateau qui attendait à Cayo Largo. Il leur restait tout juste trois jours et chaque heure apportait une difficulté nouvelle... Dire qu'on lui avait présenté le tout comme une mission facile...

Il approchait de la calle G. Il coupa le moteur et continua en roue libre. Le Makarov posé à côté de lui, il attendit. Un oiseau de nuit s'envola non loin de lui, avec un sourd battement d'ailes. Il voyait très bien la voiture du G2. Les portières étaient toujours ouvertes. Il parcourut encore quelques mètres, sur le bas-côté herbeux, puis stoppa dans le renfoncement d'un portail ouvrant sur le jardin d'une maison abandonnée.

Normalement, Luis Miguel devait surgir d'une seconde à l'autre. Aucun mouvement dans la voiture. Les quatre policiers dormaient, abrutis de rhum. Il comptait les secondes. Au carrefour suivant, un orchestre en plein air moulinait une salsa pour les derniers danseurs du bal des CDR. Toute La Havane dansait. Du moins les tenants du régime. Il sursauta, entendant bruire un feuillage : ce n'était qu'un chat. Une silhouette surgit enfin dans la lumière d'un lampadaire, émergeant de la ruelle. Malko identifia aussitôt les épaules massives de Luis Miguel Bayamo et retint son souffle. Le Cubain passait à quelques mètres de la voiture du G2. Il la longea puis replongea dans la pénombre.

Malko eut l'impression que ses poumons se vidaient de tout leur air d'un coup. Il ouvrit la portière pour venir au-devant du Cubain. Dans quelques secondes, ils seraient hors de danger.

*
**

Herminia ne dormait pas. D'abord parce que la douleur de ses seins massacrés la taraudait sans répit et ensuite parce qu'elle jouait sa vie. Ils l'avaient prévenue. Si Bayamo parvenait à leur filer entre les doigts, ils se vengeraient sur elle. Pour donner plus de poids à leur menace, les agents du G2 l'avaient fait accompagner par son tortionnaire, « Sacamuelas », auquel elle était attachée par des menottes. Elle avait la chair de poule chaque fois qu'il posait les yeux sur elle. Pour la millième fois, elle fixa la ruelle sombre où elle avait vu disparaître Luis Miguel, un jour plus tôt.

Cette fois, elle crut avoir une illusion d'optique à force d'avoir trop regardé. Une silhouette venait d'émerger de l'ombre. Tétanisée, elle hésita quelques secondes. Puis, de toute la force de ses poumons, elle glapit :

– *Se va! Se va!*

*
**

Malko reçut le cri d'Herminia comme un coup de feu. Ses tympans vibraient encore lorsqu'un moustachu jaillit de la voiture, titubant de sommeil. Il scrutait la pénombre autour de lui quand une détonation claqua. Malko le vit tomber à genoux, se rattraper à la portière et basculer comme dans un film au ralenti. Il aperçut alors Luis Miguel Bayamo, une arme à la main, un rictus mauvais découvrant ses dents blanches. Il lui cria :

– Venez! Par ici.

Le Cubain semblait pris de folie. Au lieu de courir vers Malko, il avança vers la voiture du G2.

Celui qu'il avait touché était tombé à terre. Un autre jaillit de la portière arrière gauche mais n'eut même pas le temps de sortir son arme. Calmement, Luis Miguel lui avait logé une balle dans la tête, presque à bout portant. Il doubla et le second policier s'effondra, la tête éclatée.

– Luis Miguel!

Malko avait hurlé. C'était fou, le Cubain allait au massacre. Un troisième policier sortit à son tour, par la portière avant droite et se jeta aussitôt à terre. La fusillade allait alerter tout le quartier. Ils seraient cernés en quelques minutes. Il fallait arracher le Cubain à sa vengeance aveugle, sinon ils étaient perdus tous les deux.

Comme dans un cauchemar, il vit Luis Miguel Bayamo contourner le corps de sa seconde victime et se pencher à l'intérieur de la Lada.

*
**

Fausto Morales sursauta tellement au hurlement d'Herminia qu'il heurta de la tête le pavillon de la voiture. La jeune femme le secouait par les menottes qui les reliaient. Pendant une fraction de seconde, il éprouva une intense satisfaction. Ses tortures avaient atteint leur but. Lorsqu'on lui avait amené Herminia en fin de soirée, la jeune femme avait eu une terrible crise de nerfs à l'idée de retomber entre ses mains. Pour la mettre en condition, il lui avait quand même arraché un ongle avec sa pince. D'un coup sec, pour ne pas la faire trop souffrir... Elle s'était évanouie. A son réveil, Fausto Morales était penché sur elle, sa pince à la main. Avec une grande douceur, il l'avait avertie.

– *Guapita*, tu vas collaborer avec nous. Ton impérialiste nous a filé entre les pattes. Il n'y a plus que toi. Si tu veux continuer à danser au *Tropicana*, il faut être très gentille. Alors, tu nous amènes là où il se cache. Si tu nous aides à le prendre, tu seras libre et récompensée. S'il nous échappe, je te ferai regretter d'être née.

Herminia, terrifiée, avait promis n'importe quoi... Et elle s'était retrouvée dans cette voiture, morte de peur, priant pour que son amant se montre. En le voyant, elle n'avait même pas réfléchi. Toute la soirée, les policiers avaient bu du rhum et ne se souciaient plus de rien. Eux ne jouaient pas leur peau...

Gêné par le pavillon de la voiture, Fausto Morales n'aperçut pas tout de suite Luis Miguel Bayamo. Le premier coup de feu le fit sursauter. Il vit vaciller son camarade et entendit le choc sourd du corps contre la carrosserie. Instinctivement, il arracha de sa ceinture son Makarov et réalisa alors que son poignet gauche était relié à celui d'Herminia par les menottes.

En pleine crise d'hystérie, celle-ci se mit à hurler :

– Prenez-le ! Prenez-le !

Deux coups de feu claquèrent, très rapprochés.

Le policier qui était sorti de l'arrière disparut du champ de vision de Fausto Morales. Par contre ce dernier aperçut la silhouette massive de son ancien collègue qui avançait vers la voiture, arme au poing. Le policier de l'avant venait de se laisser tomber dehors et courait pour se mettre à l'abri. Fausto Morales restait seul avec Herminia qui tirait comme une folle sur les menottes...

Il visa la silhouette à travers la lunette arrière et tira trois fois coup sur coup. Seulement, Herminia le secouait tellement que les projectiles partirent dans tous les sens, pulvérisant la lunette.

– Tiens-toi tranquille! hurla-t-il à Herminia pris de panique.

Rien ne semblait pouvoir arrêter Luis Miguel Bayamo. Fébrilement, Fausto Morales fouilla dans sa poche pour récupérer la clef des menottes. Dans l'obscurité ce n'était pas facile de les ouvrir. Il y parvint, tapant comme un sourd sur Herminia qui gigotait sans arrêt... Au moment où Luis Miguel arrivait à la hauteur de la portière, il libéra enfin le poignet de sa prisonnière. Dans la bagarre, son pistolet était tombé sur le plancher de la voiture. Le temps de le ramasser, il se laissa glisser hors de la voiture.

Juste au moment où Luis Miguel Bayamo plongeait son bras armé dans la Lada.

Herminia était recroquevillée au milieu de la banquette, hurlant comme une folle.

Elle voulut fuir à son tour, mais c'était trop tard... Le gros Makarov claqua trois fois. Heureusement pour elle, la première balle lui fit éclater le cervelet et elle ne sentit pas les suivantes.

Luis Miguel Bayamo se redressa, les yeux fous, cherchant ses autres adversaires. Il lui restait deux cartouches. Comme un zombi, il fit demi-tour et se mit en marche vers l'endroit où devait se trouver la voiture de Mark Linz. Il était certain qu'il ne sortirait pas de Cuba. Au moins la salope qui l'avait vendue ne l'emporterait pas au paradis.

***

Malko, collé à un arbre, avait assisté au massacre. Ecœuré. Bayamo était un psychopathe! Ce dernier venait vers lui. Le policier survivant qui s'était enfui de la Lada se dressa soudain entre deux voitures, visant le défecteur. Celui-ci tira instantanément dans sa direction. Il le toucha et l'autre roula par terre avec des hurlements atroces, la colonne vertébrale en bouillie...

Luis Miguel continua, le pistolet à bout de bras. Soudain, une silhouette surgit devant lui, enfonçant son arme dans son estomac. Fausto Morales. Sans hésiter, Luis Miguel tourna le canon du Makarov contre le nouveau venu et appuya sur la détente. Rien ne se passa. La cartouche précédente n'avait pas été éjectée. D'un coup violent sur son poignet, Fausto Morales fit tomber l'arme de Bayamo. Puis avec une rapidité foudroyante, il lui claqua la menotte vide autour du poignet, s'attachant à lui.

– Content de te revoir, *compañero!* lança-t-il avec un sale sourire.

Malko, à quelques mètres, étouffa un juron. Les derniers danseurs de la fête du CDR accouraient du fond de la rue. C'était l'hallali.

Instinctivement, il fit un bond vers les deux hommes. Fausto Morales l'entendit et tourna la tête. Son pistolet quitta Luis Miguel, se braquant sur Malko. Celui-ci n'eût qu'une fraction de seconde pour réagir. Son doigt pressa la détente du Marakov deux fois. Le premier projectile égratigna Fausto Morales au cou, le second le frappa en pleine poitrine. Il lâcha son arme, et tomba, entraînant dans sa chute Luis Miguel Bayamo.

Ce dernier jura avec une violence inouïe, essayant en vain d'arracher la menotte.

– Vite, fit Malko, à la voiture.

Il s'expliquerait avec Bayamo plus tard.

A deux, ils parvinrent à traîner le corps inerte jusqu'à la Nissan. Encore des efforts désespérés pour caser Bayamo et Fausto Morales à l'arrière. Malko avait l'impression de vivre un cauchemar... Comme un fou, Luis Miguel donnait des coups de crosse au blessé, en l'injuriant...

– Arrêtez! hurla Malko. Vous êtes un malade.

Malko dévala la calle G puis tourna deux fois. Tout le G2 devait déjà être sur les dents. Grâce à la radio, ils avaient vécu le drame en direct... Ils n'allaient pas tarder à cerner le quartier... S'il ne parvenait pas à sa planque, c'était foutu.

Soudain, des phares apparurent derrière lui, se rapprochant. Si c'étaient des flics, il ne pourrait pas leur échapper. Ou il les menait à la maison de Raquel, ou il se laissait prendre.

CHAPITRE XIII

Malko accéléra encore et tourna dans la première rue et, à la *quadra* suivante, de nouveau à gauche. A l'arrière, Luis Miguel Bayamo luttait furieusement avec le blessé qui râlait, retournant ses poches avec fureur, pour retrouver la clef des menottes. Il abandonna avec un cri de rage :

– *Puta de maricon!* (1)

Les clefs étaient restées dans la Lada! Il essaya d'arracher le bracelet d'acier du poignet du policier sans y parvenir et s'immobilisa, les yeux injectés de sang, le souffle court.

Malko avait le regard glué au rétro. Plus rien derrière lui. Son angoisse baissa d'un cran. Maintenant, il devait retrouver sa route. Fébrilement, il se mit à guetter, à chaque carrefour, les étranges pyramides de pierre, au ras du sol, qui indiquaient les rues. Certaines avaient disparu, d'autres étaient effacées. Il lui fallut cinq *quadras* pour se repérer.

Cinq minutes plus tard, il atteignait la villa prêtée à Raquel, et s'engouffrait dans le portail. Luis Miguel Bayamo se pencha en avant, inquiet.

– Où sommes-nous?

(1) Putain de pédé!

– Je vous expliquerai, lança Malko. Il faut que je rentre la voiture dans le garage...

Le G2 allait sûrement faire des rondes et passer le quartier au crible. La porte de la villa s'ouvrit sur Raquel qui courut vers Malko et l'étreignit.

– Mon Dieu, j'avais si peur.

Une sirène de police hurla, pas très loin. La chasse était lancée... Raquel, jetant un coup d'œil à l'intérieur de la voiture, aperçut les deux Cubains emmêlés et s'exclama :

– Mais vous êtes trois!

– Oui. C'est un policier du G2. Il est... gravement blessé.

– Mais pourquoi ton ami l'a-t-il emmené?

– D'abord, ce n'est pas mon ami, corrigea Malko, encore sous le choc du meurtre d'Herminia. Ensuite, il est enchaîné par des menottes à ce blessé.

Raquel en resta muette de surprise. Malko l'entraîna vers le garage transformé en remise.

– Aide-moi à faire de la place!

Luis Miguel Bayamo était en train de s'extraire de la Nissan, tirant le corps de Fausto Morales qui gémissait faiblement.

Raquel et Malko se mirent à transporter des caisses, des cartons, tout un bric-à-brac, pour qu'enfin Malko puisse y faire entrer la Nissan et refermer la porte. Le plus urgent était fait. Bayamo, accroupi sur le ciment, fixait d'un air haineux le blessé étendu sur le dos.

– *Compadre,* aide-moi! demanda-t-il à Malko.

Tant bien que mal, ils parvinrent à tirer le blessé jusqu'à la cuisine.

Luis Miguel Bayamo s'accroupit, observant la bave sanglante qui suintait de la bouche de Fausto Morales avec un sifflement horrible.

– Il va bientôt crever, ce salaud de Sacamuelas! fit-il d'un ton haineux.

Malko interpella Bayamo, ivre de rage.

– Pourquoi avez-vous tué Herminia?

Le Cubain grommela.

– Elle m'a trahie. Sans elle, tout cela ne serait pas arrivé. Elle m'a porté la poisse.

– Vous savez bien qu'elle a été torturée.

– Bien sûr, Sacamuelas adorait faire ça aux femmes, mais ce n'est pas une raison. Il faut que je coupe cette putain de chaîne.

Raquel apparut sur le pas de la porte. Blanche comme un linge, balayant la pièce du regard.

– Est-ce que tu peux trouver une scie à métaux? demanda Malko.

Elle ressortit et revint quelques instants plus tard avec l'outil demandé. Malko le tendit à Bayamo.

– Tenez, sciez la chaîne des menottes. On verra après.

Raquel semblait sur le point de s'évanouir et il l'entraîna hors de la cuisine. Dès qu'ils furent dans le living, la jeune femme se jeta dans ses bras.

– C'est horrible, je ne pensais pas que cela pouvait exister, c'est un cauchemar. Il a l'air d'un fou!

– Calme-toi, fit Malko. Tout va bien se passer.

A cette seconde précise, un hurlement atroce ébranla les murs. Raquel pâlit, quêtant le regard de Malko. Celui-ci fonça à la porte de la cuisine. Fermée à clef! Il la secoua et hurla :

– Luis Miguel, ouvrez!

Un second cri, encore plus atroce que le premier, lui répondit. Suivi de couinements abominables, comme un chien écrasé qui se traîne sous un camion.

Malko se rua dans le jardin, entendant au passage une nouvelle sirène de police. La cuisine donnait sur l'extérieur par une étroite ouverture, à laquelle il colla son visage. C'était à vomir. Luis

Miguel Bayamo était agenouillé à côté du blessé, allongé sur le dos. Une fourchette à la main. Le visage de l'homme du G2 n'était plus qu'une tache de sang; quelque chose pendait sur sa joue, une boule rougeâtre et molle, avec des filaments blancs. Malko mit quelques secondes à réaliser qu'il s'agissait de l'œil gauche que Bayamo lui avait arraché avec une fourchette...

Une horreur.

Malko passa le bras par le vasistas, menaçant Bayamo de son arme et lança :

– Arrêtez ou je vous abats!

Le Cubain le fixa avec un rictus ironique.

– Tu sais bien que tu n'as pas le droit, *compadre*. En plus si tu tires, les *hijos de puta* vont tous rappliquer. Laisse-moi donc finir ce salaud. Si tu savais ce qu'il a fait, tu viendrais m'aider... Enfin, pour te faire plaisir...

Il posa sa fourchette et empoigna la scie amenée par Raquel. Seulement, au lieu de s'attaquer à la chaîne des menottes, il plaça la lame sur le poignet du mourant et commença à scier. Fausto Morales eut un sursaut qui le décolla du sol et ses hurlements reprirent de plus belle. C'était une boucherie! Le sang coulait sur le carrelage, le policier du G2 se tordait dans tous les sens, tandis que Luis Miguel Bayamo, comme un bon artisan appliqué, faisait aller et venir sa scie, déjà enfoncée d'un bon centimètre.

Malko comprit qu'il n'arriverait pas à le raisonner. Il retourna à l'intérieur. Raquel était assise sur le canapé, les mains sur les oreilles, les yeux hors de la tête. Elle se leva, hystérique.

– Je veux m'en aller! Je veux m'en aller!

Il ne manquait plus que cela...

Sans s'occuper d'elle, Malko s'attaqua à la porte de la cuisine, avec la crosse du Makarov. Le bois n'était pas très résistant et en peu de temps, il eut percé un trou qu'il agrandit pour y passer la main. Il parvint à tourner la clé et se rua dans la cuisine.

Luis Miguel Bayamo se relevait, une menotte encadrant son poignet, l'autre pendant, vide, au bout de la chaîne. La main sectionnée gisait dans une flaque de sang. C'était un carnage! Le sang continuait à s'écouler du poignet de Fausto Morales. Le tortionnaire d'Herminia eut encore quelques spasmes puis cessa de bouger. Malko s'était rué sur Bayamo et l'avait plaqué au mur, le rouant de coups de crosse.

Il glissa dans le sang et faillit s'étaler. Bayamo lui lança de sa voix de rogomme.

– S'il t'avait eu entre les mains, *compadre,* tu n'imagines pas ce qu'il t'aurait fait...

Sa folie meurtrière semblait être calmée. Il secoua furieusement sa menotte comme un éléphant ses chaînes et grommela :

– Il faut que je me débarrasse de cette saloperie!

Sans se préoccuper du cadavre, il s'assit, cala sa menotte et commença à scier le métal avec l'outil encore inondé de sang.

Malko examinait le carnage, pensant au chef de station de la CIA à Vienne : « *A nice little trip in Cuba.* » Une belle excursion au pays de l'horreur, oui. Il lui était impossible de regarder le visage mutilé du mort. Une voiture passa dans la rue à toute vitesse, sirène hurlante, lui rappelant le danger qui les menaçait. Luis Miguel Bayamo s'arrêta de scier et leva la tête.

– Il vaut mieux qu'ils ne nous trouvent pas...

Malko le fixa avec horreur. C'était pour lui qu'il risquait sa vie, celle de Raquel et que la CIA se mettait en quatre. Pour un homme capable d'accomplir une telle horreur. Soudain, il réalisa que Bayamo lui aussi avait été un bourreau. C'était une situation à la Kafka dont il ne pouvait plus sortir qu'en s'évadant de Cuba...

– Va falloir l'enterrer, suggéra Bayamo. Sinon, il va se mettre à sentir. Avec la chaleur.

Malko le fixa froidement.

– Je vais vous chercher une pelle.

Il n'éprouvait plus qu'un immense écœurement.

Raquel était toujours prostrée dans le living. Il dénicha des outils qu'il ramena à Luis Miguel Bayamo. Ce dernier traîna le corps derrière la maison. Le Cubain se mit à creuser sans mot dire et Malko retourna dans la maison. Il était trois heures du matin et il n'en pouvait plus.

Doucement, il prit Raquel dans ses bras et tenta de la calmer. Complètement traumatisée par ce qu'elle venait de voir, elle n'arrêtait pas de trembler.

– Nous allons partir très vite, jura-t-il.

Elle releva son visage baigné de larmes.

– Mais comment?

Maintenant, il pouvait le lui dire.

– Un bateau très rapide nous attend à Cayo Largo. Il est venu du Mexique. En une heure nous serons hors des eaux territoriales cubaines.

– Mais comment aller à Cayo Largo?

– En avion, tout est prévu.

Il préférait ne pas penser aux détails de l'opération. Avant tout il fallait la rassurer. Peu à peu, elle se calma et il l'emmena dans la chambre où elle finit par s'endormir. Lui retourna dans le living.

Luis Miguel Bayamo réapparut une heure plus tard, couvert de terre, hirsute, les traits creusés et se laissa tomber dans un fauteuil.

– Ça y est! Ce fumier nous aura fait chier jusqu'au bout. Maintenant qu'est-ce qu'on fait? On peut rester combien de temps ici?

– Trois jours, dit Malko, mais ce n'est pas le problème. Le bateau qui nous exfiltre de Cayo Largo est obligé de repartir dans deux jours. C'est notre unique chance. D'après ce que vous savez du système, que vont-ils faire maintenant? Comment vont-ils réagir?

Le Cubain frotta son menton mal rasé.

– Les trucs habituels, d'abord. L'aéroport Jose Marti; ils vont passer au crible les milieux de l'opposition et lâcher tous leurs mouchards des CDR. Ils doivent se demander où nous sommes. L'idéal, ça serait qu'ils croient qu'on a quitté la ville.

– Où aurions-nous pu aller?

Le Cubain ricana.

– Nulle part, mais dans les sierras on peut se cacher... Seulement, pour cela, il faut de l'essence. On se ferait repérer aux stations services.

– Donc, ils penseront que nous sommes encore ici?

– Oui. Ils vont surveiller les ambassades dans Miramar et les Américains. Et surtout, ils vont attendre. Avec leur réseau, je ne vois pas comment nous pouvons leur échapper.

– Vous savez comment on va à Cayo Largo? Donnez-moi tous les détails.

Bayamo prit dans le bar une bouteille de Habana Club et s'en versa une grande rasade. Ses yeux rougis de fatigue, sa barbe et ses traits creusés le vieillissaient de dix ans.

– On part du petit aéroport des lignes intérieures qui se trouve à côté de Jose Marti, expliqua-t-il. Mais les vols sont réservés aux étrangers ou aux Cubains possédant une autorisation.

– Quels sont les contrôles?

– A l'aéroport même, il n'y en a pas beaucoup. Tu arrives avec les billets et si ton nom est sur la liste du vol, on t'embarque sans problème.

– On ne demande pas le passeport?

– Normalement non, mais ça peut arriver, dans les cas douteux, et particulièrement en ce moment.

Ils savent que nous devons partir pour Cayo Largo?

– En principe non, fit Malko. Où achète-t-on les billets?

– Dans n'importe quelle agence Habanatur, dans les grands hôtels ou sur la Rampa...

– Donc, cela devrait marcher.

Bayamo secoua la tête.

– Non, nous sommes trop connus, toi et moi.

Une sirène hurla encore au loin. Malko se demandait brutalement s'il avait une chance de quitter Cuba. Bayamo le fixait, l'air insistant et fébrile.

– J'ai un plan, affirma Malko.

– Quoi?

– Nous en parlerons demain.

La seule vue de Luis Miguel Bayamo lui donnait envie de vomir... Et la fatigue nerveuse était en train de le terrasser. Cela avait été une très très longue journée.

Bayamo se leva en titubant. Le rhum et la fatigue. Et du pouce désigna la chambre où Raquel avait disparu.

– Et elle?

– Elle part avec nous...

– Tu es *loco*...

– Ce n'est pas votre problème.

Le Cubain n'insista pas et disparut dans sa chambre. Malko n'alla pas tout de suite rejoindre Raquel. Il repassa son plan dans sa tête. Une chose était certaine : pour s'en sortir, il allait être obligé de prendre un risque maximum, dont il ne parlerait sûrement pas à Bayamo.

Recontacter le G2 en la personne de Salvador Jibaro.

CHAPITRE XIV

Etendu dans le noir, Raquel roulée en boule à ses côtés, Malko faisait le point pour la vingtième fois. Les bruits de la nuit avaient cessé et le Vedado était maintenant aussi silencieux qu'un cimetière... Raquel bougeait dans son sommeil, agitée de brusques sursauts. Lui n'arrivait pas à dormir. Il lui restait moins de soixante heures pour quitter Cuba. Avec un point de passage obligé : un contact avec Gerald Svat. Pour lui donner les photos. Tenter la sortie sans le document était trop dangereux... Ensuite, il faudrait récupérer les deux passeports terminés. Il fallait aussi que l'Américain prévienne le *Cuernavaca*, le bateau destiné à les exfiltrer, qu'il n'y ait pas de misfit. Sans lui, Cayo Largo était une impasse mortelle.

Il avait menti à Luis Miguel Bayamo. Bien qu'il possède une procédure de secours pour joindre le chef de station de la CIA, il n'avait pas l'intention de l'utiliser. Sans l'aide de Salvador Jibaro, l'Américain aurait toutes les peines du monde à semer les gens du G2. Le coup de l'immeuble Foxa pouvait passer une fois, pas deux.

Or, depuis quelques heures, le G2 avait de nouveau perdu la trace de Luis Miguel Bayamo. Herminia morte, ils n'avaient plus que Malko pour retrouver le défecteur.

Pour Malko, contacter Salvador Jibaro était facile. Tout reposait sur un pari. Si le G2 pensait pouvoir le faire parler et apprendre où se cachait Luis Miguel ils l'arrêteraient et le tortureraient à mort... S'ils étaient convaincus, au contraire, que Malko ignorait où se planquait Bayamo mais pouvait les amener au traître, ils n'y toucheraient pas. Le tout était au dernier moment de leur échapper. Il fallait gagner du temps pour récupérer les passeports et les aiguiller sur une fausse piste. Ensuite, il y aurait les problèmes à Cayo Largo, mais c'était une autre histoire...

Il se retourna, effleura la hanche tiède et élastique de Raquel. Collé à elle, il sentit lentement grandir son désir. Comme chaque fois qu'il avait risqué sa vie, il éprouvait une furieuse envie de faire l'amour. Emboîté comme une petite cuillère contre la jeune Cubaine, il n'eut pas longtemps à attendre. Un simple coup de reins en douceur et elle l'engloutit sans même se réveiller.

Elle sursauta quand il se mit à bouger, puis sembla se rendormir. Comme si elle ne sentait pas le membre tendu qui l'envahissait. Ce fut une étreinte longue et douce. A la fin, il la saisit aux hanches et se déversa furieusement en elle, avec un sourd grognement de plaisir. Et se disant que c'était peut-être une des dernières sensations agréables qu'il éprouvait.

*
**

– Aidez-le à se teindre, demanda Malko à Raquel. Nous allons gagner du temps.

Ils étaient tous les trois dans la cuisine. Luis Miguel Bayamo, torse nu, venait de se couper la moustache. Raquel l'observait avec un dégoût non dissimulé. En jeans et T-shirt, les traits creusés, elle était encore très belle; ils avaient grignoté de la papaye bien sucrée, du pain rassis et bu du mauvais café, pendant que Malko leur expliquait son plan. Transformer leur apparence en les teignant et en rasant la moustache de Bayamo. Ensuite, il prendrait les photos au Polaroïd, destinées aux faux passeports. Il les remettrait à Gerald Svat pour les récupérer via une boîte aux lettres morte.

Durant le même trajet, il achèterait les billets d'avion pour Cayo Largo.

– Il faudra donner des noms et les hôtels où on séjourne, avait remarqué le Cubain. S'ils ne vérifient pas, ce n'est pas grave. Quand ils s'en apercevront, ce sera trop tard...

– Mais si tu te fais prendre en ville? demanda Raquel. Qu'est-ce nous allons devenir?

Luis Miguel ricana.

– On essaiera de se réfugier à l'ambassade du Venezuela, sinon on se flingue... Il ne faut pas tomber vivant entre leurs mains. Fidel me découpera à la machette de ses propres mains.

Malko n'avait pas de réponse à cette question. Il ne voulait même pas y penser. S'il se faisait prendre, il se moquait bien du sort de Luis Miguel Bayamo, mais pour Raquel, ça lui crevait le cœur...

Raquel se tourna vers Luis Miguel.

– Viens, je vais te mettre la teinture.

Elle avait dilué le contenu du flacon pour que cela suffise pour les deux. Heureusement, Gerald Svat avait vu large. C'était de la teinture de cinéma qui s'enlevait facilement mais faisait illusion. Malko attendit dans la cuisine. Vingt minutes plus tard, Luis Miguel réapparut, châtain clair! Même avec les yeux foncés, ce n'était pas trop choquant...

– A toi, fit Malko à Raquel.

Elle s'enferma dans la salle de bains tandis qu'il armait le Polaroïd. Il fit la moitié du film avec le Cubain. Pour des photos d'identité, c'était parfait.

Sur la pellicule, la teinture faisait encore plus naturelle.

– Vous parlez anglais? demanda-t-il à Bayamo.

– Assez pour tromper ces connards, fit Luis Miguel.

Raquel surgit de la salle de bains. Méconnaissable. Elle ressemblait à Anita Ekberg! Elle eut un sourire un peu crispé pour Malko.

– Ça ira?

– Merveilleusement.

Cela faisait une très belle Canadienne, sauf l'anglais plutôt rocailleux.

Luis Miguel était en train de tripoter la radio pour trouver les informations. Il écouta un bulletin. On ne parlait pas du massacre de la nuit précédente.

– Ce n'est pas étonnant, fit-il, ce truc-là passera sur Radio-Marti...

Malko soupesait son Makarov, hésitant à le prendre. Finalement, il le glissa dans sa ceinture, sous sa chemise. On ne sait jamais. Il ne sentait même plus la fatigue. Tandis que Luis Miguel s'étendait sur le lit, il prit Raquel à part.

– Je vais peut-être partir jusqu'à demain.

– Pourquoi?

– J'ai beaucoup de choses à faire. Tu connais le numéro de téléphone d'ici?

– Oui. 675350.

Malko le mémorisa immédiatement. Il lui expliqua le code qu'il utiliserait en appelant d'une cabine publique.

– Si je n'appelle pas, fit-il et si je ne suis pas revenu demain matin, pars. Ne t'occupe pas de lui.

– Mais pour aller où?

– Chez toi. Tu peux laver cette teinture en prenant une longue douche. Bien sûr, ils viendront te chercher. Mais tu as une petite chance de t'en sortir... En niant tout. Personne ne t'a vue. Tu ne parles pas d'ici. A aucun prix...

– Et ce porc de Luis Miguel?

– Il ne connaît même pas ton nom. Ni ton adresse. S'ils te trouvaient en sa compagnie ce serait affreux...

– Et l'homme qu'on a enterré ici?

– Ce sont tes amis qui peuvent te poser des questions. Tu leur dis que tu ne sais rien. A mon avis, ils n'iront pas en parler à la *policia revolucionaria*... Ils auront trop peur.

Elle plongea ses yeux dans les siens.

– Mais si tu ne reviens pas, cela voudra dire que...

– Oui, dit Malko. Mais tu sais, il faut toujours mourir un jour. Le plus tard possible.

Il l'étreignit et alla donner ses instructions à Luis Miguel Bayamo. Le Cubain secoua la tête.

– Vous êtes fou, ils vont vous repérer tout de suite! C'est bourré de *segurosos* partout.

– Nous n'avons pas le choix, dit Malko. Je vais vous téléphoner avant le déjeuner. Dès que j'aurai acheté les billets...

Il fila vers le garage et Raquel le suivit.

– Mais tu prends ta voiture! Tu vas te faire repérer...

– C'est trop dangereux de la laisser ici. S'ils fouillent les garages..., fit Malko. Je l'abandonnerai quelque part et je continuerai à pied.

Elle le regarda jusqu'à la dernière seconde et il eut l'impression que quelque chose se rompait en lui quand elle disparut...

C'était le moment le plus dangereux... Tant qu'il ne fut pas éloigné de la maison, il eut la gorge nouée. Son estomac se décontracta en débouchant sur l'Avenida de Los Presidentes... Il roulait lentement, attentif à la circulation. Le numéro de sa voiture avait sûrement été communiqué à tous les *segurosos* de la Havane. Maintenant son plan lui paraissait complètement fou, mais il ne pouvait plus reculer.

Plutôt tendu, il remonta la Rampa dans une circulation d'enfer et se gara entre le *Habana Libre* et le *Capri*. Perdu dans la foule, à pied, il se sentit quand même plus tranquille... Il y avait Dieu merci beaucoup d'étrangers... Le Makarov pesait lourd à sa ceinture et le soleil commençait à lui brûler les épaules...

Son pouls s'accéléra alors qu'il approchait du *Habana Libre*. Cela devait fourmiller de *segurosos*. Un groupe descendait d'un car de touristes et il se mêla à eux. Miracle : des Canadiens! Les flics de garde ne les regardaient même pas. Second miracle : une partie du groupe se rua vers le bureau d'Habanatur! De nouveau, il se mêla à eux et fit sagement la queue... Il s'efforça de donner l'impression qu'il les accompagnait et alla même jusqu'à prendre un petit garçon par la main...

Arrivé au guichet, il demanda en anglais :

– Trois billets excursion pour la journée pour Cayo Largo. Pour après-demain.

– C'est 89 dollars par personne, annonça l'employée cubaine. Vous désirez le transport jusqu'à l'aéroport?

– Oui.

– *Muy bien.*

Elle commença à lutter avec un téléphone est-allemand qui visiblement ne l'aimait pas. Après de multiples essais, elle obtint enfin un interlocuteur... Presque aussitôt, elle lança à Malko :

– Demain. Après-demain c'est complet. Demain?

– Impossible, fit Malko, je serai à Varadero...

Avant qu'elle dise « tant pis », il avait discrètement fait glisser un billet de cinq dollars sur le comptoir. La main de l'employée cubaine le recouvrit vivement et elle reprit sa discussion animée pour raccrocher quelques instants plus tard.

– *Esta bien, señor!* annonça-t-elle, le vol part à 8 heures. Retour à 5 heures 30. A quels noms sont les billets?

– Betty Sutherland, John Guild et Hans Bronner.

L'employée établit les trois billets et nota pieusement les noms sur la liste du vol. Les deux noms anglais correspondraient aux passeports canadiens. Seul Malko, en cas de contrôle, risquait un problème. Mais Gerald Svat ne pourrait sûrement pas lui trouver un troisième passeport. Or, s'enregistrer sous le nom de Mark Linz était trop dangereux. Leur unique chance de succès venant du fait que le G 2 ne penserait pas à Cayo Largo.

– Quel hôtel? demanda l'employée.

– Ici, fit Malko, chambre 1574, 1538 et 1654.

Elle nota le tout sur le *voucher* de transport qu'elle lui tendit en même temps que les trois billets aller-retour pour Cayo Largo, avec un sourire complice.

– Voilà, *señor*, le bus part à sept heures ici, devant l'hôtel. *Buen viaje*. Vous verrez c'est superbe, il faudrait rester plus longtemps.

– La prochaine fois, fit Malko en souriant.

Il se glissa à l'extérieur. La partie la plus facile, mais aussi la plus vitale, était accomplie. Le plus dur et le plus risqué restait à faire. Sa voiture n'avait pas bougé. Il la reprit et fila vers le Malecon, puis tourna à droite pour rejoindre le Prado. Il vivait peut-être ses derniers instants de liberté... Après avoir garé la Nissan devant l'Opéra, il entra dans le square et se mit à la recherche du Noir servant de liaison à Salvador Jibaro.

Vingt minutes plus tard, il le repéra en train de

négocier avec deux touristes visiblement soviétiques. Dès qu'il eut terminé, Malko le rattrapa.

– Vous vous souvenez de moi? J'ai besoin de voir votre ami Salvador.

Le Cubain filiforme hocha la tête avec son sourire édenté.

– *Muy bien, señor,* ce soir, ici, *a las seis de la tarde*...

– Non, fit Malko. Pas ce soir. *Ahora. Inmediatamente*...

Pour donner plus de poids à ses paroles, il plia un billet de dix dollars et le mit dans la paume du Noir qui le fit disparaître avec célérité.

– Dites-lui que je l'attends à la *Bodeguita del Medio,* fit-il.

Sans lui laisser le temps d'ergoter, il s'engagea à pied dans les rues de la Vieja Habana. Que Salvador Jibaro vienne, c'était certain. Le tout était de savoir s'il allait venir seul. Il essayait en vain de s'intéresser aux vitrines poussiéreuses, obsédé par la seule vraie question. Il jouait sa vie à pile ou face. Et en même temps celles de Raquel et de Luis Miguel Bayamo. Mais le sort du Cubain lui était indifférent...

Il avait pensé repasser d'abord par le *Victoria*, mais il courait alors le risque d'être repéré par un *seguroso* anonyme ignorant les finesses du problème et de se retrouver dans les caves de la DG I sans pouvoir s'expliquer...

La *Bodeguita* était déjà pleine et il eut du mal à trouver une place en face d'une vieille photo d'Errol Flynn. Les six tabourets étaient pris. Sa voisine, une Allemande aux somptueux yeux bleus et aux longues cuisses bronzées, buvait des *mojitos* comme elle aurait bu de l'eau. Les gens debout piétinaient, essayant de s'approcher du bar. Malko commanda un *mojito* et le but presque d'un coup. Ce n'est qu'au troisième qu'il commença à guetter la porte avec un peu plus de calme.

Salvador Jibaro ne devait pas en revenir! Etant donné la qualité du téléphone à La Havane, il risquait d'être en retard.

*
**

Raquel était allongée sur le lit, attentive aux bruits de la rue, regardant machinalement un film sur le Samsung. Depuis le départ de Malko, elle n'arrivait à se concentrer sur rien. Tous les événements s'étaient télescopés si rapidement en vingt-quatre heures qu'elle en avait le tournis...

Une porte grinça et elle sursauta. Luis Miguel Bayamo se tenait dans l'ouverture. Ce qu'elle lut dans ses yeux la fit se dresser sur-le-champ. Il avait trouvé une bouteille de Johnny Walker et s'en était amplement servi. Le Cubain, gentiment, s'assit à côté d'elle sur le lit. D'un geste possessif, il posa la main sur sa cuisse dénudée par la robe de toile. Ses yeux ne décollaient pas de ses seins. Il respirait trop rapidement. Raquel recula, mais la main sur sa cuisse suivit le mouvement.

– On va faire un sacré voyage ensemble, lança le Cubain. Faut espérer que cela va bien se passer...

Elle hocha la tête, incapable de répondre. La main remonta plus haut sur la cuisse.

– Dis donc, fit-il, tu as de belles jambes. Tu es danseuse ou quoi?

Raquel roula sur le lit et se leva.

– Je crois que j'ai entendu du bruit, fit-elle.

Elle plongea hors de la chambre. Cet homme lui inspirait une horreur viscérale... Il la rejoignit dans le living et brutalement se colla contre elle par-derrière. Paniquée, elle sentit appuyée à ses fesses une colonne rigide, brûlante sous le pantalon de toile du Cubain.

– Tu sais qu'on a tout le temps, *guapita,* lui souffla-t-il.

Une de ses mains remonta, emprisonnant un sein, en tordant un peu la pointe. En même temps, il se pressait encore plus contre elle. Raquel voulut lui échapper mais il avait une force herculéenne.

– Laisse-moi, cria-t-elle. Ne me touche pas! Gros porc!

Sans un mot, Luis Miguel la fit pivoter. Avant qu'elle ait pu réagir, il l'avait giflée deux fois, à toute volée. Puis, il attrapa sa robe à pleines mains et tira, la déchirant et libérant les seins qu'il fixa avec un regard de fou. Raquel lui fonça dessus, toutes griffes dehors. Il la saisit à bras-le-corps, la souleva du sol, et, en riant, la porta dans la chambre, la jetant sur le lit.

D'un geste preste, il se défit, libérant son sexe tendu. Depuis sa captivité, il n'en pouvait plus. Raquel hurla. Des deux mains, il lui écarta les genoux et lui arracha son slip. Puis il se laissa tomber sur elle de tout son poids... Comme elle se débattait encore, il lui souffla à l'oreille :

– Ecoute, petite salope, on va peut-être crever. Alors, avant, j'ai l'intention de m'amuser avec toi. Que tu le veuilles ou non. Et c'est pas ton copain qui m'en empêchera. Les *gringos* ont besoin de moi, tu comprends?

Tout en parlant, il guidait son sexe épais entre les cuisses ouvertes. Lorsqu'il eut trouvé ce qu'il cherchait, un féroce coup de reins le propulsa au fond de la jeune femme qui hurla de douleur et de dégoût. Comme si cela ne suffisait pas, il lui prit les deux cuisses, les souleva et entreprit de la pilonner avec des « han » de bûcheron. Trop excité par l'étroitesse du fourreau violé, il ne put se retenir longtemps et se laissa aller avec des râles de satisfaction et un cri rauque. Retombé sur elle, il lui lança d'une voix contenue :

– C'est juste le début, *guapita!* Il va falloir que je t'élargisse.

*
**

Malko consulta sa montre pour la vingtième fois. Midi et demi. Que faisait Salvador Jibaro? Si le Noir n'avait pu le joindre, son plan tombait à l'eau... Et il n'en avait pas de rechange... Il commanda son quatrième *mojito* pour calmer son angoisse. Le Makarov pesait à sa ceinture. Au moment où on lui apportait son verre, une voix lança dans son dos :

– *Compañero!* Cela fait plaisir de te voir!

Il se retourna. Salvador Jibaro, avec une *guayabera* immaculée à son habitude, lui adressait un large sourire.

Toute la trahison du monde se lisait dans ses yeux noirs.

CHAPITRE XV

– Un *mojito, compañero,* commanda le Cubain au barman, en grimpant sur un tabouret qui venait de se libérer à côté de Malko.

Le barman, une douzaine de verres alignés devant lui, fabriquait les *mojitos* en série, avec une dextérité incroyable. Salvador Jibaro tira sur le pli de son pantalon bleu ciel et souffla à l'oreille de Malko :

– Que se passe-t-il?

– Des choses graves, fit Malko à voix basse. Il fallait que je vous voie très vite.

Il essayait de regarder par-dessus l'épaule du Cubain, vers la calle Empedrado, mais n'aperçut rien de suspect, à part l'habituel policier en uniforme... Salvador Jibaro but son *mojito* et regarda nerveusement autour de lui.

– Il y a beaucoup de monde ici, remarqua-t-il.

Au coude à coude sur les tables de bar, les touristes se goinfraient de ragoût de porc avec des bananes, des patates douces et du maïs.

Malko paya tous les *mojitos* et ils se retrouvèrent sur les pavés inégaux de la calle Empedrado. Aussitôt, Salvador Jibaro se rapprocha de Malko et chuchota d'une voix pressante et inquiète :

– C'est très imprudent de m'avoir donné rendez-vous ici. C'est plein de *segurosos*. Il ne faut pas qu'on nous voie ensemble! Je vais devant. A tout de suite, dans la cathédrale.

Il pressa le pas, dépassant Malko. Celui-ci l'aurait embrassé! Son plan fonctionnait. Salvador Jibaro n'avait pas pu le contacter sans l'autorisation de ses chefs. Le G2 avait finalement décidé qu'il était plus intéressant en liberté que sous les verrous.

Malko remercia silencieusement le Seigneur en pénétrant dans la cathédrale déserte. Salvador Jibaro était déjà abîmé en prières sur un prie-Dieu et il prit place à côté de lui... Le Cubain tourna vers lui un visage consterné.

– Que s'est-il passé?

– Des catastrophes, dit Malko. Le G2 a arrêté une certaine Herminia qui était la maîtresse de Bayamo. Ils l'ont torturée et elle les a menés à la planque de Bayamo. Juste au moment où je venais le chercher...

– Quelle horreur! s'exclama Salvador. Et ensuite?

– Bayamo a tué trois policiers, continua Malko et il a pu s'échapper avec le quatrième, grièvement blessé qui était relié à lui par une menotte.

– Non!

Le visage de Salvador Jibaro exprimait une stupéfaction consternée. Pour la Médaille d'Or de l'hypocrisie, il avait ses chances.

– Ce dernier est mort, précisa Malko.

Leurs chuchotis ressemblaient à une confession.

– Où est Luis Miguel? demanda le Cubain.

– Je n'en sais rien, il m'a quitté cette nuit. Il s'est réfugié chez des amis dans le sud de la ville. Des dissidents. Moi, j'ai dormi dans une voiture le long d'une plage à Santa Maria. Il doit me recontacter. Mais j'ai besoin de votre aide.

L'œil de Salvador Jibaro brilla une fraction de

seconde de trop. Il devait se dire que c'était trop beau.

– *Como no!* fit-il chaleureusement. Tout ce que vous voudrez.

– Voilà, dit Malko. Bayamo a renoncé à gagner Gantanamo pour le moment, il pense que c'est trop difficile. Mais il a des amis dans l'est, du côté de la Sierra Maestra. Seulement, il faut y aller. Je ne veux pas utiliser ma voiture de Habanatur, elle est trop repérable...

– Bien sûr, approuva Salvador Jibaro qui buvait du petit lait.

Malko le fixa anxieusement.

– Est-ce que vous pourriez nous procurer une voiture? Pour l'emmener là-bas.

Là, le Cubain faillit se trahir.

– Sûrement... – Il se reprit aussitôt. – Je crois que je vais y arriver. Vous savez qu'avec ce gouvernement de cochons, les autos sont très rares, mais j'ai un ami qui possède une vieille Buick. Si on lui donne quelques dollars, il la prêtera.

– Pas de problème! approuva Malko.

– Comment fait-on? demanda Salvador qui se pourléchait les babines.

– Luis Miguel doit prendre contact avec moi, expliqua Malko. En me téléphonant dans une cabine publique à une heure convenue. Il faut que j'aie la voiture d'ici là. Est-ce que vous pourriez vous libérer et le conduire vous-même dans l'Est?

Il vit dans les yeux du Cubain qu'il grillait de lui demander *quelle* cabine mais c'eût été un peu trop...

Salvador hocha la tête, mortellement sérieux.

– Je vais me débrouiller, je dirai que je suis malade.

– Formidable, fit Malko. Je pense que Gerald Svat vous récompensera comme il se doit...

Par exemple, deux balles dans la tête... Salvador Jibaro accentua son air modeste.

– Oh, il sait bien que je ne fais pas cela pour de l'argent. Il faut libérer le peuple cubain de ce régime tyrannique...

Là, il en faisait trop. S'il y avait des micros, il risquait un blâme. Malko commençait à être saturé de ce dialogue surréaliste. Pour bien enfoncer le clou, il insista :

– Donc vous pouvez me procurer la voiture?

– Absolument.

– Parfait. J'ai encore un service à vous demander. Je dois absolument voir Gerald. J'ai besoin d'argent. Vous pouvez organiser un contact avec lui pour ce soir?

– J'y arriverai, fit Salvador, héroïque.

– Maintenant, il y a mon problème, enchaîna Malko. J'ai peur que le G2 ne m'ait repéré...

Salvador, pris par surprise, ne répondit pas. Prudemment, il demanda :

– Hier soir, durant cet incident, on vous a vu?

– Non, fit Malko. Mais j'avais contacté cette Herminia, au *Tropicana,* sous couvert d'avoir une aventure avec elle. Les *segurosos* là-bas m'ont forcément remarqué. Or, il faudrait que je retourne à l'hôtel *Victoria*.. Je ne peux aller nulle part ailleurs. Ou alors, je me cache jusqu'à demain.

– Non, ils n'ont sûrement pas fait la liaison, affirma Salvador Jibaro. Sinon, ils seraient déjà venus à votre hôtel.

– Je ne peux pas prendre le risque que le G2 m'arrête, souligna Malko.

– Vous ne craignez rien, fit chaleureusement le traître. Je les connais. S'ils avaient voulu vous arrêter, ils l'auraient déjà fait. Ils ne vous soupçonnent pas. Beaucoup de touristes ont des aventures avec des danseuses du *Tropicana.*

Malko feignit le soulagement.

– Dans ce cas, je vais au *Victoria*. Comment faisons-nous pour ce soir?

– Comme l'autre jour, dit le Cubain. Je vais récupérer le *señor* Geraldo quand il fait son jogging. Nous pouvons nous retrouver sur la route à côté de l'hôtel *Comodoro*. C'est calme, il n'y a pas d'habitations et pas de *segurosos*... Vers minuit?

– Vers minuit. Surtout, ne me faites pas faux bond. Je n'ai plus que vous.

Ostensiblement, le Cubain fit un large signe de croix et tapa sur l'épaule de Malko avec un sourire encourageant.

– *Hasta luego*...

Malko l'observait tandis qu'il s'éloignait à travers la nef. Il dansait presque. Judas avait fait de beaux petits. Salvador ne mettrait pas dix minutes à se faire débriefer. Il demeura quelques instants sur son prie-Dieu à méditer. Ce plan, totalement fou, semblait en passe de réussir. Les Cubains avaient avalé l'appât, l'hameçon, le fil et étaient en train de croquer la canne à pêche. Evidemment, il y aurait encore des moments difficiles... Ils pouvaient se méfier et mettre une double surveillance. Mais, au moins, il avait quelques heures de sursis...

Il sortit de l'église. C'était grisant de se sentir sous la protection des Services de l'adversaire...

***

Raquel pleurait tellement que Malko avait du mal à comprendre ce qu'elle disait. Il saisit quand même le sens général. Depuis son départ, Luis Miguel Bayamo l'avait violée trois fois, dont une d'une façon qui l'avait particulièrement traumatisée, la blessant sérieusement... Malko écumait de rage.

– Passe-le-moi.

Dix secondes plus tard, il avait Luis Miguel Bayamo au bout du fil. Rigolard et aviné.

– Vous êtes un immonde salaud! fit Malko.

Le Cubain le coupa.

– *Compadre*, ne m'emmerde pas. Ton job, c'est de me sortir de ce foutu pays. Si j'ai envie de m'amuser avec cette *pepilla* (1), c'est mon problème.

Malko sentit le sang se retirer de son visage.

– Bayamo, fit-il, si vous touchez encore Raquel, le G2 saura où vous êtes dans le quart d'heure qui suit...

– Je vais la crever, cette salope! gronda le Cubain.

– Et s'il lui arrive quelque chose, dit Malko, c'est moi qui vous mettrai une balle dans la tête. CIA ou pas CIA.

Il raccrocha, ivre de rage. Encore une complication imprévue, un cas non conforme. La CIA traitait vraiment avec des voyous. Il en écumait tout seul. Réalisant qu'il avait à peine parlé à Raquel, il rappela. C'est elle qui répondit de nouveau.

– Cela va mieux? demanda-t-il.

– Il a l'air calmé, fit-elle en reniflant. C'est un monstre. Il a trouvé une bouteille de Johnny Walker et n'arrête pas de boire. Si tu savais ce qu'il m'a fait...

– Nous réglerons nos comptes plus tard, fit Malko. Mais s'il recommence il restera ici... J'ai de bonnes nouvelles. Jusqu'ici tout se passe comme prévu. Nous partons après-demain matin.

– Je n'arrive pas à y croire, dit-elle. J'ai si peur sans toi. Tu ne peux pas revenir?

– Non, dit Malko, ce serait trop dangereux.

(1) Minette.

Il ressortit de la cabine, indifférent à la rumeur du hall du *Habana Libre*. Il ne pouvait pas laisser Raquel passer la nuit avec Luis Miguel. Le Cubain était incontrôlable... Mais revenir à la planque représentait un énorme risque de sécurité. De toute façon, il ne pouvait rien faire avant son rendez-vous avec Gerald Svat.

*
**

Le bar du *Victoria* était vide. A part Malko sirotant sa troisième vodka, et un Canadien massif, qui réchauffait entre ses gros doigts un verre de Gaston de Lagrange. Avec des dollars, on avait de tout, à Cuba.

Il avait retrouvé presque avec plaisir sa chambre qui, bien entendu, avait été fouillée. Après avoir pris une douche, regardé la télé, il s'était détendu. Aucun signe de filature autour de lui. Ou les chefs de Salvador Jibaro avaient estimé qu'il ne fallait pas prendre le risque de l'effrayer, ou la surveillance était particulièrement discrète. Il savait que le G2 disposait de puissants moyens fournis par les Soviétiques et qu'il ne pouvait pas tout déceler. Le G2 possédait des micros permettant de recueillir avec une netteté parfaite une conversation à 200 mètres. Or si les Cubains avaient vent de son véritable plan, c'était la fin de leur histoire...

Il paya le barman et sortit. Le flic le salua courtoisement et il prit le chemin de la Quinta. Pour dîner seul au *Cecilia*.

Trois guitaristes jouaient sans entrain sous la tonnelle du restaurant à moitié vide. Malko commanda un ceviche et un steak. Les heures passaient lentement. Si Gerald Svat avait un contretemps, il n'avait aucun plan de secours. Le sort de Raquel l'obsédait. Il l'avait embarquée dans cette aventure à son corps défendant et se sentait totalement responsable d'elle. Pas comme la CIA pour qui elle n'était qu'un pion.

Il mangea sans appétit, termina par un café très sucré et se retrouva sur la Quinta déserte. Pour bien jouer son rôle, il s'imposa un parcours compliqué, revenant vers la ville, comme s'il craignait d'être suivi... Il prit même plusieurs sens interdits et retourna par le second pont vers Miramar. Avec une certitude rassurante. Il n'était pas suivi, donc le G2 faisait confiance à Salvador...

*
**

Deux terrains vagues encadraient la calle 84 qui filait jusqu'à la mer, à gauche se dressait le *Comodoro* et à droite, dans le lointain, on apercevait la silhouette massive de l'ambassade soviétique, la « Tour de contrôle » comme disaient les Cubains. Malko attendait déjà depuis un quart d'heure quand surgit le side-car de Salvador. En trente secondes, Gerald Svat avait pris place dans la Nissan.

– *God bless you!* s'exclama-t-il, je pensais bien ne jamais vous revoir!

Malko mit un doigt sur sa bouche. La voiture pouvait avoir été sonorisée. L'Américain comprit aussitôt et Malko continua d'une voix naturelle :

– Le G2 a arrêté Herminia qui les a menés à notre ami. J'ai bien cru y laisser ma peau...

Succinctement, il reprit son récit, confirmant la fuite de Bayamo chez des dissidents et demandant finalement à l'Américain :

– Bayamo va rester plusieurs semaines dans l'est, chez ses amis. Il a besoin de beaucoup d'argent. Cinquante mille dollars. Vous pouvez les lui donner?

– Cela me paraît beaucoup, fit l'Américain,

entrant dans le jeu. Trente ou quarante mille c'est déjà pas mal. Il les faut pour quand?

– Demain.

– Je vais essayer.

Ils étaient arrivés à la plage, cent mètres plus loin, là où la calle 84 se terminait en impasse.

– Allons prendre l'air, fit Malko, j'ai mal à la tête après toutes ces histoires...

Si la voiture était sonorisée, les Cubains en savaient assez, ayant la confirmation des « révélations » de Salvador Jibaro. Malko ferma soigneusement sa portière et les deux hommes partirent vers le sable. Les vagues de l'Atlantique formaient un fond sonore qui empêchait n'importe quel micro de fonctionner. Ils attendirent pourtant d'être tout près de l'eau pour reprendre la conversation.

– Que s'est-il passé? demanda l'Américain. Nous savons par les écoutes radio qu'il y a eu des morts, mais certains faits nous échappent.

Malko lui raconta sa nuit d'horreur. Gerald Svat n'en revenait pas...

– Vous avez une chance inouïe, conclut-il. Ne tirez pas trop dessus.

– Le *Cuernavaca* est prêt à partir? demanda Malko.

– Oui, fit l'Américain, j'ai eu la confirmation par la station de Mexico.

Malko laissa échapper un « ouf » de satisfaction.

– Et le passeport que je vous avais demandé pour Herminia, vous l'avez?

– Oui.

Second soulagement. Il donna à l'Américain les photos de Raquel et de Luis Miguel Bayamo ainsi que le faux passeport de ce dernier, ainsi que les noms inscrits sur les billets d'avion.

– Il me faut les deux passeports terminés pour demain, fit-il, ainsi que des dollars. Je les montrerai à Salvador Jibaro pour qu'il ait encore plus confiance...

Gerald Svat avait pris le passeport et les photos.

– Je vais rentrer, dit-il. Je ne respirerai bien que lorsque vous serez sur le *Cuernavaca.*

Malko le retint par le bras.

– Encore un problème. Luis Miguel a violé Raquel aujourd'hui, fit-il. Si cela se reproduit, je lui mets une balle dans la tête.

– *Holy cow!* s'exclama l'Américain. Calmez-vous. Bayamo est in-tou-cha-ble. Langley veut à n'importe quel prix la liste de nos agents cubains retournés par le G2. Même si ça doit faire très mal.

Il avait martelé ses mots, de toute évidence paniqué à l'idée que Malko puisse mettre sa menace à exécution.

– Je sais, dit ce dernier, mais je le ferai quand même... Je suis un chef de mission, pas un mercenaire. Et cet homme est un porc!

– Ecoutez, Malko, dit Gerald Svat mal à l'aise, vous êtes un professionnel. Bayamo est sûrement une ordure. Mais il a quelque chose que nous voulons. Et votre job c'est de nous aider à l'obtenir. S'il lui arrivait quelque chose par votre faute, ce serait la fin de vos relations avec la Company... Je suis désolé d'avoir à vous dire cela *maintenant.* Quand il vous aura donné sa liste, ce n'est plus notre problème. OK?

La brutalité américaine n'était pas un vain mot... Pour l'instant Malko décida de ne pas défier ouvertement Gerald Svat.

– OK, fit-il. Vous êtes certain que le *Cuernavaca* pourra nous emmener immédiatement? Parce que nous risquons d'être très vite repérés à Cayo Largo... Au moment où nous nous y poserons, le G2 découvrira la supercherie et lâchera ses chiens.

– Ils n'ont aucune raison de vous chercher là-bas.

– On ne sait jamais. Ils ne sont pas idiots, même si nous les manipulons en ce moment. Comment faisons-nous pour les passeports et l'argent? Où vais-je les récupérer?

– Au *Habana Libre*. Je les mettrai dans un étui en plastique étanche, au fond d'une boîte de cigares. Vous pourrez la reprendre dans la chasse d'eau des W.C. pour hommes, à côté du bar *El Patio*. A partir de midi.

Malko s'arrêta, traversé par une pensée abominable.

– Vous êtes certain de n'avoir parlé à personne de l'exfiltration vers Cayo Largo?

– Certain, affirma le chef de station. Sauf à nos gens de Mexico, bien sûr.

– Les Cubains ne soupçonnent pas le *Cuernavaca?*

– Non. Il est déjà venu. Les Mexicains vont souvent à Cayo Largo.

Malko hocha la tête.

– J'espère qu'il n'y aura pas de pépin. Parce que Cayo Largo est une impasse. Une fois là-bas, nous ne pouvons pas revenir.

Pendant un moment on n'entendit plus que les vagues de l'Atlantique. Malko avait du mal à quitter l'Américain, à replonger dans la peur et le danger... Gerald Svat le sentit.

– Vous n'avez aucun moyen de savoir si tout se passe bien, après-demain? interrogea Malko.

– Si, dès qu'il sera hors des eaux territoriales, le *Cuernavaca* enverra un signal codé.

– Une escorte est prévue?

– Oui. En quittant Cayo Largo, il y aura un premier signal sur ondes ultra-courtes. Trois chasseurs décolleront de Miami et viendront tourner autour de la zone prévue, prêts à intervenir si les Cubains voulaient jouer aux cons.

– Bien, dit Malko. Souhaitez-moi bonne chance...

Ils se serrèrent longuement la main puis regagnèrent la voiture.

– J'ai hâte de voir la liste des traîtres de Luis Miguel, dit Gerald Svat... Ce que nous pourrons éviter comme catastrophes!

Malko ne répondit pas. Il le ramena où il l'avait pris et aussitôt le side-car surgit de l'ombre. Gerald Svat sourit et lui écrasa les phalanges.

– J'espère que tout se passera bien.

Salvador Jibaro lança à Malko :

– Soyez demain vers une heure en face de l'Opéra.

Malko regarda les feux rouges du side-car disparaître et reprit la Quinta, toujours aussi déserte. A chaque coin de rue, un mirador signalait son passage. Après le tunnel débouchant sur le Malecon, il continua tout droit dans la Linea et s'arrêta en face du *centro nocturno Saturno*.

Après avoir garé la Nissan, il demeura dans l'ombre, observant les alentours. Un quart d'heure. Personne ne vint. Pas une voiture, pas un passant. Alors, il partit à pied vers le sud. Il voulait voir Raquel, même si cela représentait un risque insensé.

CHAPITRE XVI

Malko, immobile dans l'ombre, inspecta longuement les abords de la maison où se cachaient Raquel et Luis Miguel Bayamo. Il était certain de ne pas avoir été suivi, s'étant arrêté à plusieurs reprises, pour tendre des pièges à un suiveur éventuel. Il avait vu peu de voitures et encore moins de piétons. Les innombrables jardins permettaient de se dissimuler facilement...

D'un ultime bond, il pénétra dans le jardin et courut jusqu'à la porte. Aucune lumière. Il frappa doucement, puis de plus en plus fort. Sans obtenir de réponse... Il perçut enfin de l'autre côté du battant un frôlement et annonça, la bouche collée à la porte :

– Raquel, c'est moi.

La clef tourna et la porte s'entrouvrit. Il se glissa à l'intérieur et sentit tout de suite l'odeur de rhum... Apparemment le Johnny Walker était épuisé. Raquel se jeta contre lui, sanglotant silencieusement. Il l'entraîna dans la chambre.

– Où est Bayamo?

– Je ne sais pas. Il était dans le living tout à l'heure... Il a encore voulu me violer, c'était horrible. Il a beaucoup bu. Si tu n'étais pas venu, je crois que j'aurais appelé la police.

Raquel se laissa tomber sur le lit, son peignoir s'ouvrit et il aperçut un linge ensanglanté entre les jambes de la jeune femme. Elle s'assit avec une grimace de douleur, le visage crispé, les yeux vides.

– J'ai mal, fit-elle, je n'arrête pas de saigner. Il m'a... déchirée. Je ne pourrai pas partir, je ne tiens pas debout...

– Laisse-moi regarder.

Elle secoua la tête.

– Non, j'ai trop honte... Il faudrait un médecin.

– Tu en connais un?

– Oui.

Il toucha son front. Il était brûlant de fièvre, elle claquait des dents.

– Appelle-le, dit-il. Il est pro-gouvernemental?

– Non, je ne crois pas... C'est un copain, qui travaille dans un hôpital. Un type très bien.

– Je vais chercher Bayamo, fit Malko. Téléphone à ton copain et détends-toi.

Il l'installa, glissa un film dans le magnétoscope Samsung et alluma l'écran. Puis il lui versa un verre de Cointreau et sortit de la pièce. A la recherche du Cubain. Bénissant son intuition. Un peu plus et Raquel allait appeler la police. Avec des conséquences abominables... La cuisine était vide, les autres pièces aussi, il alla explorer le jardin... Luis Miguel Bayamo était allongé dans l'herbe et ronflait.

Ivre mort.

Malko se mit à le bourrer de coups de pied. Il l'aurait assommé! Luis Miguel reprit conscience en hurlant. Malko se pencha vers lui, posant un pied sur sa gorge et força le canon du pistolet entre ses dents, l'enfonçant dans sa bouche. Son pouce tira le chien en arrière.

– Bayamo, je vous aurai prévenu, dit-il.

Les yeux du Cubain semblaient prêts à jaillir de leurs orbites. Il essaya de parler, fut secoué de hoquets, adressa à Malko un regard suppliant.

– Non, non, *compadre*, ne fais pas ça. Je ne la toucherai plus...

Malko laissa encore le Makarov enfoncé dans sa gorge d'interminables secondes, puis se redressa.

Il força le Cubain à se relever.

– Bayamo, fit-il, c'est le dernier avertissement. Si vous touchez encore à Raquel, je vous abats sur-le-champ! Quelles que soient les conséquences pour moi!

Le Cubain détourna le regard et bredouilla une vague excuse.

– Un médecin va venir pour soigner Raquel, continua Malko. Restez ici.

Luis Miguel sursauta.

– Un médecin! Tu es fou, il va nous dénoncer. Pourquoi faut-il un médecin?

– Vous voulez vraiment que je vous le dise? demanda Malko d'un ton si menaçant que le Cubain demeura coi.

Il rentra à l'intérieur. Raquel était allongée sur le lit, les yeux brillants de fièvre.

– Le médecin vient, annonça-t-elle. J'ai honte.

– N'aie pas peur, fit-il, raconte-lui que c'est moi. Quant à Bayamo, je crois qu'il ne t'approchera plus.

*
**

Le médecin était un gros homme poupin, au visage sévère, déjà presque chauve... Il lança à Malko un regard méprisant et glacial avant de dire.

– Il faut la faire hospitaliser, sinon elle risque des complications. Je n'ai pas d'antibiotiques. Dans huit jours cela sera terminé, mais...

Il laissa sa phrase en suspens. Devant l'expression de Malko, Raquel vint se pendre à son bras, amoureusement et lança à voix basse au médecin :

– Ce n'est pas de sa faute, c'est moi qui ai voulu. Je ne me rendais pas compte.

Elle jouait son rôle à merveille... Malko ne savait plus où se mettre. Finalement, le médecin referma sa sacoche et Raquel le raccompagna, pour revenir se jeter dans les bras de Malko.

– Je suis désolée, mais je souffrais tant! Il m'a fait une piqûre, cela va mieux, mais j'avais tellement honte; il m'a prise pour une dépravée et toi, pour un salaud. Viens te coucher.

Malko regarda sa montre. Deux heures du matin. Il devait partir. Le G2 allait vérifier qu'il dormait bien au *Victoria.* Il fallait que Raquel tienne encore quelques heures.

– Non, fit-il, je ne peux pas rester. Ne crains rien, Luis Miguel ne te touchera plus. Il y a encore vingt-quatre heures à tenir. Demain je récupère les passeports. J'ai vu le responsable de notre exfiltration. Le bateau nous attend bien à Cayo Largo.

– Mais le G2? demanda-t-elle. Ils ne te suivent pas?

– Je t'expliquerai, fit Malko. Grâce à toi, j'ai pu jouer un double jeu.

– Grâce à moi?

– Oui. Ton voisin, Salvador Jibaro, se faisait passer auprès des Américains pour un de leurs agents. En réalité, il les manipulait. C'est toi qui me l'as appris. Et maintenant, c'est moi qui le manipule. Il pense que je me confie à lui et je l'expédie sur une fausse piste. Le G2 ignore où se trouve Luis Miguel Bayamo. C'est lui qu'ils veulent. Ils pensent que je vais les amener à lui. Tu comprends?

Raquel inclina la tête.

– Oui, mais j'ai peur. Ce sont des gens très dangereux et bien organisés. Tu ne sais pas à quel point! Grâce aux CDR, ils savent tout ce que nous faisons...

– Tiens bon, insista Malko. Nous ne nous reverrons pas avant le départ. J'espère que ce médecin ne parlera pas.

– Il m'a demandé pourquoi j'avais les cheveux blonds. Je lui ai dit que c'était pour te faire plaisir...

– Bravo! Demain, j'appellerai dans la journée pour les dernières instructions.

Elle le regarda partir sur le pas de la porte. C'était toujours le moment délicat... Un quart d'heure plus tard, après avoir repris sa voiture, Malko roulait sur le Malecon, désert lui aussi, passant devant le panneau lumineux en face de l'ambassade US.

Quelle nouvelle difficulté allait-il devoir affronter?

*
**

Un soleil radieux brillait sur La Havane, inondant la chambre de lumière. Malko avait dormi jusqu'à onze heures. Epuisé. La journée suivante allait être longue et dure. Pour récupérer le passeport et les dollars, il n'avait pas trop d'inquiétude, mais ensuite, le décrochage risquait d'être délicat. D'autant qu'ils ne possédaient plus de filet de sécurité. Les amis de Raquel revenaient le jour de leur départ. S'ils ne pouvaient partir à Cayo Largo pour une raison quelconque, ils étaient condamnés à errer dans La Havane. Jusqu'au moment où ils se feraient prendre...

Gerald Svat devait aller au *Habana Libre* vers midi. C'était le moment.

Malko laissa sa voiture devant le *Victoria* et partit à pied. Près de l'hôtel, il remarqua deux hommes accroupis sur le bord du trottoir, à côté d'un side-car soviétique dont ils avaient apparemment démonté le moteur.

Il allait passer devant sans s'en soucier lorsqu'il s'aperçut que les pièces démontées brillaient d'un éclat inhabituel : elles étaient neuves! Les deux mécaniciens étaient tout simplement des agents du G2...

Son pouls s'accéléra. C'était très mauvais signe. Le G2 avait mis en place une surveillance discrète, en plus de Salvador Jibaro. Là était le danger...

Le hall du *Habana Libre* était toujours aussi animé. Malko commença par flâner dans les *tiendas libres* puis alla acheter une boîte de cigares à celle du fond. Essayant de repérer dans le hall les barbouzes du G2... Plusieurs Cubains erraient ou attendaient, par-ci par-là... L'hôtel, en plus, devait être bourré de micros et de caméras. Ils avaient eu le temps depuis la Révolution! Le G2 travaillait selon les méthodes soviétiques.

Il s'installa au *Patio* et commanda un café. Sans le sucre, il aurait été imbuvable. Ensuite, il n'eut que quelques pas à faire pour gagner les toilettes. Une fille en jeans était appuyée au mur. Elle lui sourit, un sourire un peu appuyé, avant qu'il y pénètre. Le cœur battant, il s'enferma et monta sur le siège, explorant de la main le réservoir plein d'eau. Sa main rencontra tout de suite un sac en plastique. Il le retira et redescendit. Juste à temps pour voir la poignée tourner lentement. On essayait d'ouvrir de l'extérieur. Ce qui envoya une giclée d'adrénaline dans ses artères... Il se hâta de tirer la chaîne, tandis qu'il descellait le sac étanche.

Les deux passeports étaient là. Il les feuilleta rapidement. Ils étaient parfaits. Quelques visas d'autres pays, pour faire plus vrai. Il y avait aussi une liasse de billets de cent dollars, grosse comme une brique... Impossible à dissimuler sur lui... Il ouvrit la boîte à cigares, vida ceux-ci dans le réservoir et les remplaça par les billets, gardant les passeports sur lui. Quand il émergea dans le hall la fille en jeans avait disparu, mais un Cubain mal rasé flânait devant le coiffeur.

Malko ressortit du *Habana Libre*, angoissé. La surveillance du G2 se resserrait. Ils ne faisaient pas confiance à Salvador Jibaro. Donc, l'opération du lendemain devenait encore plus périlleuse.

Salvador Jibaro étant au courant de la récupération des dollars, cela n'avait pas une grande importance que le G2 ait identifié cette boîte aux lettres morte, qui ne servirait plus. Ils ne pouvaient pas deviner heureusement l'existence des passeports.

Il retourna au *Victoria*, enferma l'argent dans l'attaché-case explosif et appela *Iberia* pour retenir une place sur le vol du lendemain soir. Il n'y avait plus qu'à rencontrer Salvador Jibaro pour les derniers détails...

*
**

Les voitures défilaient à toute vitesse sur le Malecon, avec de temps à autre un véhicule de police à gros numéro roulant doucement, surveillant les gens bavardant assis sur la rambarde.

Malko, appareil photo à l'épaule, faisait semblant de photographier les vieux immeubles squattés. Il était passé place de l'Opéra une demi-heure plus tôt et « Néné », le Noir qui lui servait de liaison avec Salvador Jibaro, lui avait fixé ce rendez-vous.

Il était pratiquement certain qu'une voiture arrêtée un peu plus loin appartenait au G2 et cela l'inquiétait beaucoup...

Salvador Jibaro surgit de sa démarche dansante, toujours immaculé et tous sourires.

– C'est d'accord pour la voiture, annonça-t-il.

Mon ami demande seulement qu'on lui donne de l'essence et cent dollars. C'est correct?

– Tout à fait, fit Malko, mais je ne sais pas si nous allons partir...

Les traits du Cubain se décomposèrent.

– Qu'est-ce qui se passe?

– Vous n'avez pas été suivi?

Salvador Jibaro eut du mal à soutenir son regard.

– Je... je ne sais pas. Pourquoi?

– Moi, je l'ai été, affirma Malko. Depuis ce matin, j'ai l'impression qu'on me surveille et j'ai peur... Le G2 en sait peut-être plus que nous ne le pensons.

Le regard de Salvador vacilla.

– Quoi! Pourquoi?

– J'ai récupéré les dollars au *Habana Libre*, expliqua Malko. Je suis sûr qu'on m'a épié. Près de l'hôtel, il y avait deux hommes suspects, en train de réparer une moto. Les pièces devant eux étaient neuves... Vous n'avez rien remarqué?

– Rien, affirma le Cubain, sincèrement préoccupé.

Il balaya du regard le Malecon. Intérieurement, il devait pester contre ses collègues trop voyants. Malko le prit par le bras et lui désigna un marchand de glaces.

– Regardez ce type. Qu'est-ce qu'il fait là? Il n'y a personne.

Salvador Jibaro hocha la tête et dit d'une voix étranglée :

– Non, non, vous vous trompez...

– Je vais annuler le rendez-vous lorsque je joindrai Bayamo, lança Malko. Je ne peux pas lui faire prendre ce risque. Pour l'instant, il est en sécurité. Il vaut mieux qu'il se débrouille tout seul...

– Non, c'est impossible!

C'était parti trop vite. Salvador Jibaro se reprit aussitôt.

– S'il reste ici, le G2 va finir par le prendre, plaida-t-il. Ils connaissent tous les dissidents. Je suis certain que vous vous trompez... Sinon, moi aussi, j'aurais été inquiété. Je le sentirais bien, j'ai l'habitude.

Il était touchant. Malko hocha la tête.

– Je vais voir. Mais si cela continue aujourd'hui, j'annule tout.

– Comment faisons-nous? se hâta de demander le Cubain, qui voulait à tout prix entrer dans du concret.

– S'il n'y a pas de contretemps, fit Malko, demain matin Luis Miguel m'appelle dans une cabine et je lui fixe le rendez-vous. Au coin de l'avenue Rancho Boyeros et du Paseo, à huit heures. Vous pouvez être là avec la voiture?

– *Como no!*

Salvador avait retrouvé son sourire...

– Moi, je ne veux pas me montrer, expliqua Malko, je suivrai à distance afin de vérifier que tout se passe bien. Nous nous retrouverons avant, devant l'hôtel *Capri*, vers sept heures moins le quart. Je vous donnerai les dollars. Moi, j'irai changer de voiture, parce que j'ai des problèmes de climatisation, et j'attendrai le coup de fil de Luis Miguel.

« Ensuite, après votre jonction avec lui, je vous suivrai jusqu'à l'autopista de l'Este afin de m'assurer que tout va bien. Je pense qu'il n'y a plus de danger après. Il n'y a pas de barrages sur les routes, n'est-ce pas?

– Non, non.

Malko sourit.

– J'ai une réservation sur le vol *Iberia* de demain soir. Je repartirai tranquillement. Grâce à vous.

Le sourire de Salvador était touchant à voir. Il baissa modestement les yeux.

– Je n'ai pas fait grand-chose. Maintenant, j'y vais. A demain matin.

– S'il n'y a pas de problème, souligna Malko.

Il regarda le Cubain s'éloigner vers le Prado. Si le message ne passait pas, c'était à désespérer.

*
**

Les faux réparateurs du side-car avaient disparu. Malko regarda le ciel encore rosi par l'aube. Il avait peu dormi et son petit déjeuner avait eu du mal à passer... Il restait un quart d'heure à franchir... Il regarda l'attaché-case posé à côté de lui. Son arme ultime. Il espérait bien ne pas avoir à s'en servir... Il signa l'addition et sortit. En dépit de l'heure matinale, il y avait déjà beaucoup de monde. Un *gua-gua* vert remontait poussivement la calle M, archi-bondé.

Il avait appelé Raquel d'une cabine la veille au soir. La jeune femme allait mieux. Luis Miguel Bayamo n'avait plus manifesté d'intentions agressives envers elle. Les dés roulaient. Malko avait abandonné son Makarov dans sa chambre d'hôtel, soigneusement dissimulé. Trop bête de se faire prendre à un contrôle de sécurité, à l'aéroport...

Il se mit au volant de la Nissan et partit. Depuis la veille, il n'avait plus constaté de présence suspecte dans son sillage. Salvador s'était sûrement plaint amèrement à ses supérieurs... Mais il ne fallait pas vendre la peau de l'ours... Le G2 avait dû vérifier et trouver la réservation de Malko sur *Iberia*, ce qui ne pouvait que les rassurer...

Il commençait à se dire qu'il allait y arriver...

En remontant lentement la calle 21, il repéra une Buick framboise des années 50 qui avait connu des jours meilleurs garée devant une boulangerie, face au *Capri*. Salvador, au volant, lui adressa un clin d'œil. Malko continua jusqu'à Habanauto.

– Je voudrais que vous regardiez ma voiture, demanda-t-il, la climatisation ne marche plus...

– Pas de problème, dit l'employé. Laissez-la et revenez tout à l'heure.

Malko ressortit, son attaché-case à la main, et rejoignit la Buick. Il était 7 heures moins le quart. Salvador Jibaro lui ouvrit la portière avec un sourire radieux.

– Tout va bien? demanda-t-il anxieusement.

– Je pense, dit Malko, je n'ai plus rien vu de suspect. J'avais dû me tromper, j'étais trop nerveux. C'est difficile d'opérer en clandestin dans un pays hostile...

Salvador Jibaro hocha la tête avec compréhension...

– C'est la fin, *señor* Mark...

Dans deux jours, il viendrait lui arracher les ongles. Malko lui adressa un sourire ému et ouvrit son attaché-case, révélant la « brique » de billets de cent dollars. Les prunelles du Cubain s'élargirent. Malko prit l'argent et le posa sur la banquette.

– Voilà! On ne sait jamais. Si j'avais un problème... Vous donnez cela à Luis Miguel. Il sera là à 8 heures, au coin du Paseo et de Rancho Boyeros.

Ça, c'était l'arnaque finale! La preuve absolue que Malko faisait confiance au Cubain. Ce dernier avait sûrement un moyen de joindre ses collègues par radio... Cette voiture était probablement sonorisée. Donc, le G2 allait apprendre instantanément que tout se passait bien. Un homme qui abandonne cinquante mille dollars a confiance. Malko referma l'attaché-case et tendit la main à Jibaro.

– Ce sera trop dangereux de nous revoir. Merci

pour tout, Salvador. Après le tunnel je vous suivrai jusqu'à l'embranchement de la Carretera centrale (1) et je continuerai sur les plages de l'Est. J'ai besoin de me détendre.

Spontanément, le Cubain se pencha et lui donna l'accolade... Judas devait se retourner dans sa tombe.

– Vous êtes fantastique *señor* Linz! Je suis heureux d'avoir rencontré un homme comme vous. Je prendrai soin de Luis Miguel. Je regrette que vous n'ayez pas pu le faire sortir de Cuba. Ce sera pour plus tard.

– Sûrement, fit Malko, avec des hommes comme vous, Gerald fera des miracles.

Il claqua la portière de la Buick et s'éloigna à pied, tournant aussitôt le coin de la calle N. C'est là que tout se jouait. En dépit des objurgations de Salvador Jibaro, le G2 avait peut-être maintenu une surveillance discrète autour de Malko. Si ce dernier ne parvenait pas à la déjouer, il allait mener les barbouzes cubaines droit à Luis Miguel Bayamo.

Le G2 n'aurait plus qu'à les cueillir tous les trois.

Malko entra dans le petit bureau, collé au garage d'Havanauto, là où on signait les contrats. Il adressa un sourire à l'employé en train de louer une voiture à un Italien.

– Je vais voir où en est ma réparation.

– *Como no, señor*, fit le Cubain.

Malko, au lieu de ressortir, poussa la porte qui donnait directement dans le garage encombré de voitures de location. Il se dirigea vers le fond, zigzaguant entre les véhicules en réparation. Une petite porte de fer donnait sur une cour où étaient garées d'autres voitures. Dans la calle O. Aussitôt, il hâta le pas, se dirigeant vers le *Habana Libre*. Si

(1) La route qui traverse Cuba d'est en ouest.

on le surveillait, on devait encore le croire dans le bureau...

Il se retourna avant de dépasser le coin et ne vit que la rue vide. Il était sept heures moins dix et l'heure qui suivait allait être la plus longue de la journée.

CHAPITRE XVII

Malko poussa la porte de la *tienda libre* qui donnait au fond du hall du *Habana Libre*. Il longea le café *El Patio* où des Arabes prenaient leur petit déjeuner et se dirigea vers la réception. Un groupe bruyant de Canadiens était agglutiné devant, ceux auxquels Malko s'était mêlé deux jours plus tôt... Il se fondit dans leur masse, échangea quelques sourires et emboîta le pas des premiers qui partaient.

Un gros bus attendait devant l'hôtel.

– C'est pour l'aéroport national? demanda Malko au chauffeur.

– *Si, señor*, confirma le Cubain. *Para* Cayo Largo. Nous partons dans quelques minutes.

Malko monta aussitôt dans le bus. Les Canadiens arrivaient les uns après les autres et le bus se remplissait. Son pouls battait à 170 pulsations et il ne quittait pas des yeux le haut de la calle 21. C'est de là que devaient venir Raquel et Luis Miguel Bayamo. Il avait été convenu qu'ils arrivent à pied, directement de leur planque, pour le rejoindre dans le bus. La meilleure façon d'éviter les contrôles... Bien sûr, il y avait des policiers en uniforme un peu partout et sûrement quelques mouchards, mais ils se concentraient surtout sur les Cubains essayant de pénétrer dans l'hôtel, pas sur les étrangers. Malko, appareil de photo en bandoulière, lunettes noires, chemisette, se fondait dans la foule. Sa gorge commençait à se nouer. Si Raquel et Luis Miguel étaient en retard, c'était foutu...

Enfin, il les aperçut. Parfaits. Luis Miguel portait une chemise à fleurs typiquement américaine et Raquel un pantalon blanc avec un chemisier vert. Tous les deux arboraient des lunettes noires; on ne voyait que leurs cheveux blonds... Malko aurait hurlé de joie. S'ils étaient venus jusque-là sans encombre, c'est que le G2 ne les avait pas repérés. Ils grimpèrent dans le bus, virent aussitôt Malko qui avait gardé deux places. Raquel s'installa à côté de lui.

– Tout va bien? souffla-t-il.

Raquel inclina la tête sans répondre.

– J'ai les passeports, dit-il.

Luis Miguel était de l'autre côté de la travée centrale.

– Encore une heure! dit Malko à Raquel.

La jeune femme posa la tête sur son épaule.

– J'ai mal et j'ai peur, murmura-t-elle. Touche mon cœur.

Il mit la main sur sa poitrine et sentit les battements affolés qui faisaient trembler sa cage thoracique...

Les portes du bus se refermèrent... Malko regarda sa montre : sept heures cinq. Ils avaient normalement encore une heure de tranquillité. Salvador Jibaro devait être en train d'installer le piège. Il sortit le passeport de Luis Miguel et le lui tendit. Il n'y avait que des Canadiens autour d'eux. Le Cubain prit le document sans un mot et l'empocha. Il semblait abruti de sommeil.

Le bus longea l'immense statue de Jose Marti Place de la Révolution, commença à se traîner dans des embouteillages monstrueux. Malko voyait anxieusement les minutes s'écouler. Son estomac le brûlait comme s'il avait eu un ulcère. Il aurait voulu pousser ce foutu bus! Il y avait des travaux, des feux interminables. Ils étaient les seuls à ne rien dire, tous les Canadiens pépiaient autour d'eux... Enfin, le bus se dégagea et accéléra après le croisement vers le parc Lénine. Une pancarte apparut sur le côté de la route « Aeropuerto Jose Marti ».

Dix minutes plus tard, le bus s'immobilisa devant un petit bâtiment de bois, à l'écart de l'aéroport. Le départ « national », Cayo Largo étant territoire cubain... Malko descendit, mêlé aux Canadiens. Au moment où il mettait pied à terre, il crut que son cœur s'arrêtait. La femme-policier avec qui il avait eu une brève aventure gardait la porte du hall de départ.

*
**

Leurs regards se croisèrent en même temps... Aussitôt, le visage de la Cubaine s'illumina. Malko s'approcha d'elle, attirant son attention, tandis que Luis Miguel et Raquel passaient derrière lui.

– Quelle bonne surprise! fit-il.

– Tu vas à Cayo Largo?

– Oui, pour la journée...

– C'est très beau, il paraît, mais je n'y suis jamais allée... Amuse-toi bien.

La Cubaine fixait Malko avec une expression un peu triste.

– Tu ne reviendras pas au *Victoria?* demanda-t-il.

– Je ne sais pas, nous ne connaissons nos affectations que la veille. Tu y restes longtemps?

– Encore quelques jours.

Elle sourit gentiment.

– *Hasta luego...*

Le hall était bondé. Malko repéra le guichet d'enregistrement pour Cayo Largo et prit la queue. Comment cela allait-il se passer? Bayamo le rejoignit et demanda à son oreille :

– Vous êtes certain qu'ils ne nous ont pas suivis?

– Nous ne serions pas là, sinon, objecta Malko.

Le Cubain hocha la tête.

– Ils aiment bien jouer au chat et à la souris.

Sa pomme d'Adam montait et descendait nerveusement. Il retira ses lunettes noires et Malko vit son regard affolé.

– Remettez vos lunettes, fit-il. Vous allez vous faire remarquer...

Ils parlaient anglais, au cas où il y aurait eu des mouchards. Quelques passagers attendaient un vol à destination de Santiago de Cuba. Des hippies et des gens âgés. Malko arriva au guichet et tendit son billet. L'employé vérifia que son nom se trouvait sur la liste, le cocha et lui remit une carte d'embarquement et son billet de retour.

– *Buen viaje...*

Il n'y avait aucun contrôle, les billets n'étant vendus qu'en dollars. Malko regarda autour de lui. Tout semblait normal. Raquel et Bayamo obtinrent leur carte d'embarquement sans problème. Ils se regroupèrent tous les trois. Raquel avait le front couvert de sueur et ce n'était pas seulement la chaleur de bête qui régnait dans la petite pièce non climatisée...

Luis Miguel alla chercher un café à la cafétéria minable et y versa la moitié d'un sucrier. Malko ne pouvait s'empêcher de fixer la porte où se tenait toujours la femme-policier. C'est de là que pouvait venir le danger... Il consulta sa montre : huit heures moins dix. Normalement, le G2 n'avait pas encore découvert la supercherie... Un haut-parleur appela soudain en espagnol :

– *Pasajeros para Cayo Largo.*

Un autre bus attendait et ils s'y entassèrent. Le

bus ressortit de l'aéroport et suivit un chemin compliqué, pénétrant directement sur le tarmac à travers une entrée gardée par des policiers. Malko, au passage, aperçut plusieurs avions de la *Cubana*, des Illiouchine et des Tupolev, ainsi qu'un quadriréacteur d'*Aeroflot*. Ils s'arrêtèrent enfin en face d'un vieux YAK 20.

Il sentit son pouls s'accélérer. Deux policiers se tenaient près de la passerelle, à l'arrière... Les passagers commencèrent à descendre du bus. En passant devant les policiers, ils montraient passeport et billet. Le tour de Raquel arriva : le Cubain s'intéressa plus à ses seins qu'au document... Ensuite ce fut à Bayamo. Ils n'examinaient même pas les papiers, vérifiant juste la nationalité du passeport.

Contrôle de routine...

Malko passa à son tour et pénétra dans le YAK 20. On aurait cru un avion de guerre! Des sièges en toile et surtout un hublot par rangée de quatre sièges. Probablement un rebut d'Air Goulag où les garde-chiourme étaient les seuls à avoir droit à de la lumière...

Raquel lui avait gardé une place. Elle lui souffla à l'oreille :

– C'est la première fois que je prends l'avion! Je n'y crois pas. Nous allons vraiment quitter Cuba.

– Je l'espère... fit Malko, pour conjurer le sort.

L'avion se remplissait avec une lenteur exaspérante... Enfin on releva le panneau arrière et une hôtesse passa des bonbons. Le turbo-prop rugit et l'appareil roula pour aller prendre sa piste. Malko échangea un regard avec Luis Miguel Bayamo, essayant de ne pas penser à la suite. Ils avaient un répit de vingt-cinq minutes...

En ce moment même, les gens du G2 devaient

commencer à s'impatienter. Il était huit heures dix.

L'appareil se mit à rouler sous une brusque averse tropicale et décolla lourdement. Soudain, de la vapeur blanche s'échappa d'une corniche trouée tout le long de l'appareil. L'air conditionné. On aurait cru une chambre à gaz. Les nuages disparaissaient... Faisant place d'abord à la jungle puis à la mer des Caraïbes.

Malko ferma les yeux. Priant le ciel que l'équipée se termine bien. C'était déjà un miracle qu'il ait pu s'arracher à La Havane. Raquel se pencha à son oreille.

– C'est merveilleux! Je n'arrive pas à y croire. Tu penses que je pourrai téléphoner à ma famille d'où nous serons?

Malko ne put retenir un sourire.

– Sûrement, dit-il.

L'arrivée à Cayo Largo l'inquiétait davantage. Le G2 n'allait pas tarder à réagir.

Comment?

*
**

Un micro invisible dissimulé sous le tableau de bord de la Buick framboise crachouilla.

– Luis Miguel n'est toujours pas là?

– Non, fit Salvador Jibaro. Il ne va sûrement pas tarder...

Il consulta sa montre : huit heures vingt. Dans une opération semblable, ce n'était pas dramatique. Pour se rassurer il tâta la liasse de cinquante mille dollars posée à côté de lui. La preuve de la bonne foi des impérialistes... Il lui avait fallu beaucoup de persuasion pour convaincre le général Orosman Pintado, responsable du contre-espionnage, de lever la filature de Malko... Maintenant, il commençait à paniquer... Il se tordait le cou pour apercevoir la Place de la Révolution, guetter les gens qui descendaient d'un bus. Il y avait six véhicules du G2 prêts à intervenir, mais l'idée était d'accompagner Bayamo jusqu'à sa destination finale, afin d'arrêter en même temps les amis qui se disposaient à le cacher. Salvador Jibaro avait été chaleureusement félicité la veille au soir, pour sa manip... De nouveau, la voix éclata dans le micro.

– Linz a disparu. Il n'a pas repris sa voiture à Habanauto...

Huit heures vingt-cinq. Salvador Jibaro sentit sa bouche s'assécher. Ce n'était pas possible! Luis Miguel Bayamo devait avoir pris un bus ou venir à pied.

– Ça ne veut rien dire, lança-t-il à son interlocuteur invisible.

Sa gorge se nouait progressivement. Une petite voix intérieure lui disait qu'il avait été doublé... Il s'imposa le calme, allumant une cigarette qu'il n'arrivait pas à fumer...

Neuf heures moins vingt. Une Lada 1500 grise s'arrêta derrière la Buick et il en jaillit le responsable du contre-espionnage qui se rua dans la vieille américaine.

– Ton Linz t'a mené en bateau! rugit-il. Il a disparu!

– Non, non, *compañero* Orosman, affirma Salvador. Regarde, il m'a laissé les dollars. Cinquante mille dollars.

Le général Pintado eut une grimace de mépris.

– Et alors? Tu crois que les impérialistes ne paieraient pas dix fois ça pour avoir Bayamo? A moins, ajouta-t-il d'une voix douce, que ce soit toi qui nous aies trompés...

Salvador Jibaro sentit le sang se retirer de son visage. Ce salaud était capable de le prendre comme bouc émissaire. Il grimaça un sourire.

– *Compañero* Orosman, tu ne parles pas sérieusement... il va arriver.

L'autre pointa un doigt contre sa poitrine.

– Après tout, tu as été souvent en contact avec les *gringos*... Mais si c'est grâce à toi que ce salaud de Bayamo a réussi à nous échapper, tu le regretteras toute ta vie. Ce qui ne fera pas longtemps d'ailleurs...

Il regarda sa montre.

– Si à neuf heures, il n'est pas là, nous laissons le dispositif en place, mais tu viens t'expliquer calle M. Et il faudra que tu aies de bonnes explications...

Il ressortit de la voiture, claquant la portière et remonta dans sa Lada, qui démarra pour aller se planquer plus loin. Salvador Jibaro était en nage, le cerveau en bouillie. Il s'accrocha au volant, essayant de se calmer. Avec une furieuse envie de filer, tout en sachant que c'était impossible. Les minutes s'écoulaient. Il cherchait désespérément dans sa tête ce qui avait pu se passer. N'arrivant pas à croire que Linz l'ait manipulé... Si c'était le cas, pour aller où...

Ses pensées l'absorbaient tellement qu'il ne vit pas l'heure passer.

La voix du contrôleur le fit sursauter.

– Démarre et rendez-vous rue M, *compañero*...

Salvador en avait les jambes coupées... Il faillit emboutir un gros *gua-gua* vert en démarrant et cala. Ses mains moites glissaient sur le volant. Une dernière fois, il se retourna, sachant au fond de lui qu'ils ne viendraient pas... Quand il vit les portes du garage de la calle M s'écarter devant lui, il eut l'impression que c'étaient celles de l'enfer. Serrant le paquet de dollars contre son cœur, il monta au quatrième, siège du contre-espionnage. La porte de son chef était ouverte. Quatre hommes se trouvaient dans le bureau, le visage sombre.

Le général Orosman Pintado le toisa, glacial.

– Nos services viennent d'intercepter des messages américains, affirma-t-il. Nous n'avons pas pu les déchiffrer totalement, mais ils font référence à une exfiltration de Luis Miguel Bayamo. Aujourd'hui.

Salvador Jibaro sentit son sang se solidifier.

– Je ne... Je ne comprends pas.

– C'est toi qui as demandé à lever la filature de Linz, trancha le général. Sinon, nous saurions où il est maintenant. Et Bayamo avec... Tu as trois heures pour le retrouver. Si tu n'y parviens pas, tu seras mis en état d'arrestation pour trahison envers la Révolution.

Ses jambes se dérobaient sous lui. Salvador brandit les dollars.

– Et ça! Ils ont...

Le général fit un pas en avant et lui arracha les dollars.

– Est-ce que nous savons s'ils sont authentiques, seulement? Et qui me dit que tu n'en as pas reçu autant pour toi...

Muet d'horreur, Salvador sentit qu'on le poussait hors du bureau. Une voiture l'attendait avec deux hommes du G2, l'air mauvais. Ils le considéraient déjà comme un traître. Celui qui était au volant se tourna vers lui avec un sale sourire.

– Alors, *compañero*, par où commençons-nous?

Salvador Jibaro essayait de rassembler ses idées, partagé entre la panique et une rage aveugle contre celui qui l'avait manipulé.

– L'*autopista del Este* est surveillée?

– Oui. Toutes les sorties de la ville aussi. Tous les véhicules sont criblés et fouillés. Ensuite?

Ou ils étaient restés en ville ou ils avaient fui. Salvador demanda encore :

– Jose Marti?

L'autre ricana.

– Ça m'étonnerait que ce salaud de Bayamo aille se pointer là-bas où tout le monde le connaît... D'ailleurs, nous avons vérifié, il n'y a aucun vol en partance ce matin...

– Et les vols locaux?

L'autre marqua un temps.

– Ça, on n'a pas vu...

– Allons-y, ordonna Salvador Jibaro. Et vite.

Le chauffeur de la Lada démarra, filant aussitôt vers le sud. Il avait à peine besoin de se servir de sa sirène dissimulée sous le capot pour que les voitures rares se rangent devant lui. La plaque rouge FAR (1) donnait la priorité absolue. Ils remontèrent des files entières de véhicules, manquèrent accrocher un camion et mirent moins de vingt minutes pour atteindre Jose Marti.

Salvador Jibaro n'était plus qu'un bloc de haine contre l'homme qui l'avait manipulé. Il se voyait déjà en train de le dépecer avec des tenailles. La règle était simple : ou il le retrouvait ou il paierait pour lui, affublé de l'étiquette de traître. On monterait un beau dossier et il finirait avec les *plantados*...

La Lada stoppa devant la petite aérogare de bois et Salvador Jibaro en bondit. Le hall était vide. Il fonça vers un employé endormi et lui mit sa carte du G2 sous le nez.

– *Compañero*, nous poursuivons un espion impérialiste. Il y a eu des vols ce matin?

Les deux policiers l'avaient rejoint, menaçants.

– Oui, fit l'employé. Trois. Un pour Santiago de Cuba, un pour Cayo Largo et un pour Varadero.

– Montre-moi les tickets!

L'autre ouvrit un tiroir et lui donna une liasse

(1) *Fuerzas armadas revolucionarias.*

de coupons de vol. Salvador Jibaro les parcourut rapidement sans rien trouver d'intéressant... Il releva la tête.

– Je cherche un homme blond avec...

L'employé l'arrêta aussitôt.

– Je n'étais pas là, *compañero*... Et les autres sont partis. Mais il y a la *compañera* là-bas, je crois qu'elle a assisté aux embarquements...

Salvador fonçait déjà sur une grande fille en uniforme gris, en train de fumer une cigarette, appuyée au comptoir de la cafétéria. Il lui mit aussi sa carte sous le nez.

– *Compañera*, nous cherchons un espion impérialiste qui a embarqué ce matin sur un de ces vols. En compagnie d'un traître.

Avec volubilité, il décrivit Bayamo et Malko. Lorsqu'il évoqua les yeux dorés, il nota une imperceptible réaction de la fille. Pourtant celle-ci secoua la tête.

– Je ne vois pas, *compañero*, il y avait beaucoup de monde, des étrangers.

Salvador lui assena un regard glacial. Sûr qu'elle mentait. Sans savoir pourquoi.

– Viens ici, dit-il.

Il la prit par le bras et l'entraîna dans le bureau du chef d'escale dont il referma la porte derrière lui. Sans avertissement, il lui expédia un formidable coup de poing dans le ventre. Elle se plia en deux avec un cri sourd et il en profita pour la frapper au visage de toutes ses forces. Il la saisit par les cheveux et lui tapa la tête contre le dessus du bureau trois ou quatre fois. Lorsqu'il la lâcha, le sang ruisselait de sa bouche écrasée et de son nez fracturé.

Salvador Jibaro lui redressa la tête en lui tirant les cheveux en arrière et lança d'une voix contenue :

– *Compañera*, tu vas me dire la vérité maintenant. Sinon, je te casse tous les os...

Les deux sbires accourus admiraient en connaisseurs. Après tout, Salvador n'était peut-être pas un traître... La femme-policier avala le sang qui coulait de ses lèvres éclatées et murmura :

– Je crois qu'il y avait un homme correspondant à cette description sur le vol pour Cayo Largo.

– Comment le connais-tu?

– Je ne le connais pas, je l'avais vu quand je gardais l'hôtel *Victoria*. Il est passé ce matin. Je ne savais pas que c'était un impérialiste.

Salvador Jibaro eut l'impression qu'on lui ôtait un poids énorme de la poitrine. Il se tourna vers les deux autres.

– Vous avez entendu cette chienne?

Ils hochèrent la tête. Salvador ne comprenait pas. Quel était le lien entre l'homme qu'il traquait et cette policière en principe irréprochable? Il revint sur elle.

– Pourquoi n'as-tu pas dit la vérité?

Elle ne répondit pas, essayant d'oublier la douleur de ses dents cassées et un merveilleux souvenir. Sa vie venait de basculer et elle le savait.

Salvador insista.

– Réponds!

Elle demeura muette.

Salvador Jibaro repéra alors une tache de sang qui souillait son beau pantalon gris.

– *Puta!*

Il lui donna un coup de pied qui la jeta à terre, et décrocha le téléphone. Cayo Largo était un cul-de-sac. Il allait retrouver Mark Linz et lui faire payer cher son tour de cochon.

CHAPITRE XVIII

On avait l'impression de pénétrer dans un four! Le tarmac était brûlant, et le soleil vous carbonisait les épaules. Au-delà de quelques bâtiments de bois, on apercevait des cocotiers et le bleu de la mer des Caraïbes.

Un orchestre jouait dans la petite aérogare ouverte à tous vents. Des serveuses apportèrent du rhum et un guide commença en plusieurs langues l'énoncé des beautés de Cayo Largo... On aurait cru une arrivée au Club Med. Raquel s'accrocha au bras de Malko :

– C'est beau!

Lui ne regardait pas vraiment le paysage... Cherchant la marina où devait se trouver le *Cuernavaca*... L'aéroport semblait très isolé, désert à part un vieux biplan soviétique destiné visiblement à des baptêmes de l'air.

Luis Miguel Bayamo se rapprocha de Malko.

– Il va falloir larguer tous ces gens, dit-il.

– Vous êtes déjà venu à Cayo Largo?

– Non, fit le Cubain, mais j'ai vu des cartes. J'ai l'impression que la marina n'est pas très loin. Vous savez quel type de bateau nous avons?

– Un Cobra, dit Malko. Pourquoi?

– Il y a une vedette de la police maritime avec un petit canon. Elle doit aller à près de trente nœuds.

– Le nôtre va à cinquante. Et nous aurons quelques miles d'avance. Ils ne vont pas s'apercevoir tout de suite de notre disparition...

Ils piétinaient en plein soleil, attendant le regroupement. Il se demanda ce qui se passait à La Havane. Maintenant, les gens du G2 savaient qu'il les avait manipulés. Il ne voyait pas comment ils pouvaient découvrir sa destination... Il aperçut soudain un reflet sombre dans les cheveux blonds de Luis Miguel Bayamo, réalisant avec horreur qu'un filet de teinture coulait le long de sa tempe. Il était en train de redevenir brun, sous le soleil!

Il crut que son cœur s'arrêtait. Parmi les Cubains de l'accueil, il y avait sûrement un mouchard à qui cela risquait de ne pas échapper... Vivement, il poussa Bayamo à l'ombre et lui souffla à l'oreille :

– Ne restez pas au soleil, votre teinture fiche le camp...

Le Cubain s'essuya vivement et Malko avertit Raquel de la même façon. Ses cheveux aussi commençaient à prendre des couleurs bizarres. Il était temps de bouger... Soudain, il entendit un bruit de moteur et sa gorge se noua.

Un point grossissait dans le ciel, venant du nord, de la direction de La Havane... Il ne pouvait pas en détacher les yeux. Raquel lui enfonça les ongles dans le bras.

– Qu'est-ce que c'est?

Ils n'étaient pas tirés d'affaire... Le point grossit encore et il fut soulagé. Ce n'était qu'un autre biplan qui se traînait avec sa cargaison de touristes... Le guide s'égosillait pour les faire tous monter dans un camion équipé de bancs et d'une toile pour protéger du soleil. Le tour de l'île commençait. Ils tournèrent à gauche et trois cents mètres plus loin, Malko aperçut les trois mâts d'un bateau à quai : ils approchaient de la marina.

Le camion stoppa un peu plus loin et le guide annonça :

– Nous visitons un élevage de tortues. Ensuite, la marina d'où nous embarquerons pour la Playa Sirena. Lunch sur la plage...

Inespéré! Mêlés aux Canadiens, ils se penchèrent sur d'énormes tortues qui tournaient paresseusement dans de grands bassins. Bayamo se rapprocha de Malko et lui désigna des tours métalliques qui dépassaient des cocotiers.

– J'avais oublié, ils ont plusieurs radars ici. Ils peuvent nous repérer et nous envoyer des MIG de La Havane. Avec leurs missiles, ils nous coulent en deux minutes...

Malko n'avait pas prévu cela. Il essaya de rassurer le Cubain.

– Notre bateau est très rapide. Nous atteindrons les eaux internationales en une demi-heure. Il y a un risque vraiment minime qu'ils aient le temps de se mettre en branle aussi vite...

Il fixa les réflecteurs de radars montés sur des camions blancs, qui tournaient lentement... Inquiétant quand même... En avançant sur le ponton des tortues, il aperçut la marina dans toute sa longueur. Plusieurs bateaux étaient à quai. Deux cabin cruisers hérissés de cannes à pêche, battant pavillon cubain, un vieux trois-mâts avec le même pavillon et enfin, un grand bateau rouge et blanc.

Le Cobra venu les chercher... Le pavillon mexicain vert et blanc était parfaitement visible à sa poupe. Malko serra le bras de Raquel.

– Regarde! Le voilà!

Elle fixa le bateau, émerveillée.

– Je n'arrive pas à y croire...

A côté sur un autre quai, il y avait une vedette peinte en gris, un petit canon à l'avant, à la coque en piteux état. Le bateau de la police. Malko ne tenait plus en place.

– Restez ici, dit-il à Bayamo, je vais avec Raquel repérer les lieux.

Si tout se passait bien, dans quelques minutes, ils seraient hors de Cuba.

Ils ressortirent du parc à tortues et prirent la route menant à la marina. Devant se trouvait unesorte de bar au toit de paille où se reposaient d'autres touristes. Ils passaient parfaitement inaperçus. La main dans la main, ils foncèrent vers le Cobra rouge et blanc. Et au coin du bar, Malko découvrit l'arrière. Il eut un choc au cœur. Les deux trappes des moteurs étaient ouvertes et un mécanicien était penché sur le compartiment, en train de farfouiller à l'intérieur.

Le Cobra était en panne!

*
**

Salvador Jivaro était en nage, la climatisation du petit bureau étant stoppée : l'*apagón* (1) quotidien. Pour la vingtième fois, il composa un numéro de téléphone et commença à hurler... Tout le monde se renvoyait la balle : impossible de trouver un avion pour se rendre à Cayo Largo. Le G2 n'en possédait pas, l'armée prétendait ne pas en avoir, la marine en avait, mais sans équipage, quant à l'aviation, ils ne disposaient que de MIG 23, des chasseurs. Pour bouger ceux-là, il fallait un ordre écrit de Fidel Castro... Depuis qu'un général d'aviation, chef d'état-major, avait choisi la liberté pour son propre appareil, il fallait trente signatures pour le moindre vol...

De nouveau, il débita son couplet et s'entendit dire que le seul appareil disponible était un biplan

(1) La panne de courant.

marchant à 150 à l'heure qui n'arriverait sûrement pas entier à Cayo Largo...

Il raccrocha avec rage. Le G2 était en ébullition... Des messages partaient dans tous les sens. Sauf là où il aurait fallu : Cayo Largo. Pour une cause inexpliquée la radio ne fonctionnait pas et le télex ne répondait pas. Quant au téléphone, c'était sans espoir. Le responsable devait être à la plage... Mais le brouillage des ondes radio inquiétait Salvador Jibaro. Cela signifiait qu'il y avait anguille sous roche. Les Yankees étaient très forts dans ce domaine...

Silencieux, un colonel soviétique regardait toute cette agitation avec un certain mépris.

Salvador Jibaro se leva pour passer dans le bureau voisin où le général commandant le contre-espionnage se démenait de son côté... En passant, il expédia un coup de pied à la femme-policier, accroupie, attachée par des menottes et une chaîne au radiateur. Comme ça, par pure méchanceté.

Le général Orosman Pintado raccrochait son téléphone, un peu détendu.

– Ça y est! annonça-t-il. J'ai trouvé un hélicoptère. Un MI 26 de l'armée. Heureusement que j'ai des copains! Je suis obligé de leur payer le kérosène en dollars. C'est une chance qu'on ait ça!

Il tapait sur la liasse des cinquante mille dollars. Son attitude envers Salvador s'était un peu adoucie. On ne le considérait plus comme un traître, juste un imbécile, bon à couper la canne à sucre. Salvador Jibaro s'en contenterait. Il avait eu trop peur. Il récupéra un Makarov et deux chargeurs dans un tiroir et rejoignit le général. Avec un MI 26, il fallait moins d'une heure pour rejoindre Cayo Largo.

*
**

– Ils sont en panne!

Raquel avait parlé d'une voix étranglée par l'angoisse. Malko était en train de contempler les trappes ouvertes lorsqu'un homme surgit de l'intérieur. Un moustachu athlétique avec des lunettes, qui s'engagea sur la passerelle.

A quelque chose d'indéfinissable, Malko se dit que c'était Fernando Lopez, le « stringer » de la CIA. Celui-ci s'approcha du couple avec un sourire, et demanda en espagnol :

– Premier jour à Cayo Largo?

Malko lui rendit son sourire.

– Oui, dit-il. Vous êtes Fernando Lopez?

Le Mexicain inclina la tête affirmativement.

– Oui. Il ne faut pas rester ici trop longtemps, c'est dangereux.

Un soldat cubain veillait à l'ombre, un peu plus loin, à l'entrée de la base radar, ne prêtant aucune attention à eux.

– Il manque quelqu'un?

– Il n'est pas loin, assura Malko.

Fernando Lopez lança un regard en direction de Raquel.

– Elle vient aussi?

– Oui. Que se passe-t-il? Vous êtes en panne?

– Pas vraiment. Nous avons été obligés de prendre de l'essence ici et c'est une saloperie! Ils nous ont filé des fonds de réservoir. Les carbus sont encrassés et même les pompes ne fonctionnent plus.

Malko avait l'impression de recevoir une douche glaciale.

– Vous allez pouvoir réparer?

– Bien sûr, mais il y en a encore pour une heure environ. Mon mécano y est depuis l'aube... Vous avez eu des problèmes?

– Oui, dit Malko. Nous ne pouvons rester ici que très peu de temps.

Le Mexicain consulta sa montre.

– Il est neuf heures et demie. Je préfère ne pas vous embarquer ici, c'est plein de mouchards. Je vais appareiller dès que la réparation est terminée et je vous recueillerai dans un coin tranquille. En envoyant notre vedette. Soit au *Sanctuario de los pajaros* (1), soit à l'îlot aux Iguanes, soit au large de la Playa Sirena où ils vont sûrement vous emmener...

– Comme vous voulez, dit Malko, mais il faut un rendez-vous fixe.

Le Mexicain réfléchit rapidement.

– OK. A la Playa Sirena, demandez à faire la balade de l'île aux Iguanes. Je vous attendrai là-bas, à partir de onze heures, avec la vedette.

Il remonta l'échelle de coupée. Raquel et Malko rejoignirent de justesse le premier cabin cruiser et se tassèrent au milieu des Canadiens. Luis Miguel Bayamo se fraya aussitôt un chemin jusqu'à eux.

– Alors? demanda-t-il anxieusement.

– Nous embarquons dans une heure et demie, annonça Malko. Détendez-vous.

Autour d'eux, les Canadiens se photographiaient à qui mieux mieux. Malko sortit son appareil pour faire comme tout le monde et prit Raquel sur toutes les coutures. Il n'arrivait pas à croire que son plan ait marché!

Le cabin cruiser contournait l'île en direction d'une grande plage de plusieurs kilomètres de long qui se trouvait à l'ouest de Cayo Largo. L'île ressemblait à un marteau dont la Playa Sirena aurait été la masse. Raquel ouvrait des yeux immenses devant la grande plage de sable blanc et l'eau émeraude.

(1) Sanctuaire des oiseaux.

– C'est beaucoup plus beau que Varadero! s'exclama-t-elle. J'ai envie de me baigner.

Malko avait surtout envie de se retrouver sur le *Cuernavaca* dans les eaux internationales... Tant qu'il était en territoire cubain, le G2 pouvait tenter quelque chose.

*
**

Le gros hélicoptère volait à trois mille pieds, au-dessus de la mer des Caraïbes. En plus des deux pilotes militaires, il y avait le général Orosman Pintado, Salvador Jibaro, trois agents du G2 et huit commandos armés jusqu'aux dents. On leur avait dit qu'ils effectuaient une mission secrète pour le gouvernement, sans leur préciser laquelle...

Cayo Largo n'était encore qu'une bande jaunâtre sur l'horizon, à vingt minutes de vol. Le bruit de rotors était assourdissant... Salvador Jibaro fumait nerveusement. Ruminant sa vengeance. Dommage que Sacuamelos soit mort... Il n'imaginait pas comment ils comptaient s'enfuir. Et pourtant, pas de doute, ils n'étaient pas allés à Cayo Largo en touristes.

Des trous d'air secouèrent l'appareil et il commença à avoir mal au cœur. Le général, le visage fermé, ne laissait rien transparaître de ses sentiments... Lui aussi se demandait ce que cette expédition leur réservait...

Ses étoiles étaient en jeu... Et même plus : c'est lui qui avait signé l'ordre de lever la surveillance de Mark Linz. On en avait fusillé pour moins que ça.

L'appareil arrivait maintenant en vue de l'île et un des pilotes se retourna, hurlant pour couvrir le bruit des rotors.

– Qu'est-ce qu'on fait?

– Inspectez l'île à six cents pieds, ordonna le général.

Il se pencha par la porte ouverte. Il était déjà venu à Cayo Largo et en connaissait parfaitement la topographie... Il repéra d'abord le terrain où deux vieux biplans étaient alignés à côté du YAK 20. Puis la marina. Il ne vit rien d'anormal, sauf le bateau rouge et blanc battant pavillon mexicain... Seul élément étranger.

L'appareil vira et fila vers le sud, là où se trouvaient les deux hôtels, sans rien remarquer de suspect.

*
**

Raquel, enlacée à Malko, se serra contre lui, appuyant son pubis avec insistance contre sa cuisse.

– J'ai envie de faire l'amour! murmura-t-elle. Ce soleil, cette mer et ce départ. C'est un rêve... Du coup je n'ai plus mal.

Ils étaient allongés au bout de la langue de terre qui terminait la Playa Sirena, à presque un kilomètre du restaurant. A part quelques Italiennes qui faisaient bronzer leur poitrine et des Canadiens rouge brique, il n'y avait pas un chat... Le gros de la foule se trouvait beaucoup plus loin.

– Quand nous serons sortis d'ici, je t'emmènerai sur une plage encore plus belle, fit Malko.

Il se voyait déjà avec Raquel dans un 747 d'Air France filant sur Saint Domingue. Sa main se faufila sous le maillot de Raquel qui se colla encore plus à lui. Le miel coulait d'elle comme d'une fontaine. Hélas, son maillot une pièce ne permettait pas beaucoup de fantaisies. Finalement, il s'allongea sur elle, profitant d'un repli de sable, puis écarta doucement le tissu élastique. Raquel fut secouée comme par une décharge électrique lorsqu'il pénétra en elle avec douceur.

– Oh, c'est bon, ça m'excite, murmura-t-elle. Tu crois qu'on ne nous voit pas?

A part une Italienne endormie à vingt mètres et Luis Miguel, beaucoup plus loin, il n'y avait personne.

Malko commença à bouger très lentement. Raquel soulevant son bassin se mit à le masser avec ses muscles intérieurs avec une régularité qui amena Malko très vite au plaisir. Lorsqu'elle le sentit, elle resserra les jambes, l'emprisonnant et se frottant à lui. Jusqu'à ce qu'elle crie. L'Italienne sursauta et regarda dans leur direction.

– J'ai honte, murmura Raquel.

Il s'arracha d'elle, reprit un peu de décence et l'entraîna vers la mer. Il y avait très peu de fond et on avait pied très loin.

Enlacé à Raquel, il entendit soudain un grondement venant du ciel.

Il leva la tête et aperçut le gros hélicoptère qui passait au-dessus d'eux. Un appareil militaire lourdement armé. Son estomac se serra. On les avait retrouvés! Avec le bateau en panne, ils étaient coincés...

Ceux qui les cherchaient allaient très vite savoir où ils étaient... Raquel lui jeta un regard interrogateur :

– Ce n'est pas bon, fit Malko. Viens.

Ils sortirent de l'eau en courant et rejoignirent Luis Miguel Bayamo.

– Ce sont ces salauds! explosa le Cubain.

Il était livide. L'hélico avait disparu en direction de la marina... Malko ramassa ses affaires.

– Vite, il faut filer avant qu'il ne soit trop tard...

Bayamo se tourna vers lui.

– Nous sommes foutus, dit-il d'une voix blanche. Même si nous partons. Ce MI 26 va nous rattraper et nous mettre en pièces.

*
**

– Pose-toi près du périmètre de défense, dit le général Pintado au pilote.

Des nids de mitrailleuses en bout de piste. De là, il pouvait se rendre à la marina à pied... Cinq minutes plus tard, le MI 26 atterrissait dans un nuage de poussière à trois cents mètres des bacs à tortues. Les soldats sautèrent à terre. Trente secondes après, une jeep russe déboulait de la base radar, appelée par radio.

Le général Orosman Pintado y prit place avec Salvador Jibaro et deux commandos.

– A la marina! dit-il.

Ils s'arrêtèrent devant le *Cuernavaca* et, en quelques enjambées, ils gagnèrent la vedette de la police navale. Le général héla un officier qui s'y trouvait.

– Tu connais ce bateau? demanda-t-il. Qu'est-ce qu'il fait ici?

– Ce sont des Mexicains, *compañero general*, expliqua l'officier. Ils viennent régulièrement faire de la pêche au gros... Nous leur donnons l'autorisation de soixante-douze heures selon les instructions du ministère du Tourisme de La Havane. Ils devaient repartir ce matin, mais ils ont une avarie de moteur...

– Rien de suspect à leur sujet?

– Rien, *compañero general*.

D'autant que le *Cuernavaca* achetait de l'essence en dollars à la base militaire...

– Bien, nous allons quand même les inspecter... Viens avec moi.

Laissant Salvador Jibaro sur le quai avec les commandos, les deux hommes montèrent à la coupée, accueillis par le skipper mexicain. Le général Pintado le salua avec politesse.

– Nous devons procéder à une visite de routine, expliqua-t-il. Vous n'y voyez pas d'inconvénient?

– *Como no*, accepta le Mexicain, vous êtes chez vous!

L'inspection fut vite faite. Les trois cabines étaient vides, tout paraissait en ordre, aucun matériel inhabituel... En partant, le général jeta un coup d'œil aux trappes ouvertes de la chambre des machines.

– Vous en avez pour longtemps?

Le Mexicain eut un geste d'impuissance.

– Je l'ignore. Plusieurs heures, je pense. Voulez-vous boire quelque chose?

Il désignait une bouteille de Gaston de Lagrange posée sur la table du carré.

– Merci, je n'ai pas le temps, dit Orosman Pintado qui raffolait pourtant du cognac français.

Ils regagnèrent le quai. Salvador Jibaro fumait nerveusement. Il courut vers le général.

– *Compañero* Orosman! Tous les touristes sont partis à la Playa Sirena. Il faut y aller.

– Comment?

– Il n'y a plus de bateau. Avec l'hélico.

Ils foncèrent jusqu'au MI 26, expliquèrent le problème au pilote qui secoua la tête.

– Je ne peux pas me poser là-bas. Je peux tout juste vous débarquer au bout d'un filin.

– Un des bateaux va revenir, fit Salvador Jibaro, attendons-le...

Retour à la marina. Ils s'installèrent sous le chaume du bar, trépignant d'impatience... Certains que ceux qu'ils cherchaient se trouvaient à quelques kilomètres d'eux. Au moins, ils ne pouvaient pas s'échapper.

CHAPITRE XIX

– Nous allons essayer de filer à l'île aux Iguanes avant qu'ils n'arrivent, proposa Malko.

– Inutile, fit Bayamo. Ils vont réduire le *Cuernavaca* en pièces dès qu'ils sauront que nous sommes dessus...

C'était un risque. Mais, pour l'instant, il fallait parer au plus pressé... Quitter la Playa Sirena avant que leurs poursuivants n'y débarquent. Ils alla trouver l'organisateur des excursions, un Cubain filiforme à la peau sombre.

– Je voudrais aller voir les iguanes, dit Malko. Avant le déjeuner.

– Parfait. Je vais demander s'il y a d'autres amateurs. C'est douze dollars par personne. On peut y aller à six.

– Je prends le bateau entier, annonça Malko.

Joignant le geste à la parole, il déposa sur la table de bois soixante-quinze dollars... Ravi, le Cubain appela un marin.

– Tu emmènes ces *caballeros*... Les *iguanas* et le canal. Revenez pour midi.

Malko, Raquel et Bayamo suivirent la piste jusqu'à un hors-bord à fond plat amarré au ponton. Trois minutes plus tard, ils fonçaient vers l'extrémité de Cayo Largo. Malko réfléchissait à la nouvelle menace qui s'était abattue sur eux... Cela ne servait à rien de quitter Cayo Largo pour se faire attaquer par la suite. Dès le départ du *Cuernavaca*, l'alerte serait donnée...

Il eut soudain une inspiration...

– Je voudrais m'arrêter à la marina, dit-il au marin. J'ai oublié quelque chose au parc aux tortues...

Comme il agitait un billet de cinq dollars, cela ne posa aucun problème.

– Qu'est-ce que tu veux faire, *compadre?* demanda Bayamo.

– Vous verrez.

***

Au cœur d'un bâtiment en ciment gris, pratiquement sans ouvertures, non loin de l'aéroport de Miami, au milieu d'un terrain protégé de barbelés, plusieurs hommes s'affairaient autour de récepteurs radio hypermodernes. Des antennes de toutes les formes hérissaient le toit du building...

Soudain, un des appareils s'activa, imprimant au fur et à mesure sur une bande de papier des chiffres et des lettres.

Le préposé l'arracha et la passa immédiatement dans la décodeuse. Pour la porter ensuite dans un bureau vitré à l'écart. Celui qui l'occupait y jeta un coup d'œil et décrocha aussitôt un téléphone vert. A l'autre bout se trouvait le chef d'une base de F16, au nord des Everglades.

– Nous venons de recevoir le premier message, annonça-t-il. Est-ce que vos appareils peuvent se tenir prêts pour décoller dès que j'aurai le second...?

– Pas de problème, assura le responsable. Nous sommes en alerte à dix minutes.

De leur base, il y avait quinze minutes de vol jusqu'à la zone de la mer des Caraïbes à patrouiller.

Rassuré, le responsable raccrocha et appela Langley sur un téléphone protégé.

*
**

Le gros cabin cruiser avançait à une lenteur exaspérante, conduit par un Cubain à l'air endormi. Le général Pintado et les trois hommes du G2 piaffaient d'impatience. La longue bande de sable doré de Playa Sirena semblait ne jamais se rapprocher...

– Plus vite, ordonna le général.

Le skipper eut un geste d'impuissance.

– Si je vais plus vite, le moteur casse...

Ils trépignaient quand le bateau atteignit enfin le ponton au terme d'une manœuvre précautionneuse... Les touristes contemplèrent avec stupéfaction ces quatre hommes qui ne leur ressemblaient vraiment pas. Salvador Jibaro fonça vers le guide et lui mit sa carte du G2 sous le nez.

– Nous cherchons un traître et un espion impérialiste. Il est de votre devoir de nous aider.

L'autre ne demandait pas mieux, mais il montra la plage.

– Il y a des centaines d'étrangers, ici...

Jibaro le prit au collet.

– *Compañero*, il s'agit de la sécurité de la révolution. Nous devons retrouver ces criminels...

Un grand Noir qui avait écouté la conversation s'approcha du groupe avec un sourire fielleux et salua le général Pintado avec onctuosité.

– *Compañero*, dit-il, je crois que je les ai vus. Ils sont partis tous les trois dans une barque, à l'île aux Iguanes...

Salvador Jibaro fronça les sourcils.

– Tous les trois?

– Oui, il y a une femme et deux hommes blonds. Des Canadiens, je crois.

Le général et Salvador échangèrent un regard surpris. Luis Miguel Bayamo n'était pas blond... Et qui était cette femme? L'autre devait se tromper. Salvador se tourna vers ses deux adjoints.

– Ratissez la plage...

– Nous ne les connaissons pas, objectèrent-ils.

Le Cubain laissa son regard errer sur les dizaines de corps allongés sur la Playa Sirena. Il en avait pour deux bonnes heures, la plage s'étendant sur près de deux kilomètres. Par contre, le seul accès était le ponton où ils se trouvaient.

– Nous allons à l'île aux Iguanes, dit-il à ses deux hommes, vérifier cette information. Restez ici et que personne ne quitte la plage avant mon retour. Si vous voyez des gens s'enfuir à la nage, tirez sur eux.

Il courut jusqu'au cabin cruiser.

– Nous repartons... à l'île aux Iguanes.

Le skipper cubain eut un geste d'impuissance.

– Impossible, *compañero!* Il n'y a pas assez de fond là-bas, je vais m'échouer. Il faut une *lancha* (1)...

Salvador regarda le ponton vide.

– Où sont-elles?

– Parties avec des touristes, mais elles vont revenir...

Il n'y avait plus qu'à prendre son mal en patience. Fou de rage, Salvador Jibaro commença à examiner les baigneurs en vue. Sans repérer l'homme qu'il recherchait. Appuyé au bar, le général Pintado fulminait silencieusement. Salvador s'approcha de lui.

– *Compañero* Orosman, fit-il, ils ne peuvent pas nous échapper... Nous fouillerons toute l'île.

– C'est bizarre, remarqua l'officier cubain. Ils sont venus ici pour s'enfuir. Je ne vois pas com-

(1) Bateau à fond plat.

ment. A part ce bateau mexicain. J'aurais dû interdire qu'il parte. Je vais donner des ordres.

Salvador Jibaro haussa les épaules.

– Avec l'hélico, nous le rattraperons facilement s'il y a un problème.

*
**

La petite *lancha* à fond plat filait entre deux murailles de palétuviers dans un canal qui séparaient les îlots du sanctuaire des oiseaux, à la pointe ouest de Cayo Largo.

Malko eut un choc agréable; le *Cuernavaca* avait disparu. Donc la réparation était effectuée...

Déjà, ils arrivaient au quai. Il se tourna vers Bayamo.

– Attendez-moi ici.

Il s'éloigna avec Raquel, son attaché-case à la main, le Leica à l'épaule. Un vrai couple de touristes amoureux.

– Où allons-nous? demanda Raquel.

– Tenter de sécuriser notre départ, dit Malko. Tu vas faire ce que je te dis.

Ils passèrent devant le parc aux tortues où un autre groupe de touristes italiens s'émerveillait et continuèrent jusqu'au bout de la piste où pourrissait un vieux biplan soviétique. Un gros MI 26 camouflé était posé à côté, des soldats assis autour, une sentinelle armée appuyée à son fuselage. D'où il était, Malko pouvait distinguer les roquettes accrochées sous les ailes et les mitrailleuses lourdes dans les nacelles... Un engin redoutable qui avait terrorisé l'Afghanistan...

Il expliqua à Raquel :

– Nous allons faire des photos. Progressivement tu vas te rapprocher de l'hélico. Va demander aux soldats la permission d'être photographiée à côté de leur machine. Explique-leur que tu es avec un diplomate soviétique.

– Mais s'ils veulent te parler?

– Je parle russe, dit Malko. On commence.

Il posa son attaché-case et Raquel s'appuya à un arbre. Il commença une série de clichés. Dix minutes plus tard, il la photographiait à côté du biplan en ruines.

– Vas-y maintenant.

Depuis un moment, les soldats ne regardaient plus qu'elle... Quand Raquel approcha du MI 26, l'un d'eux s'avança pour l'intercepter. Malko, en train de changer son film, ne suivit pas leur conversation. Au bout de quelques instants, elle lui fit signe de venir. Ce qu'il fit avec un grand sourire... Raquel lui lança en espagnol :

– Les *compañeros* veulent bien que tu prennes une photo de moi, mais vite avant que le chef ne revienne.

Malko se fendit d'un sourire encore plus chaleureux et lança.

– *Spassiba! compañero, spassiba! Muchas gracias.* Vous parlez russe?

Un des pilotes bredouillait trois mots et ils échangèrent quelques considérations sur la vie et le temps. Tout en bavardant, Malko, d'un geste parfaitement naturel, posa son attaché-case à l'intérieur de l'hélico par la porte ouverte... Les mains libres, il commença alors une série de clichés, tournant autour de l'hélico sous les yeux de l'équipage ravi... Raquel était parfaite. Prenant les deux pilotes par le cou, riant aux éclats. Parfois, Malko surprenait une lueur de panique dans ses yeux noirs...

Enfin, il s'arrêta, le film terminé et adressa un geste amical aux soldats cubains.

– *Das vidania, compañeros...*

Il s'éloigna, tenant Raquel par la taille et lui souffla :

– Balance tes hanches.

Ce qu'elle fit. Les six hommes n'avaient d'yeux que pour cette croupe qui ondulait avec indolence sous leurs yeux. Le pilote murmura :

– *Que buena!*

– Bénie soit la femme qui l'a engendrée, renchérit le copilote. Ce *bollo* a bien de la chance...

Malko et Raquel disparaissaient sur le sentier menant à la marina quand une formidable explosion secoua l'île, envoyant un souffle brûlant sous les cocotiers. Une flamme rouge et noire s'éleva vers le ciel, en un panache sinistre...

– Mais qu'est-ce... demanda Raquel.

– De l'explosif, dit Malko. Nous ne pouvions pas prendre le risque qu'ils nous poursuivent. Dépêchons-nous.

Le marin de la *lancha* était affolé. Malko le rassura d'un sourire.

– Je crois qu'il y a eu un accident. *Vamos.*

L'autre ne remarqua pas qu'il n'avait plus son attaché-case. Se retournant tout le temps vers la colonne de fumée noire, il reprit le chenal. Des hommes couraient partout dans la base radar et ils entendirent une sirène de pompiers. Malko regarda en direction de la Playa Sirena et repéra un gros cabin cruiser qui arrivait vers eux. Bientôt, il fut caché par une pointe de terre. Ils s'engagèrent sur des hauts fonds, longeant des filets de pêcheurs en direction d'un petit îlot. Soudain, au détour d'un promontoire, il aperçut le *Cuernavaca*. A deux milles environ au large, immobile...

– *Las iguanas!* annonça le marin de la *lancha*.

Ils contournèrent un promontoire rocheux pour aboutir à un vieux ponton de bois. Il y avait déjà un bateau, un hors-bord blanc avec une bande rouge. En s'approchant, Malko aperçut sur le flanc l'inscription « tender to *Cuernavaca* ». On les attendait. Probablement pour ne pas attirer l'attention Fernando Lopez avait dû sacrifier aux rites de la visite des iguanes.

Ils pullulaient. Des dizaines, attirés par les morceaux de pain que les touristes leur jetaient, nichés dans tous les trous des rochers, apprivoisés comme des caniches... Raquel poussa un cri de terreur.

– J'ai peur, ils sont horribles...

– Ils sont absolument inoffensifs, assura Malko.

Un iguane, dressé de toute sa hauteur, quêtait un morceau de pain, ses petites pattes griffues sur les mollets de Raquel qui poussa un hurlement... Ils continuèrent le long des rochers jusqu'à une trouée menant à une étendue herbeuse. Là, les reptiles étaient des centaines. Le skipper du *Cuernavaca*, Fernando Lopez, s'approcha, visiblement soulagé.

– J'étais inquiet! Qu'est-ce que c'est que cette explosion?

– Ils savent que nous sommes ici, fit Malko. Ils ont amené un hélicoptère de combat de La Havane. Je l'ai fait sauter.

– Jésus! Je l'avais vu! Je ne pensais pas que c'était ça... Comment avez-vous fait?

– J'avais ce qu'il fallait.

– Bien, filons.

Ils reprirent le même chemin, écartant les iguanes sur leur passage, écrasés par la chaleur inhumaine. Malko se pencha sur le pilote de la *lancha*.

– Mon ami va nous ramener à la Playa Sirena, fit-il, vous pouvez partir.

Il regarda le Cobra dans le lointain. Cette fois, la liberté était à portée de la main. Il était temps. La teinture blonde de Luis Miguel Bayamo fichait le camp, dégoulinant sur sa chemise, ainsi que celle de Raquel et le pilote de la *lancha* commençait à leur jeter de drôles de regards...

*
**

Effondré, le général Pintado contemplait les débris fumants du MI 26. Des toiles avaient été jetées sur quatre corps carbonisés. Les grands rotors avaient atterri dans un des bassins à tortues. Il ne restait de l'énorme machine que des bouts de ferraille. Il régnait une abominable odeur de caoutchouc brûlé...

Un des survivants avait pu expliquer ce qui s'était passé, donnant une description précise du couple qui était venu leur rendre visite juste avant l'explosion. Qui recoupait celle du Cubain de la Playa Sirena. Les trois mystérieux étrangers partis à l'île aux Iguanes étaient les fugitifs.

Salvador Jibaro n'osait pas regarder son chef. Ce dernier se tourna vers lui, les yeux injectés de sang.

– Si nous ne les retrouvons pas, je te tire moi-même une balle dans la tête...

En courant, ils repartirent vers la marina où leur *lancha* attendait. Comme l'avait craint le général, le yacht mexicain avait disparu, comme son skipper l'avait laissé prévoir. Il y avait encore une minuscule chance qu'il n'ait pu s'éloigner. La *lancha* démarra à toute vitesse, fonçant vers l'île aux Iguanes. Salvador Jibaro jouait avec le cran de sûreté d'une Kalachnikov, la gorge nouée par l'angoisse. Ou il les rattrapait, ou sa vie s'arrêtait à Cayo Largo.

*
**

– Regardez!

Le *tender* du *Cuernavaca* venait juste de s'éloigner de l'île aux Iguanes. Devant eux, leur coupant la route, arrivait une autre *lancha* avec plusieurs hommes à bord. En les voyant, l'un d'eux se dressa et agita une Kalachnikov!

Fernando Lopez jura.

– On n'arrivera jamais au bateau.

L'autre *lancha* se rapprochait à toute vitesse. Soudain, le Mexicain bifurqua, fonçant vers un ensemble d'îlots marécageux rapprochés les uns des autres, couvert d'une végétation très dense et sillonnés de multiples canaux bordés de palétuviers : un vrai dédale où on ne pouvait s'aventurer que dans des bateaux à fond plat pour observer les milliers d'oiseaux du sanctuaire. Ces canaux formaient un labyrinthe inextricable, avec des culs-de-sac, des bras ensablés et n'étaient que partiellement navigables.

– Notre seule chance, c'est de les semer là-dedans, fit Fernando Lopez.

***

Salvador Jibaro, Kalachnikov au poing, se tourna vers le pilote de la *lancha.*

– Où vont-ils?

– Dans le *sanctuario de los pajaros, compañero.* On y emmène les touristes. Je connais bien l'endroit, on va les coincer.

Salvador lui donna une grande tape sur l'épaule.

– Allons-y!

Installé à l'avant, la kalach bien calée contre sa hanche, il commença à savourer sa tardive victoire. Bayamo entre leurs mains, ainsi que l'agent américains, même la perte de l'hélicoptère passerait. Il en frémissait d'impatience...

Devant eux, le hors-bord disparut dans une trouée de palétuviers...

CHAPITRE XX

Le hors-bord du *Cuernavaca* filait dans un canal sinueux, au milieu des palétuviers et des branches qui retombaient au milieu de l'eau. Il y avait très peu de fond et Fernando Lopez avait du mal à maintenir l'esquif en ligne dans l'étroit chenal. Ils étaient en plein sous-bois marécageux et on ne voyait plus la mer. Le silence absolu. Sans cesse de nouveaux embranchements s'ouvraient devant eux...

– Où allons-nous? demanda Malko.

Lopez grogna.

– Il y a un chenal qui rejoint la mer de l'autre côté de l'île. Mais c'est un vrai dédale...

Derrière eux, on entendait le grondement de l'autre *lancha*. Les vaguelettes clapotaient contre les palétuviers, des poissons s'enfuyaient, affolés. Soudain, ils aperçurent, à travers les arbres, un large chenal. Malko poussa une exclamation.

– Là!

Lopez s'était engagé aussitôt dans un étroit canal encombré de branches d'arbres pour rejoindre la voie d'eau indiquée. Soudain, le fond du bateau racla et le moteur cala! Dans le bref silence, ils entendirent l'autre engin qui se rapprochait... Désespérément, Lopez effectuait une marche arrière... Muette de terreur, Raquel s'accrochait à Malko. Luis Miguel Bayamo était transformé en statue de sel...

Ils revinrent dans le chenal où ils se trouvaient auparavant, aperçurent brièvement à travers la végétation l'autre *lancha* en train de lutter dans un haut fond, perçurent les cris de rage de leurs poursuivants... Déjà, ils étaient repartis. Lopez s'engagea dans un petit chenal. De nouveau, ils virent la mer...

– C'est par là, triompha le Mexicain. On arrive sur la plage.

Trente secondes plus tard, ils débouchaient dans un mini-lac. A travers les palétuviers, de l'autre côté, on apercevait la mer. Seulement, entre eux et elle, il y avait un passage en apparence infranchissable. Le chenal menant à la plage était envahi par des lianes, des racines, des presque comblé! C'était une impasse et derrière eux, le grondement du moteur de la *lancha* se rapprochait... Ils étaient coincés.

Lopez et Malko échangèrent un regard éloquent.

Soudain, Malko sauta à l'eau, plongeant jusqu'à la taille.

– Essayons de tirer le bateau, dit-il. C'est le seul moyen.

Bayamo l'avait déjà imité. Les deux autres en firent autant et commencèrent à haler le hors-bord pataugeant dans l'eau fangeuse... Raquel, la première, poussa un cri de douleur. Une méduse était accrochée à son pied, lui causant une vive brûlure, affreuse... Puis ce fut le tour de Malko... Tous criaient et juraient, faisant progresser le bateau dans le chenal, mètre par mètre, avec l'obsédant ronronnement de la *lancha* de leurs poursuivants qui se rapprochait.

Et soudain, Lopez eut une exclamation de dépit. Un gros tronc d'arbre, arraché par un typhon, barrait le chenal. Impossible de franchir l'obstacle. Ils se regardèrent. La mer libre était à quelques mètres...

Ils tentèrent de hisser le hors-bord, mais il était trop lourd.

– Le moteur, cria Malko. Enlevons-le.

Lopez était déjà en train de le démonter. Avec Bayamo, ils l'arrachèrent de son berceau et le traînèrent sur le sol marécageux... En une minute, ils furent sur la plage, de l'autre côté. Après avoir posé le moteur sur le sable, ils revinrent tirer la coque, aidant Malko et Raquel... Grâce à une corde attachée à l'avant, ils progressaient mètre par mètre.

– Encore trois mètres, cria Lopez.

Ils redoublèrent leurs efforts. Et soudain la coque se mit à glisser sur le sable, au moment où une rafale éclatait. Des projectiles sifflèrent autour d'eux, cassant des branches, ricochant.

Malko se retourna, et eut l'impression que le ciel lui tombait sur la tête.

Raquel avait disparu!

La dernière fois qu'il l'avait vue, elle poussait le bateau, arc-boutée sur le tableau arrière... Il revint sur ses pas, tandis que les deux autres achevaient de lancer le bateau sur la plage. Et tout à coup, il l'aperçut. Etendue sur le ventre au fond du chenal, dans quarante centimètres d'eau.

Pataugeant dans les méduses, il se pencha et la retourna. Il crut vomir. Une balle avait dû la frapper dans la nuque, ressortant par le visage, lui en arrachant une partie.

– Malko! Malko!

Une nouvelle rafale claqua.

Lopez s'égosillait. Avec Bayamo, il avait remis le bateau à flot et le moteur en place.

Malko avait l'impression que ses pieds étaient soudés au fond marécageux. Il n'arrivait pas à détacher les yeux de la flaque rose qui s'élargissait autour de la tête de Raquel. Il devina à travers les arbres la silhouette de la *lancha* et une nouvelle rafale de balles fit tomber des branches. Il ne se baissa même pas. Tétanisé.

– Malko!

Les deux hommes étaient dans le bateau. Le moteur grondait.

Il se décida. Courut comme un automate sur les quelques mètres qui le séparaient de la plage, sauta dans le hors-bord.

– Bon sang, vous êtes fou!

– Elle est morte, dit Malko. Une balle dans la tête.

– *I am sorry*, dit Lopez. *Terribly sorry*. Vous la connaissiez bien?

– Non, dit Malko, mais sans elle, nous ne serions jamais sortis de Cuba.

Il se retourna. Ils venaient de franchir la barre et filaient vers le large. On ne voyait plus la *lancha*. Ils étaient déjà à trois cents mètres du bord quand une silhouette jaillit du marécage, agitant une Kalachnikov.

Le bruit des détonations leur parvint, amorti.

Luis Miguel Bayamo ne regardait plus que la silhouette du gros Cobra blanc et rouge, à un mille au large. Malko eut beaucoup de mal à ne pas le jeter par-dessus bord.

*
**

La teinture blonde s'était dissoute et on apercevait des mèches noires flottant dans l'eau boueuse. Les trois hommes contemplaient le cadavre, en proie à leurs pensées. Le général Orosman Pintado fixa Salvador Jibaro d'un air absent. Ce dernier la kalach vide à bout de bras avait l'impression d'avoir mille ans. D'une voix sans timbre, l'officier remarqua :

– C'est dommage que tu aies mal visé...

Salvador n'eut pas le temps de relever l'injustice flagrante. Tranquillement, le général avait tiré son Makarov de son étui. A un mètre, il vida la moitié du chargeur dans la tête de Salvador Jibaro, sous les yeux médusés du pilote de la *lancha*. Puis, avec un rictus de peur et de désespoir, il posa l'extrémité du canon sur sa tempe droite, prenant bien soin de le diriger vers l'arrière et appuya sur la détente.

*
**

D'abord, ce ne furent que trois points minuscules sur l'horizon, au nord, avec un bourdonnement guère plus fort que celui d'une grosse mouche. Luis Miguel Bayamo, installé sur la banquette à l'arrière du Cobra, se redressa, terrorisé.

– Qu'est-ce que c'est?

Malko, à l'autre bout de la banquette, ne répondit pas. Fernando Lopez à la barre n'avait pas entendu. Le Cobra filait à 35 nœuds et ils arrivaient à la limite des eaux territoriales cubaines. Le bourdonnement s'était mué en un grondement sourd. Le Cubain ne quittait pas des yeux les trois points qui se rapprochaient à toute vitesse. Des chasseurs en formation.

Ils volaient très bas, à moins de mille pieds. Bayamo les fixait, le menton tremblant.

Le grondement devint tonnerre, puis hurlement et les trois F16 aux ailes frappées de l'étoile US passèrent au-dessus du Cobra, amorçant une gracieuse ressource, qui fit scintiller leurs verrières dans le soleil.

Debout sur la banquette, Luis Miguel Bayamo hurlait de joie et agitait les bras. Fernando Lopez se retourna et se figea. D'un bond, abandonnant les commandes, il se rua sur Malko, qui avait saisi un colt 45 dissimulé derrière des coussins de toile.

Il lui arracha l'arme et la jeta à l'intérieur de la cabine. Brutalement figé, Luis Miguel Bayamo regardait fixement les yeux dorés de Malko, soudain striés de filaments verts.

Fernando Lopez lui adressa un sourire chaleureux et triste.

– *Take it easy* (1) dit-il, cela ne lui rendra pas la vie.

Les trois F16 revenaient en formation impeccable, battant joyeusement des ailes.

(1) Relaxez-vous.

GÉRARD DE VILLIERS
PRÉSENTE

POLAR U★S★A

DETTES DE JEU

Richard Hilary

GÉRARD DE VILLIERS
PRÉSENTE

POLAR U★S★A

UN SILENCE DE MORT

Kenn Davis

GERARD DE VILLIERS
présente

Fantasmes érotiques

JEFFREY SOMMERS

La voyeuse de Santa Monica

GERARD DE VILLIERS
présente

Fantasmes érotiques

KLOÉ KARMENTEL

Le pensionnat des punitions

IMPRIMÉ EN FRANCE PAR BRODARD ET TAUPIN
Usine de La Flèche (Sarthe), le 12-03-1992.
4425A-5 - Dépôt Éditeur 7617 - 02/1992.
Dépôt légal : février 1992

42/5239/1